关于饕餮的故事梗概

叶兆言——著

图书在版编目（CIP）数据

关于饕餮的故事梗概 / 叶兆言著 .—北京 : 中国书籍出版社 , 2018.1
ISBN 978-7-5068-6736-8

Ⅰ . ①关… Ⅱ . ①叶… Ⅲ . ①小说集—中国—当代 Ⅳ . ① I247

中国版本图书馆 CIP 数据核字（2018）第 029955 号

关于饕餮的故事梗概

叶兆言　著

图书策划　牛　超　崔付建
责任编辑　牛　超
责任印制　孙马飞　马　芝
出版发行　中国书籍出版社
地　　址　北京市丰台区三路居路 97 号（邮编：100073）
电　　话　（010）52257143（总编室）（010）52257140（发行部）
电子邮箱　eo@chinabp.com.cn
经　　销　全国新华书店
印　　刷　三河市华东印刷有限公司
开　　本　650 毫米 ×940 毫米　1/16
字　　数　284 千字
印　　张　17.5
版　　次　2018 年 4 月第 1 版　　2019 年 3 月第 2 次印刷
书　　号　ISBN 978-7-5068-6736-8
定　　价　54.00 元

目录

关于饕餮的故事梗概

美食高手雅聚秦淮河畔

秦淮风光带的二期工程完成以后，在市政部门的过问下，为时一个月的金陵美食节，隆重拉开了帷幕。四方嘉宾荟萃在秦淮河边，附近的宾馆酒店立刻爆满，各路食客不远万千里，纷纷慕名而来，大饱口福。一时间，吃成了最重要的主旋律，民以食为天，成了一句最嘹亮的口号。大大小小的餐馆，抓住这一历史机遇，一个比一个不择手段，一个比一个更敢折腾，都拿出自己看家绝活招揽顾客。为了吸引前来参加美食节的客人，打折优惠赠送礼品，通过当众抽奖，向中奖者送金耳环或金戒指，提供免费桑拿和按摩服务，安排幸运者去泰国旅游，凡是能想到的招，都用上了。报纸上，做着一块块豆腐干大小的广告，到处挂上写着大字的标语，有的是横幅，从街的这头一直扯到另一头，还有的是那种竖条的长飘带，用巨大的气球悬挂下来。是地方，就能看见红红绿绿的小彩旗，几乎所有的餐馆酒店门前，都站了两位花枝招展的迎宾小姐，服装自然是紧身且带些暴露的那种，让男人路过时，会忍不住多看两眼。

美食节期间，最引人注目的，还是秦淮风味的小吃。这玩意便宜，价廉物美，看上去有趣，吃起来热闹，最适合游客品尝。尤其是那些喜欢大惊小怪的外国人，像小学生似的恭恭敬敬坐在那，可怜也不会用筷子，一边吃，一边手忙脚乱地出洋相，吃得目瞪口呆，吃得别人在一旁看着，忍不住要笑。秦淮河边的各种民间风味小吃，说起来都有些来头，动不动就有几百年的历史，动不动就能引出某位历史名人的故事。所谓琳琅满目，甜咸荤素皆备，色味香形俱全，虽然不能和过去最辉煌的时候相比，总算也还差强人意，很像那么回事。毕竟是美食节，起码是比往日做得认真，是用了心的。如今这年头，只要是用了心的，事情就好办。南京是个有文化品味的地方，六朝金粉，秦淮风月，历史上曾经十分牛气。小小的吃，只是民间大文化中的一个组成部分，是历史躯干上的基本细胞。古人曾经说过，善烹小鲜，可治大国。吃可以成为一扇回首历史的窗户，由小能见大，由近可致远，还真不能说古代的哲人说得不对。

美食节期间，有一个项目是评比，和其他各种名目繁多的评比一样，要评比，就要凑个整数，就要凑个八或者十。通过评比，选出十大代表秦淮文化的名菜，另处，还选出十种深受群众欢迎的小吃。评比的办法有两个途径，一是来自民间的选举，通过散发选票，仿佛是电影的百花奖，按票数多少，决定名次。一是专家审

定，这又有些像电影的金鸡奖，请出懂吃的行家里手出来当评委，现做现吃，当场举牌亮分。事实上，评委的名单很难安排，因为究竟什么是专家，既说不清楚，也闹不明白。专家不一定就是真正的饕餮之徒，饮食公司，税务局，旅游局，新闻界，方方面面都得照顾，各行各业都得安排，搞活动就要综合平衡，要摆平，摆平了才能搞定。像大学里的教授，民间的遗老，包括个别离退休干部，缺了谁都不合适，少了谁就可能引起麻烦。到了美食节快结束的时候，全国烹饪协会的一位姓管的副秘书长，突然心血来潮，要召集真正意义上的十大美食高手，由秦淮风光带管理部门出面，好好地吃一顿。

管理部门的人说："吃一顿自然不成问题，问题是怎么样才能算是'好好地'？"

管副秘书长笑着说："凑十个真正会吃的高手，把他们都侍候好了，服务到位了，这就算是好好地吃了一顿。"

管理部门的人说："侍候好，服务好，这不难，难的是到哪去找会吃的高手，不是存心想难为我们，都知道你是美食界的高人，这次美食节活动，多亏你张罗，你想想，除了你这位大名鼎鼎的美食家之外，我们到哪去找比你还懂吃的人。像这次专家组的名单，可把我们害苦了。"管副秘书长是这次美食节的主要策划人之一，写过好几本有关烹饪的小册子，在美食界相当有名气。管理部门的人真不太相信，在南京还会有比他更懂吃的人。管副秘书长说："美食高手的事，不用你操心，凭我本事还找不到，也不配在南京美食界混了，关键是你厨子得给我选好。"管理部门的人笑着说："干脆好事做到底，南京最好的厨子，我们难道还能比你熟悉，谁掌勺，谁赴宴，都由你定，怎么样？"

于是管副秘书长亲自安排，这事还非得他身体力行，亲自过问才行。这些年来，管副秘书长成了著名的食客，屡屡在全国性的烹饪大赛中担任评委，南京的名厨，提起他来就肃然起敬，看到他就点头哈腰。都知道他活动能量大，呼风唤雨，想让谁出名，就能让谁出名，想让谁得奖，谁就一定有希望。当面和背后，都称他为餐饮界的老大。事实上大家心里都明白，这次宴请十大美食高手，他开恩安排谁掌勺，便是给谁的面子。趁着美食节的余威，管副秘书长把宴会安排在状元楼酒家，把夫子庙一带手上有些绝活的厨师，像挑熟西瓜一样地筛了一遍，最后定下四名人选，通知他们事先碰一个头，开个小会，拟个菜单，认真精心的准备，然后把具体的日期定好。这管副秘书长是个办事认真的人，定好了厨子，又开始亲自一家家登门，邀请各路美食高手赴宴。南京这地方藏龙卧虎，管副秘书长心里自有一把尺子，谁真会吃，谁是真正的饕餮之徒，早就烂熟于心。宴请十大高手，和筹备评委会的名单不一样，这一回得看真本事，老实说，正是因为管副秘书长的心里，早就有了十大高手，因此才会产生让高手雅聚在一起过过招的念头。

到开宴的那一天，明知道这十位高手中午肯定预留了肚量，在正式入座之前，管副秘书长亲自领着大家参观秦淮风光带，沿河走了一大段以后，又把人带到会议室，请一位小领导畅谈开发的前景。他的用意十分明显，一动一静，目的都是要让十大高手的肚子再饿一些，为了到正式开吃的时候，能进入最佳状态。果然十大高手一边听介绍，一边就有些不耐烦，介绍结束，一个个热烈鼓掌，不是表示报告做得好，而是意味着这形式主义的忍受，终于到了尽头。从会议室出来，饥肠辘辘地步入餐厅，座上的冷盘已经放好，大家入座，眼睛都对着桌上看，管副秘书长把厨师先请出来和高手

们见面，在一片寒暄声中，管副秘书长笑着对厨师说："今天我可是故意和大家为难，在座的，平均年龄已经六十多岁，都是我的前辈，有他们在场，我是不敢随便说什么。这是切磋武艺，大家都是高手，都不要谦虚，一个是做菜的高手，一个是吃菜的高手，高手在一起，必将成为一段佳话。这样，我先冒昧提个小建议，是否先把这冷盘撤下去，为什么呢，因为这盘子太大，量太多，太穷凶极恶了一些，都是老先生，吃不了多少的。我们大家都知道，冷盘的目的，也就是先开开胃，不能这样大盘子喧宾夺主，用数量来蒙我们。以后上什么菜，都用小盘子装，少一些，精一些，我们慢慢吃，慢慢品，怎么样？"

厨师十分恭敬地退场，心里暗想，今天算是遇到高人了。十大高手果然像管副秘书长所说，都是六十岁开外的前辈。在一本谈美食的小册子里，管副秘书长曾一本正经地写过，人活不到六十岁，就不配被称为美食家。善吃又能成名成家，必须得有丰富的人生经验衬托着才行，走遍千山万水，行万里路，读万卷书，吃遍天下，方能修成正果。能成为美食家，肯定是有文化的人，因为没有文化底蕴，充其量也就是能吃和好吃。能吃者，只是《红楼梦》中的刘姥姥，所谓"老刘，老刘，食量大如牛"，不过有了一个消化功能强于别人的好胃。而好吃者，也就是我们所说的馋嘴，见了美味佳肴就流口水，仍然还是愚昧的动物。美食高手必然能吃和好吃，然而能吃和好吃，都还不能算作美食高手，美食高手必须得有更高的境界，这境界就是会吃。美食家是高级动物中的高级动物，会吃者对吃不仅仅是懂，而且能够如数家珍，而且对于食物的各种滋味，一定会有非常独特的见解。简单的一句话，能吃者靠的是胃，好吃者靠的是嘴，会吃者靠的是大脑。

到场的十大高手，有两位是大学的老教授，是那种可以带博士生的教授，一位中文系的，一位历史系的，都是快八十的古董，看上去很不起眼，一声不响地坐在那，还真不知道他们能吃。有两位是书画界的，是艺术家。有一位是老中医。还有一位在文史馆挂职，从四九年起，就一直领着干薪，从来也没干过什么正事。这六位都可以列入文化名流之类，都是社会上有身份有地位的人物，都享受着政府的专家津贴。剩下的四位，有两位是已退休的特一级厨师，在烹饪界大名鼎鼎，曾为很多著名的宴席掌过厨，说起国宴的珍闻逸事，说起某某名人善吃的掌故，头头是道，栩栩如生，他们属于能做会吃的高手，因为会做，对吃有一层特殊的理解。最后的两位，一位是管副秘书长，他出生于大户人家，从小就会吃，平时也喜欢写些小文章，专谈吃的掌故，为了吃而写文章，写了文章，就有更多的机会可以吃。另一位是一家国营厂即将退休的大厂长，关于这名厂长有个最著名的笑话，就是他太讲究吃了，结果在担任过领导工作的近十个工厂中，只要是在他任职期间，产值未必有什么惊人的增长，食堂的菜永远是第一流的。

显然是饿狠了，那菜开始一道道上来，大家奋勇下筷，不说一句话。小姐过来打开卡拉ＯＫ，那位即将退休的大厂长，塞了一嘴的菜，连连摆手，让小姐赶快关掉。大家猛吃了一阵，管副秘书长举杯敬了一次酒，开始挑剔起今天的菜肴。首当其冲的，自然就是那玻璃碗里醉虾，不说不新鲜，因为虾仍然还活的，只说虾有污染，有一种淡淡的煤油味。高手们虽然肚子饿，那虾都是浅尝辄止，懒得去接管副秘书长的话，全力以赴猛攻新端上桌的炖生敲。这炖生敲可是道传统名菜，在南京起码有三百年的历史，地道的做法，是将每条一斤多重的鳝鱼活杀后去骨，用木棒敲击鳝肉，使肉

质松散，故名“生敲”。过去有人曾作诗赞赏过这道菜，“若论香酥醇厚味，金陵独擅炖生敲，”由此可见这道菜的非同一般。吃炖生敲的时候，高手们还是不说话，等到那小砂锅只剩下最后一块的时候，老中医往自己面前一搛，用地道的老南京话叹气说：

“都说南京人不会吃，真是冤枉了南京人！”

那位国营厂的大厂长冷笑说：“今天的南京人，还别说，是真的不会吃。”

接下来的每一道菜，渐入佳境，都是绝活。高手们窄路相逢，短兵相接，剑拔弩张，谁都不肯马虎。厨房里的厨师，知道今天请的是什么人，不敢不尽心尽力，每道菜皆是最高发挥，都是个人能力的极致。整个就是一场美食的大会战，一方是精益求精地烧，唯恐有什么闪失，另一方是兢兢业业地吃，就怕错过了一味佳肴，谁都不肯有一点马虎。像这样高手对阵的宴会，完全可以载入史册，它的水平之高，使轰动一时刚刚结束的美食节，整个就像一场成人的儿童游戏。事物总是相辅相成，没有名厨，不会有佳肴，而佳肴没有美食家欣赏，再精致的好菜，也失去意义。棋逢对手，仇人相见，针尖遇上了麦芒，饭桌上的诸位高手憋足了劲，暗暗较着功力。都是顶尖的人物，谁也不愿意显出弱来。人就一张嘴，顾了吃，就不可能兼顾说话。大家埋头认真吃，又猛吃了一气，终于到该歇一会的时候。

管副秘书长很虚心地说：“今天请大家来，真的是想听听老前辈们，说些什么。”

话题转移到了傅家菜

那天十大高手雅聚，一桌共坐了十二个人，多出来的两个人中，一个是斜阳楼酒家公关部的经理，姓王，是一位言语不多的年轻人，看上去性格有些内向。还有一个就是我，对于这场吃，我当然只有看热闹和听高见的份，所以会混迹其中，有机会参加作陪，是因为那一阵子，管副秘书长正三天两头地和我碰面，拉着我共同策划一个关于吃的电视剧。老实说，我对这些年来流行的电视剧毫无兴趣，尤其是不喜欢行业电视剧。秦淮河武定桥边的斜阳楼酒家，最近经过重新装潢，隆重开业，为了竖立自己的形象，达到宣传的目的，准备出钱投拍一部关于斜阳楼的电视剧。行业电视剧正在成为一种时髦，我承认自己答应参加这次策划，和经常跟着管副秘书长后面蹭饭有关。吃了人家的，总有些嘴软，好在策划也跟吃宴会一样，只要动动嘴就行。我不是什么饕餮之徒，对于吃谈不上多高的境界，嘴馋却难免。事实上，策划的电视剧，故事还没有什么影子，饭已经吃了好几顿。

一直到宴会结束，大家都没说什么。通常能吃的饕餮之徒，谈起吃来都有一套。或许大家觉得今天遇到的都是内行，能不出招，尽量不出招，免得让对手看出自己的破绽。有些话太平常了，不必说，有些话没把握，不敢说，客气话不能老是重复，反复说了便失身份，挑剔的话也不能太过分，毕竟是白吃白喝，而且像这样高水平的宴席，在烹饪水平不断下降的今天，已经寥若晨星，确是很难见到。吃完了，几位掌勺的厨师解了围裙，换上笔挺的西装，出来听意见，大家一片声地说好。管副秘书长说：“别光顾着说好，表扬谁都会，今天请诸位来，主要是听听意见。”大家知道不说几条意见，也不合适，总不能吃饱了，抹抹嘴就走，一致推年纪最大的文史馆员先说几句。他老先生德高望重，早在民国时期就是大名鼎鼎的食客，他不若不发言，谁还敢冒昧吭声。

管副秘书长说：“吴老，你真得说几句，我们都知道，当年连蒋委员长要吃什么，都要听你的吩咐。”

老先生没办法，咂了咂嘴，随口说道：“蒋委员长根本就不懂吃，他当年倡导什么新生活运动，恨不得人人都像他一样喝白开水。再一个，他的牙也不好，牙不好，吃什么都没味道。老实说，他当年喜欢的菜里面，只有大汤黄鱼还有些品味。不过这是宁波菜，是他的家乡菜。”

国营大厂长忍不住插嘴：“蒋委员长总比毛主席会吃一些，听说他只爱吃辣椒和红烧肉。蒋委员长牙不好，而毛主席他老人家呢，书上说他一直便秘。”

老先生似乎觉得这样的议论，有些不恭敬，人吃饱了，就难免胡说八道，不由地赶紧把话题拽回来。他翻了翻已经开始浑浊的眼珠，转向正在一旁等着听意见的厨师，挑剔说：“刚刚的那鱼皮烧卖，皮子再薄一些，就更好了。”

老先生说的所谓鱼皮烧卖，是用薄薄的鱼肉片包上馅，做成烧卖的形状，鱼肉片削得太薄，包不住馅，可是厚了，滋味就受影响，而且外观也不好看。这道菜对工艺有很高的要求，刀功和火候非得第一流才行。大家听老先生这么一说，都笑了，因为鱼皮烧卖本来的目的，就是为了让食客惊叹厨师的工艺，老先生要挑剔找碴，偏偏就从工艺落手，不是内行，绝对说不出这样的话，这就叫

提问题必须抓住要害，擒贼先擒王，打蛇要打七寸。顺着老先生的话，其他几位高手纷纷出招，有节制发表了自己的意见，都是点到为止，说过就算，然而差不多都是点在了穴道上。几位厨师不住地点头，是真的心服口服，遇上这些会吃的高手，不服气也得服气。有些缺点厨师心里本来就有数，是所谓得失自知，有些问题确实是刚弄明白，听君一席话，胜读十年书，一下子豁然开窍。今天的雅聚对于他们来说，真是针针见血，受益匪浅。管副秘书长在一旁听着，不吭声，一脸的得意，待大家的意见都发表得差不多了，他挥挥手，让厨师们退下，让他们回去好好改进。

接下来的余兴节目是写字，这是雅人聚会结束前，常有的一幕。事先已经准备好了文房四宝，要几位高手留下墨迹。高手中有两位本来就是书画家，这种事手到擒来，当场挥毫，你一张我一张，随手完成了任务。两位教授也能写一手不俗的毛笔字，不过不习惯当众写，已经在家里写好了，此时只要落个款就行。老中医和文史馆员熬不住技痒，一人写了一张，写完了，坐下来喝茶，因为这时候的服务员小姐，仿佛听见百货公司里大减价，打折优惠，纷纷涌了进来，向那两位著名的书画家要字。管副秘书长冲过去阻拦，也拦不住。服务员小姐一个个花枝招展，莺声燕语，纠缠着不肯离去，书画家中有一位是多情种子，头发早就白成一片，只要有女孩子问他要字，必定来者不拒。管副秘书长总不能硬拉下脸来吵架，周瑜打黄盖，一个愿打，一个愿挨，书画家真愿意写，还只好让他写。

那位乐意被美人包围的书画家，陷在服务员小姐的海洋中出不来，不光是写字，还画画，画了一张又一张。这边的几位美食高手只好等他，好在酒足饭饱，又有一壶新泡的酽茶，大家一边喝，一

边等，一边聊。今天是大快朵颐的好日子，刚结束的佳宴不说，就这一壶上等的好茶，便值得坐下来一品再品。这时候，大家酒足饭饱，话题的缰绳已经放开，天南海北说什么都行，不知不觉地就聊到了斜阳楼酒家的傅家菜上。饕餮之徒聚到了一起，三句话，离不开老本行，反正总是在吃字上做文章，离不开吃的故事。话题很自然地过渡到了正在策划的电视剧上，一听说我们打算写“斜阳楼”，在场的几位老饕立刻打开了话匣子。

这也是管副秘书长精心安排这次宴会的目的之一，既然要凑个电视剧，他不得不计划从这些美食高手的嘴里，掏出一些有关斜阳楼的故事。凡是熟悉南京饮食掌故的人，都知道昔日秦淮河武定桥边，曾经有过一家名噪一时的斜阳楼酒家，经营极有特色的傅家菜。昔日的斜阳楼，和今天的完全不一样，天悬地隔，此楼非彼楼，物不是且人已非。这次借美食节活动，装修一新隆重开业的斜阳楼酒家，早已不是当年的旧物，它不过是由昔日的傅家菜传人傅薇薇出面，在斜阳楼原址上，参照当年的式样，重新建筑的一个放大了的高档餐馆，虽然也还叫作斜阳楼，但是和老斜阳楼，无论其经营规模，还是服务宗旨，已经没多少相似之处。新斜阳楼的装潢可以说是绝对高档，到处都是包厢，每间包厢都有卡拉ＯＫ，时髦的菜肴差不多都有了，从麻辣火锅到生猛海鲜，从北京烤鸭到草原烤肉，如今流行的东西一样不缺，价格自然也是出奇的贵，但是味道却不见有任何特色。这天在场的十大高手中，因为都是餐嘴，差不多都已经去尝过鲜，迫不及待地想重温一下极具特色的傅家菜，结果是一个个后悔不迭，提到了便不胜感叹。由于斜阳楼的公关部经理今天也在场，而且一逮着机会，就十分空洞地自吹自擂，说的全是外行话。大家不便过多地说新斜阳楼怎么不是，只好把话题转向斜阳楼的过去。

斜阳楼当年

美食家要谈斜阳楼的傅家菜，就必须说一下京苏大菜。凡是懂些吃的人都知道，无论八大菜系，或是四大菜系，京苏大菜总能占上一席，然而说是这么说了，究竟什么是正宗的京苏大菜，现在已经是一个很容易引起吵架的话题。吵架的重要原因，是作为京苏大菜主要特色的“南京菜”，近几十年来，走了严重的下坡路，越来越堕落潦倒，大有溃不成军之势。领头的老大既然出了问题，江苏境内的其他菜肴，便有了跳出来取而代之的野心。苏南以苏州菜为代表，被称为苏锡帮，苏北以扬州为正宗，即所谓维扬菜，南北两派的共同点，在于都想觊觎江苏菜的领导地位。

京苏大菜的京，当然就是指南京，它的潜台词是以六朝古都南京为圆心，挟带苏南苏北两个副菜系，和粤菜川菜鲁菜叫板，争一高低决一雌雄。史料证明，京苏大菜这块招牌，早在清朝时期，就旗帜鲜明地亮了出来，而京苏大菜最盛行的时候，显然应该是民国以后。京苏大菜的重要特点，是适应性强，讲究变，讲究创新，讲究家常氛围。它选料严谨，制作精细，考究原汁原味，注意四季分明，所烹制的菜肴大都口味平和，咸淡适中，始终保持京苏帮口鲜香酥嫩的特点。可惜京苏大菜风行的年头短了一些，想当年最红火的时候，譬如一九二七年国民政府定都南京以后，京苏大菜突然名震遐迩，那些善于烹制京苏大菜的馆子，如老万全，如六华春，还有嘉宾楼和金陵春，像雨后春笋似的一家接着一家冒出来。每当华灯初上，门前车水马龙，各界人士以及国民政府的五院八部官员，

翩然而至，宾客盈座，生意火爆，天天都是过节。

斜阳楼酒家的菜肴，由于主人是正宗的南京人，特色万变不离其宗，自然也离不开京苏大菜的窠臼。不过老派的南京人都知道，斜阳楼所以闻名，是以其令人拍案叫绝的傅家菜。这傅家菜说白了，是金陵大户傅嵩青老先生家的家常菜，在二三十年代，敢以家常菜的特色开餐馆，尤其是敢在美食好手成群的南京，堂而皇之地打出牌子来招揽顾客，没有些绝活肯定不行。傅家是南京著名的饮食世家，吃的优良传统，已经不知道传了多少代，傅嵩青老先生是前清的官僚，做过几年不大不小的京官，管过漕运，清朝亡了以后，成了若有所失的遗老，无事可做，便一味地在吃字上猛下功夫，越吃门槛越精，越吃家境越穷，吃到临了，不得不想到靠开一个小馆子维持。

斜阳楼的正式开业，是一九二四年，用今天的话来说，也算是一种下海。那年头，正是北洋军阀统治时期，城头变幻大王旗，谁有势力谁称王，南京的最高地方长官，三天两头换。这是破落户和暴发户交替出现的年代，谁也不知道前途和出路在什么地方。当时最常见的下海，是票友正式挂牌唱京戏，是女学生入舞池当歌女。斜阳楼的开业，也隐含着一种迫不得已，是家族败落的标志。只要看一看傅老先生写的两副白话对联，便能看出主人的满腹牢骚：

桌子未改良，椅子未改良，房子也未改良，做几样白炖红烧，都还讲究；

政界不要我，学界不要我，军界更不要我，买两只汤瓢火铲，讨点生机。

这一副写在大堂的正面，一进门就能看见，另一副是写在角落里，火气更大，牢骚更盛：

> 做些鱼翅燕窝，欢迎各位老爷太太；
> 落点残汤剩饭，养活我们大人娃娃。

傅老先生是那种有名士气的人，他只会动嘴，开馆子，掌勺还是自己的家厨。因为他吃的名气太大，在美食界一言定乾坤，说哪家的馆子的菜好，哪家馆子立刻生意盈门，因为大家都在琢磨，为什么傅老先生会说好。傅家自己开了馆子，不用在报纸上登广告，自然会有馋嘴的人摸上门去。那生意出奇的火爆，开业不久就人满为患，结果不约而同地便形成了规矩，凡是想上斜阳楼吃傅家菜，都得提前三天预约。傅老先生恪守着老派人的传统，绝不会因为生意火爆，就趁势扩大经营规模。他不是做生意的人，既然下了海，文化人的架子依然不改变。傅老先生始终是摆着主人的派，虽然食客如潮，客随主便的规矩依然不改。谁出钱，谁就是上帝的说法，在斜阳楼说不通。上至达官贵人，下到贩夫走卒，谁来都欢迎，来的都是客，来了一样坐。斜阳楼的布置，颇有些明代老店的味道，店堂布置得古雅风趣，既不设雅座，更没有包厢，大家一样平等。

三年以后，国民政府定都南京，斜阳楼的生意更加火爆。国民党元老中，不乏那种有情调的人，闲时游秦淮河，泛舟而上，过桃叶渡，过文德桥，在桨声灯影中到达武定桥边，弃船上岸，步行不远，便到达斜阳楼。当时南京的大小餐馆，都以能吸引达官贵人为荣，唯有这斜阳楼，因为来的名人太多，见多不怪，无论是什么样来头，不管有多大的头衔，只要不是预定，坚决不增加桌位，来了也是白来。因此，斜阳楼不仅是傅家菜有名，同时跟着出名的，还有傅老先生的倔。据说当时的监察院院长于右任，有一次也吃过闭门羹，兴冲冲来了，说不接待就不接待，好在于右任是个有雅量的人，也不以为忤，还专门为此事写了诗纪念。

在傅老先生过问斜阳楼的年头里，斜阳楼始终保持着一种既入世又出世的平民风范。这里紧挨着夫子庙，门口就是一个乱哄哄的菜市场，是天生的平民世界。每天清晨，天色一亮，人声四起，叫卖声和还价的声音，响成一片乱作一团。十几张露天的摊子，堆着水汪汪的蔬菜，有绿颜色的青菜，有黄颜色的韭黄，有红皮的萝卜。离菜摊的不远，放着湿漉漉的鱼担子，大大小小的鱼，都堆在夹篮里，等着顾客来捡。有一个摊子，专卖那种一段一段的鱼块，好大的一条鱼躺在砍得坑坑洼洼的木板上，然后根据购买者的要求，切了一块一块在卖。待早市结束以后，满街都是污水，脏兮兮的，人们不得不小心翼翼地踮着脚走路。酒香不怕巷子深，斜阳楼的傅家菜有名，可是它的门前始终一派脏乱。与斜阳楼并排，还有一爿新型的小百货店，店面十分矮小，配了一个很不和谐的大玻璃窗，透过玻璃窗，可以看见里面陈列着各式各样的商品。店铺外面的屋檐上，挂着布制的红白二色的市招，风吹雨打，早就破烂不堪。来斜阳吃饭的客人，常常站在那市招下面，敲敲玻璃窗，从店里买一包烟。

来斜阳楼的主顾，大都是平民百姓。那年头，不只是做官的会吃，菜佣酒保车夫巡警，读书的学生，教书的先生，银行的职员，做各种生意的小老板，都可能是美食的好手。只要有闲，口袋再有钱，一个个都会钻进斜阳楼大快朵颐，大饱口福。傅老先生的本意，是“昔时王谢堂前燕，飞入寻常百姓家”，世道既然已经变了，干脆与民同乐，让广大市民都得一个吃的机会，让大家都品味一下自己家传的美味佳肴。傅老先生一辈子都讲究吃，开了个馆子，大有普度众生的意思。民以食为天，傅老先生有时候觉得自己就是天，斜阳楼的菜价是看着给的，有钱多出一些，钱少的凑合出个成本价，走的是价廉物美的路子，吃了不满意，还可以赖账不给钱，身上若是钱不够，也可以欠着，下回来时一起算。因此斜阳楼的生意尽管十分火爆，然而在一开始并不怎么赚钱。

傅家的几个儿子

中国的饮食世家，总能找到几个飞黄腾达做过大官的前辈，可惜这是往前数，向后看，往往就没有这么乐观。傅老先生已经是强弩之末，他老人家有四个儿子，出息都不算大，个个都会吃，一个比一个更有嘴上功夫。吃是傅家的看家本领，不会吃不配做傅家的子孙。傅家娶媳妇，有一个很特别的要求，这就是一定得会做菜，一定得有些烹饪的绝活，才能讨翁婆的喜欢。傅家家厨的手艺，也是从祖宗那里传下来的，一代一代跟着侍候一代，大家相辅相成，水涨船高，因此傅家的家厨，在下人中地位也最高，有时候俨然像半个主人。傅老先生对吃，一向自视甚高，自以为在写《随园食单》的袁枚之上，比写《记海错》的郝懿行见识更多更广。大清朝亡了，傅老先生学不了顾炎武，隐居在秦淮河畔，一边做遗老，一边继续在吃上面下功夫。他最大的乐趣，也就是尽心尽力地写一本谈吃的书。书名俗得很，叫《傅家食谱》，内容却很不简单。

傅老先生的大儿子家骅是个很不错的书法家。他喜欢写擘窠大字，从魏碑入手，所独创的抹布字，一度成为南京市招的一绝。当

时许多馆子开业，都以店门口能挂一块家骅题的市招为荣。他用的笔颇有点像今天人们用来抹地的拖把，是自制的，一截一截的破布扎在小棍上，沾了墨就写，每次都有不同的效果。作为长子，家骅的身体一直不好，他一辈子没干过什么正经事，不过是跟着父亲作遗民，除了吃上面乱下功夫，偶尔也写几首古诗寄兴。他写诗走的是宋人的路子，好说些似是而非的道理，而饮食的趣味，自家的菜之外，能入他法眼的，是清淡的粤菜。在傅家的子弟中，家骅最得傅老先生的宠爱，可惜天不予寿，死得最早，只活了三十五岁。

傅家老二家骥是北京大学的学生，和五四时代的学生领袖傅斯年同班。他是旧时代的新人，又是新时代的旧人，因为小时候和傅老先生在北京待过，那时候傅老先生正做着京官，家骥受京城风气的影响，对宫廷菜情有独钟。念大学时，别人轰轰烈烈搞学生运动，他却忙着结交没落王爷的后代，整日琢磨满汉全席。要说他也应该算是胡适的弟子，然而谈到出息，与其他师兄弟相比，就弱了许多。毕业以后，他留在大学里教书，终于成了教授，而且是名教授，但是最大的学问，也就是关于清宫的吃，他一生最重大的成就，就是在清宫菜的基础上，大量搜集宫廷菜的秘方。一九四九年，蒋委员长将清故宫的大量文物运往台湾，家骥当时正埋头撰写《满汉全席献疑》，清宫的文物对他至关重要，因此他自己也就成了文物一起去了台湾。

傅家兄弟中，真正在吃方面，能得傅老先生衣钵的是老三家骁。家骁的看家本领是不仅会吃，是第一流的行家里手，而且会烧，在亲自动手上，绝对是一位空前绝后的烹饪高手。和两位哥哥光会吃不一样，家骁天生就是一位当大师傅的材料，他身上既没有旧学问的功底，又对新学问不感任何兴趣。他从来没有好好地读过书，凑合着把新式的中学念完了，歇在家里无所事事，便成天往厨房里钻。他从小就喜欢看家厨做菜，喜欢厨房里热火朝天的气氛，在这样的气氛中，傅家家厨的看家本领，全被他潜移默化地掌握了。他从来没有拜过家厨为师，家厨做菜的时候，他喜欢在一旁琢磨，终于有一天，家厨老丁生了病，家骁自告奋勇地越俎代庖，让老杨让他掌勺做了一次芦姜炒鸡脯。那菜端上桌，傅老先生吃出和以往有些不一样，便夸奖家厨老杨。傅家的家宴，也分红案和白案，各有各的一套看家本事，老杨的刀功十分了得，切土豆丝，一根根细得像绿豆粉丝，只有这么细，才可能炒出清脆的效果。现在，既然负责掌勺的老丁生了病，一向负责白案的老杨，只好越俎代庖，亲自披挂上阵，三少爷家骁抢着要烧着玩，他也不拦他。

老杨不敢掠人之美，笑着说这盘芦姜炒鸡脯，其实是三少爷做的。傅老先生不相信，用筷子又尝了一口，细嚼慢咽，然后板着脸说：“家骁哪有这样的本事，肯定是你在一旁把着手指点的。”

老杨说：“老先生，不瞒你说，我还真没来得及插一句嘴。”

傅老先生说：“家骁怎么可能烧得好这道菜，大概是瞎蒙的。”

老杨说：“三少爷一招一式，蛮像回事的。”

傅老先生仍然不相信，又吃第三口，仍然细嚼慢咽地琢磨，又点头，又摇头，很认真地说，我们傅家多少年了，从来都是只出会吃的，所有的功夫都在嘴上，难道还能冒出一个大师傅来。芦姜又称嫩姜或芽姜，与嫩仔鸡的脯肉合炒，色彩协调，是一道十分讲究火功的功夫菜，同时也是时馔中的佳肴，吃了开胃舒气，心旷神怡。家骁一出手，就能炒好这道菜，真是不容易，难怪傅老先生会有疑问。老杨平日和主人说笑惯的，一本正经地说：“要不人都说世道已经变了。三少爷真当了大师傅，干我们这行的，怕是都没饭

吃了。老先生，你可千万便让他夺了我们的饭碗。”

这话傅老先生不是很爱听。傅家的人只是会吃，如何会夺人家的饭碗。傅老先生一生从来没有看不起厨子，因为他实在太爱吃了，然而让自己的儿子成为厨子，却是他压根没有想到的。时代虽然变了，然而君子远避厨的古理不会变，事情似乎还没糟糕到那一步。他还是有些不太相信儿子能做菜，第二天，又亲自点了几样菜让家骁做，家骁似乎存心让父亲吃惊，每一样菜都做得八九不离十，还真挑不出什么太大的毛病。这以后，家骁更是成天泡在了厨房里，很快便让傅老先生分辨不出究竟是家厨老丁的手艺，还是他的代庖。家骁喜欢当厨师，这件事一直让傅老先生若有所失，心里总是有些疙瘩解不开。傅家正在一天天的衰败，傅老先生也懒得教训儿子，富贵在天，各人各人的命，人活着，不妨通达一些为好。

家骁和思浓的故事

傅老先生四个儿子中，只有三少爷家骁能够亲自动手做菜。君子动口不动手，仅仅凭这一条，家骁便让傅老先生恨也不是，爱也不是。家骁对于做菜，有一种特殊的悟性，这种悟性只有那些天生是好厨子的人才具备。许多好厨子都是只会做，并不精于品尝，唯有这家骁既会吃，又会做，一出手就不凡，一出手就胜人一筹。更难能可贵的，是家骁还有一位可以和他相得益彰的太太。当傅家的媳妇，能做菜是入选的必要条件之一，因此做媳妇的做一手让公公和丈夫叫绝的好菜，也不算稀罕，这位叫作思浓的三媳妇，不只是人长得漂亮，是做菜的好手，还有一个和其他媳妇截然不同的家庭出身。

思浓出身于厨行世家，现在的人对厨行，已经没什么了解，可是在民国时期，却是无人不知，世人皆晓。南京的厨行业，曾经十分红火，轰轰烈烈。所谓厨行，也就是一种应邀上门的服务，遇到红白大事，自带着炊具和伙计，到人家家里去办酒席。这种服务形式经济实惠，当时深受南京老百姓的欢迎，因为这就等于把馆子办到了自己家里。不要小看了厨行，当年有名气的厨行，都得提前许多天预订才行。家骁的媳妇思浓姓汤，是水西门外汤厨行的独生女儿。通常的厨行业，也是代代相传，都有一套吃了让人难忘的好手艺。在南京的多家厨行里，汤厨行可以算是此业的巨擘，老南京提起时，无不夸口称赞，都记得汤厨行的鸭肴和时令菜。真正好吃的东西，永远应该是在民间。民间才是出真正美食家的摇篮。说起汤厨行，不得不提起东关头一带著名的田厨行，这是思浓的外祖家。田厨行的独家拿手好菜是红烧肘子，外人永远捉摸不透，为什么这一款极普通的家常菜，经过田厨行老板的烹制，味道便完全不一样。

国民政府定都南京以后，斜阳楼的生意越来越火，熟悉内幕的人都知道，生意火爆的重要原因，是因为家骁和思浓这对年轻的夫妇参与了经营。思浓是两个厨行世家联姻的产物，得天独厚，和她所嫁的那位丈夫家骁一样，对烹饪艺术有着特殊的领悟。按照她的出身，在过去只能是嫁给傅家的厨子，然而毕竟已经到了民国时期，平权平等民主等等口号，正在逐渐深入人心，傅家的门第虽然高贵，说白了也是个破落户，都到了不得不靠馆子维持的地步，顾不上那么多穷讲究。家骁和思浓共同进入厨房，意味着封建士大夫的贵族趣味，和平民老百姓的民间趣味，非常有机地结合在了一起。大家似乎都知道，不仅是傅家的家厨老丁善于烹饪，就连傅家

的三少爷和三媳妇，也各有一套拿手的绝活。老顾客常常自说自话地要点老丁的豆腐，点三少爷的松菌拌肚和鲤鱼尾羹，点三媳妇的醉鸭舌和白鲞樱桃肉。家骁结婚不久，很快便成为斜阳楼的实际掌柜，里里外外大小经济，都是他一把抓。当初傅老先生开个馆子，还是英雄落难秦琼卖马，多少有些迫于生计问题，到了家骁手里，斜阳楼已是他大显身手的地盘，在这里，他如鱼得水，如手握重兵的大将军，运筹帷幄调兵遣将，把斜阳楼的经营，大大地向前推进了一步。

来斜阳楼大都是回头客，这些老主顾记忆最深的，是民国二十五年，也就是一九三六年的春天，傅老先生病故之后，斜阳楼以祭老先生为由，大肆操办的“五七”。傅老先生是斜阳楼的创始人，而傅家菜这块牌子，也是傅老先生率先打出来的，大家都知道他老人家爱吃，会吃，是著名的饕餮之徒，平时来往的新朋老友，都是第一流的馋嘴食客。傅老先生过世，对于当时美食界的高手来说，不能不说是一件大事，所谓物伤其类，兔死狐悲。于是英雄惜英雄，纷纷上门致祭，送幛子的送幛子，送挽联的送挽联，好不热闹。家骁夫妇为了答谢诸位的深情厚谊，在父亲下葬的那天，煞费心思地办了一桌，宴请几位顶尖的美食高手。这一顿也就是民间的所谓“豆腐饭”，出殡回来，免不了要吃一顿，因为是特别用了心的，每个菜都非同一般，极显英雄本色，结果这顿饭吃得大家叹为观止，回味无穷，提到了就流口水，提到了就不甘心，尤其是那些没吃着的馋嘴。一传十，十传百，到做“五七”的前夕，一群美食高手私下开了个会，公推了两位代表，一本正经登门求见家骁，希望借“五七”之祭，轰轰烈烈办一桌，傅老先生生前爱吃，吃了一辈子，死了以后岂能寂寞，说什么也得做些好吃的祭奠他老人家。

这样的要求戳穿不得，人们祭奠死者，实际上都是为了活人，不过是为吃而巧立名目罢了。前来说项的老饕，开门见山，当场不由分说就付了订金，让家骁按一百八十元一桌的规格准备，根据当时物价，一石米才八块钱，一百八十元一桌的菜肴，是何等了得。那时候，位于新街口中山北路“瘦西湖酒家”，五元钱就可以吃一桌四冷盘四热炒五大件的宴席，其中特地注明必有该店著名的“三竺鱼翅”和“元闷白鱼”，临了还赠送“瘦西湖锅面”。一下子就付清一百八十元订金，其实是向斜阳楼下了一份挑战书，是为家骁出了一个难题，是试试他究竟有没有这个能耐。既然都是精通吃的美食高手，值不值一百八十元，蒙谁也蒙不了，傅家菜以家常菜闻名，家常菜能不能办成豪宴，这就得看家骁夫妇的本事了。

到了那天，各路高手陆续取齐，都是些名士雅人，来者不善，善者不来。一方面是有备而来，另一方面自然不敢有丝毫马虎。傅老先生已经魂归道山，他所代表的那种饮食文化，也已经走向末途。一套全新的经营方略，正在家骁的脑海中形成。这次碰撞实际上是家骁准备大肆改革的开始，他将一改傅老先生那种明式老店童叟无欺的传统，决定以高档贵族化为策略，迅速扩大经营规模。具体的改革方案就是，既保持傅家菜原有的既定风格，同时又大胆创新，引进不同菜系的制作工艺，使斜阳楼在很快的时期内，更上一层楼。诸位高手终于入桌，因为这顿饭还有祭奠傅老先生的意思，先得搞一个简单的仪式，如果是长辈，对着红烛香炉，鞠个躬算完事，如果辈分低了，便不得不跟在家骁后面一起磕头。

待一切俗套完成以后，桌上的供品撤下，开始重上冷盘，因为是在做“五七”，无论冷盘热炒，还是大件，一略是单数。家骁这次准备的菜单，是七冷盘，三大件，九热炒，数量并不多，但是

每一样都做了精心的准备，每道菜都想了出奇制胜的招。譬如一道“白扒熊掌”，仅仅是发干熊掌，就花了家厨老杨两天的时间。熊掌的名贵，很重要的一点就在于烹制前的泡发，得先将还带着毛的熊掌，放在八成熟的热淘米水中，浸泡十个小时，这十个小时中，水温必须保持一致，不能过高，也不能太低，要不断地添加热水才行，待泡软了，捞出来，在温水中洗净，放入砂锅中用急火烧沸，一定要急火，这以后，移之微火上焐四个小时，再取出褪毛。之后，仍然放进已经煮沸的砂锅里烫一烫，移至微火继续焐，过一小时，再捞出来，放钵内用沸水继续泡发，每隔三四小时，就换一次水，反复数次，至膨胀发透，小心地剔去爪趾，剔尽掌骨，换上清水浸泡。如此精心加工过的熊掌，看上去很整齐，虽然已经去了骨头，可是仍然是形散神不散，保持着原有的姿态，然后再经过进一步的加工，在鸡汤中像涮羊肉似的，略氽一下，捞出来装盘，加各式佐料，上蒸笼一小时。这道白扒熊掌入口即化，肥而不腻，香酥可口，不知不觉中，吃了还想吃，等调羹再伸出去时，那熊掌已经被瓜分一空。

这顿饭给了家骁一次绝好的扬名机会。它实际上成为斜阳楼历史上一次著名的会战，无论是家厨老丁和老杨，还是家骁夫妇，都全力以赴，都施展了自己的绝招。这是一帮喜欢迎接挑战的人，他们希望有这样的机会，让别人充分地欣赏自己。家骁是会战一方的指挥员，他深思熟虑指挥若定，精心制订了一整套获胜的方案。俗话说，知己知彼方能百战百胜，家骁使用的出奇制敌的第一招，就是让所有的菜肴都陌生化。考虑到前来赴宴的诸位高手，都是斜阳楼的常客，对傅家菜中几个擅长的菜，已经到了了如指掌的地步，如果驾轻车就熟路地配制菜单，仍然以老面孔迎敌，不管安排得如何精细，都很难让这些老饕们感到震惊，不震惊就谈不上打动，不震惊就必然无动于衷。只有棋高一招，才能让对方晕头转向，只有出其不意，才能让对方口服心服。家骁的菜单果然让美食高手们有些摸不着头脑，他们面对的是一个全新的局面，这是一个他们所不熟悉的傅家菜，既是，又不完全是，以往的丰富经验，突然之间已经不起作用，他们想不到斜阳楼还有这么多奇妙的菜肴，竟然没有品尝过。他们突然意识到傅家菜原来如此博大精深。

老饕们全然没有想到这次宴会的成功，起着决定作用的是创新。创新不但成了折服处于品尝地位的诸位食客的撒手锏，也成了推动处于制作一方全心想做好的动力。这是一次具有豪华风格的宴会，无论是清炒鱼唇，还是鸡皮马肚盘，还是小炒羊肉，都钩起了人们对以往奢侈生活的美好回忆。有时候，越是新，越容易让人们想到旧。正是傅家菜这次大胆的创新，让老饕们想起了昔日的繁华，甚至想起了也许根本就不存在的旧。不是美食世家，如何能烹饪出如此美味的佳肴，后之视今，犹今之视昔，诗意的怀旧使得宴会变得优美起来，大家细嚼慢咽，品尝着已经剔除了刺的刀鱼。刀鱼在当时还并不是什么珍贵的菜肴，然而思浓硬是有这个能耐，将极细的鱼刺一根根剔去，又保持着形状的完整，难怪一下子就把见多识广的食客镇住了。

这桌宴席是对已经逝去的傅老先生的最好纪念。这是一次让人们回味无穷的盛宴，多少年过去了，人们还将津津乐道地重提此事。斜阳楼又一次名声大振，生意和以往相比更加红火。有些事越说越神，越说越玄乎，七嘴八舌地免费为傅家菜做着广告。家骁果断地抓住了这次极好的机遇，买下了周边濒临破产的门面房，翻修一新，进一步地扩大了斜阳楼的经营规模。斜阳楼的营业面积增加了一倍，服务员小姐的数量也翻了两番。原有的家厨老丁和老杨年纪已大了，忙不过来，家骁便为他们找徒弟，由于很多技艺是秘不传人，要传也只传儿子，因此家骁打算在适当的时候，办一个普及性的烹调学校。对于进一步的发展，家骁有着一系列宏伟的设想，在傅老先生死了一年以后，也就是一九三七年，斜阳楼得到了前所未有的大发展。报纸上天天登着斜阳楼的广告，斜阳楼天天人满为患，名人雅士在报纸上写文章，动不动就提到斜阳楼。上斜阳楼已经成为人们大饱口福的代名词。

这一年是民国的盛世，正逢国民政府定都南京十周年，城市的规模正在一天天的扩大，人们醉生梦死，有的吃赶紧吃，根本就没想到日本人会来。然而日本人还是来了，到了这一年的十二月，日本兵将南京围了个水泄不通，先是轰炮攻城，遭到了国军的顽强抵抗，那炮猛烈地轰着，飞机也跟着起哄，没完没了地扔炸弹，闹得人觉也睡不安生，吓得全往难民区跑。血战了好几天，日本兵终于杀了进来，杀人放火，还糟蹋了很多女人。这就是震惊中外的南京大屠杀。史料记载，这次浩劫中，共有三十万人遇难。五十年以后，台湾来的女记者采访南京市民，询问民间记忆中印象最深的事情，女记者本来是想考察一下南京市民对昔日国民政府是否留恋，然而得到的回答，却还是日本人杀进南京时，留下的那种恐怖和惊慌。

轮到家骀正式出场

傅老先生还有个最小的儿子，叫家骀。四个儿子中，在吃方面，家骀显然最无品味，最让他老人家生前看不起。熟悉斜阳楼掌故的人，都知道傅家的老四家驹，和斜阳楼的女主人，也就是他的三嫂思浓，有不清不楚的瓜葛，对于美食界的饕餮之徒来说，这是一个公开的秘密，是一个茶余饭后忍不住要谈的话题。饮食男女，先是饮食，吃完了，话题自然就会转移到了男女身上。虽然在战火中，斜阳楼差不多被烧毁了一大半，然而在汪伪时期，重新修过的斜阳楼，很快就再次红火起来。和沦陷前一样，斜阳楼在极短的时间里，又成为汪伪官员雅聚的场所。许多人本来就是熟客，抗战前在这里大唱抗日的高调，日本人真的来了，豪言壮语没有了，于是变了个调门，又在这里大谈和平。

和平的最好象征就是吃。那夫子庙很快从战火中复苏，原来有的玩意，一个接着一个恢复，房子烧了可以重新盖，这一盖，无非又是酒楼，又是茶馆，当然还有半公开的烟馆妓院和赌场。民以食为先，就算是亡了国，人还是人，总不能不吃饭，总不能不找地方聊天，总不能就此便忘了继续堕落。傅老先生已经走了，傅家总得靠什么东西维持，祖上留下来的家产在老先生手上早败得差不多了，自从有了民国，傅家的世家名分，已经名存实亡，傅老先生这一去，原来的那点斯文，仿佛一本书上装璜门面的前言，翻过去就翻过去了，想继续维持，最简便的办法，也只能是让斜阳楼赶快开业。开了业，便有钱赚，有了钱，才能一切都好办。当然，既然是开了业，就得什么人来了都必须接待，斜阳楼名气大，要接待的人都是人物。汪伪时期的显赫人物，不会是什么好人物，都是有名的大汉奸，不仅自己来，而且还常常把日本人带来请客。

据说汪精卫当年对马祥兴的“美人肝”，对斜阳楼的“枸杞鱼丝”情有独钟，常常在深更半夜以荣宝斋小笺，自书“汪公馆点菜，军警一律放行”的便条，派小汽车去买了回来大快朵颐。斜阳

楼是亡国的一道风景线，商女不知亡国恨，隔江犹唱后庭花。生意一日比一日火爆，门前天天都停放着权贵的黑颜色小汽车，穿着便衣的保镖走来走去，汪伪政权的要员差不多全都光顾过斜阳楼，个别嘴馋的干脆成了常客，隔三岔五地就去撮一顿。各地的名流来南京活动，要请客，动不动也是上斜阳楼品尝傅家菜。今日有酒今日醉，斜阳楼成了夫子庙一带最有号召力的馆子，傅家菜成了品位的象征，而且提起来来头大，提起来都是权势显赫的大人物，吓得一般地痞流氓，轻易都不敢去捣乱。

抗战胜利以后，傅家老三家骁以汉奸罪被逮捕下了大狱。他的胆子小，狱里的伙食又极差，不多久染上了传染病，保外就医，刚跟医生见了一面，便一命呜呼。很多事情没来得及弄清楚，糊里糊涂花了些钱，事情就结束了。说家骁是汉奸，家骁就是汉奸，斜阳楼因此一蹶不振，凑合着继续开，生意陡然就不行了。这时候的南京人，突然都爱起国来，一个个十分痛恨不知亡国之耻的斜阳楼，好像再来用餐，就有了汉奸的嫌疑。大家的口味说变就变，最流行的菜肴，不是口味纯粹的京苏大菜，而是带有辣味的川菜，要吃就吃麻辣豆腐，要吃就吃宫保肉丁，要吃就吃重庆火锅。南京人本来并不吃辣，然而国民政府是从重庆还都的，八年抗战，很多官员在内地当义民，别的本事没学会，也就是吃东西不怕辣。转眼之间，南京的川菜风起云涌，人人以能够吃辣为光荣，以不怕辣为时髦，因为吃辣就意味着是从内地回来的，吃辣就意味着回忆自己参与抗战的光荣历史，吃辣就意味着向还都南京的国民政府表示忠心。

家骁入狱，迫使思浓从后台走向前台，成了里里外外不得不亲自过问的老板娘。掌勺的还是昔日的家厨老丁，然而生意出奇的惨淡，斜阳楼竟然到了门可罗雀的地步。思浓对于经营一窍不通，凡事都得依靠家厨老杨出主意，那老杨也是个不懂得经营的人，还成天和老丁过不去，老丁脾气倔，眼见着三少奶奶什么事都听老杨的，便提出辞职不干，要告老还乡。老丁这一走，斜阳楼雪上添霜，更加不景气。偏偏思浓又是个不安于室的女人，丈夫家骁下了大狱，不急着重新振兴斜阳楼，竟然耐不住寂寞，情不自禁地勾引起老杨的儿子伯元，想勾引却勾引不上，于是又转向勾引小叔子家驹。是伯元成全了家驹，如果伯元束手就擒，家驹和思浓的故事便不会展开。

家驹完全是因为嘴馋，才和嫂子有了瓜葛。毕竟不是什么光彩的事，他爹要是还活着，非气死不可。很多人都想不明白，这两人怎么就偷偷勾搭上了，思浓已经和家骁生了两个儿子，和家驹有了勾搭不久，就发现自己又一次怀了孕。这时候，家驹还没有和妻子张丽华离婚，嫂子的肚子大了，他怕事，死也不认账，思浓拿他没办法，只好往老丁的儿子伯元身上栽赃。反正伯元此时已经去了苏北解放区，不可能跑回来辩白，活该他倒霉。傅家到了如今这地步，也没什么名声可讲，家骁是汉奸，这是失节，他的媳妇偷小叔子，这是失贞，坏事都让他们夫妻沾了。好在思浓在男女问题上，又是出奇的不在乎，堂堂正正地把私孩子养了下来，取了个名字叫傅薇薇。多少年以后，老丁的儿子混出了一些出息，在区商业局当了科长，一搞运动，有人就揪住了这件事不放。他跳进黄河也洗不清，黄泥巴掉到了裤裆里，不是屎也屎，跟谁急都没用，跟谁辩也辩不清。有一天，一气之下跑去找思浓，指着她的鼻子破口大骂。

思浓说："我是冤枉你了，是我不对，你骂也骂过了，还想怎么样？"

伯元想想也对，骂都骂过了，还能怎么样，气鼓鼓地说："你

真是个不要脸的骚货！”

思浓心平气和地说：“我要不要脸，骚不骚，现在也轮不到你来说。当年我是对你有过意思，可那是当年，到现在，你就是跪下来求我，我也不会理你的。”

伯元气得想跳起来扇她的耳光，然而他毕竟是国家干部，动得了口，动不了这个手。他找不到别的更好的词汇羞辱她，只好说：“你这样不脸的女人，就配傅家驺那种没出息的鸟男人。你想想，连自己嫂子都敢睡的男人，是他妈什么样的男人。”思浓破罐子破摔，对他原有的那点情意此时已不复存在，咬牙切齿地说：“世界上只分长鸟的男人和不长鸟的男人。”说完，忍不住要笑出来，不明白自己今天说起话来，如何变得这么下作。伯元一向是个彬彬有礼的人，思浓当年所以能够看上他，也就是看中他身上有些读书人的斯文。想当年，思浓初嫁到傅家来的时候，伯元还在中学里念书，长年穿着一件蓝布长衫，小心翼翼地坐在厨房的角落里吃饭，她总是情不自禁地要给他送点菜去。

伯元是丁家的第一代读书人，他们家给傅家做家厨，已经传了好几代。傅老先生在世时，常常和家厨老丁开玩笑，说你那宝贝儿子也成了读书人，是人都成了读书人，我们傅家以后怕是再也找不到厨子了。事实上，伯元读书的成绩一直不太好，凑合读着，只想熬到中学能毕业，可以找一份体面的工作，后来果然在公路局找到一个差事，虽然是跑跑腿，好歹是吃公家饭的人。思浓对伯元无端地有些喜欢，也许是觉得他有志向，早在家骁健在时，就对他眉目传情，家骁下了大狱，思浓胆子更大了，言语举止都有些放肆，结果是姐有意，而郎无心，活生生地把伯元吓得不轻。女人有时候太主动了，反而让男人不知所措，伯元放弃了公路局的差事，匆匆和老父揖别，毅然去了苏北。

家骀和思浓的故事开始

出生于美食世家的家骀，自小就因为自己不会吃，一直感到自卑。美味佳肴对于他这种人来说，从来都是一种浪费。傅老先生常说他是饿死鬼投胎，谈起什么人不懂得吃的真谛，动不动就拿他作为例子。和傅家食不厌精，脍不厌细的传统相比较，家骀简直就是个粗坯俗物，他丝毫也不像饮食世家的公子，除了一个消化过于良好的胃之外，他对于饮食之道的了解，整个就是一个地道的白痴。人长得瘦，是俗话说的薄皮棺材，看上去体积不大，却有着惊人的容量，无论有多少东西，好好坏坏都能咽下去，都能装得下。他不只是能吃，而且馋得不像话，馋得失去理智，脑子里成天想的就是吃，从外面放学回来，要做的第一件事，肯定就是直奔厨房，见什么吃什么，捞到什么半生不熟的东西都往嘴里塞。傅家上上下下，一提起家骀的馋相，就忍不住要笑。

家骀的馋可以用骇人听闻来形容，据说还是在娘胎里，就显露出饿死鬼的峥嵘。傅老先生发现自己的太太，在怀家骀期间，差不多日日半夜里要爬起来找东西吃。她只要稍稍感到有些饿，肚子里的胎儿便拳打脚踢不老实。甚至是在生家骀的时候，阵痛已经开始了，羊水已经破了，家骀的娘仍然斜靠在床沿上，狼吞虎咽地吃了一大海碗面条。离开了母体的家骀，只有在嘴上叼着奶头的情况下，才能停止让大家都感到不安宁的啼哭声。母奶不够他吃，找了一个高大结实的大胖子奶妈，两个大奶子足足有常人的三四个大，鼓鼓囊囊地裸露着，家骀成天捧着吮，就像捧着两只活蹦乱跳的大

白兔。

关于家骀的能吃，有许多让人哭笑不得的笑话。从三岁时，家骀每天都要拉一痰盂的屎，这足以说明他惊人的消化能力。他总是在吃正餐前，已经偷偷地在厨房里胡乱捞了些东西垫过底，谁都知道他是个无底洞，非得用大鱼大肉塞饱了才得安生。傅家的用餐，每次都带些玩赏的味道，吃不仅仅是吃，吃是一次切磋技艺的机会，是家庭情趣的一部分。晚年的傅老先生，已经没什么好胃口，美味佳肴对于他老人家来说，主要是一种精神上的享受。他喜欢那种一桌子热气腾腾好菜的感觉，虽然已经吃不了多少，但是有那么一桌子的好菜，堆在桌上，能让他回忆起过去的美好时光。世事浮沉，人间沧桑，傅家不管怎么败落，傅老先生在吃的方面，始终不肯马虎。吃是傅家维护昔日尊严的重要象征，是回首辉煌往事的一扇窗户。人生再也没有什么能比吃更重要的事情，诗书传家久，忠厚继世长，作为清朝遗老的傅老先生，能留给几个儿子的，无非是在吃方面的精益求精。世界上怕就怕认真二字，吃首先要讲究的，也就是认真罢了。在傅家的后代中，没有一个儿子像家骀这样让傅老先生失望过，因为家骀全身心投入的，只是吃本身，对食物来者不拒，就知道多多益善，傅老先生看到他的吃相就生气。

食物在家骀的嘴里总是匆匆而过，仿佛世界已经到了末日，任何东西只要一转眼，便穷凶极恶地咽到了肚子里。贪吃是家骀一生中最大的弱点，注定了他的一生都要受到这可恶的贪字的制约。正是因为贪吃，他很轻易地落入了三嫂思浓的圈套，也正是因为贪吃，尽管他从来就没有真正地爱过思浓，然而始终断不了和她的往来。从理论上来说，贪吃既是美食大师的初级阶段，是人类能够享受美食的原动力，是上升为饕餮之徒的基本功，同时，又是家骀和

思浓一生中所有恩恩怨怨的起跑线，既是因，而且还是果。思浓是在对伯元失望的情况下，对比她小五岁的家骀，贸然发动了爱情的攻势。这是一场荒唐的战争，在一开始，心里感到十分窝火的思浓，很有一些破釜沉舟的意思。她有一大堆不得不豁出去的理由。不顺心的事情，一桩接着一桩，已经下狱的家骁生死未卜，她莫名其妙地成了汉奸家属，自己厚着脸皮，放下架子，去勾引家厨的儿子，白白地送上门倒贴，而人家却又不肯要。一个女人在短暂一生中，能遇上的倒霉事，偏偏在很短的时间里，都让她一个人遇上了。

在那个特定的日子里，思浓的最强烈的愿望，就是尽快找个恰当的机会来堕落自己。情欲像炎症一样在体内发展运动，仿佛沉寂的火山随时都会喷发，世界已经到了末日，似乎只有堕落和放纵，才能让她心里感到好受一些，才能感到踏实一些。明知道这样对不起自己的丈夫，明知道这样会遭到全世界的指责，明知道这样未必解决问题，可是她实在找不到别的更好的办法，来排遣自己内心深处巨大的寂寞。既然她没有办法伤害别人，为什么不想个办法伤害一下自己。伯元让思浓痛恨世上所有的男人，同时，又让她渴望世上任何一个男人。因为失去，所以更想得到。显然有什么地方出了差错，寂寞像黄梅天的毛毛雨，伴随着潮湿阴暗的雨季，淅淅沥沥下个没完。寂寞是漫漫没有尽头的长夜，而黎明就是一个实实在在的男人。对男人的思念，几乎让思浓失去控制。事实上，思浓迫不及待选中了家骀，只是不想让自己情不自禁地闹出更大的洋相。那是一段鬼迷心窍的日子，她力图使自己做出十分贞洁的样子，在白天，她保持着一本正经，尽量少看几眼男人，坚决不和男人搭腔，即使是和年老的家厨老杨也不说话，可是一旦到了夜里，睡在空荡

荡的大床上发怔的时候，便忍不住胡思乱想，她脑海里都是男女交媾的图像，在夜色的掩护下，男人已经变成一个抽象物体，而她自己也成了人皆可夫的婊子。要是女人能像男人那样去妓院解决问题就好了，思浓被自己竟然会产生那么多的下流想象，吓得惊慌失措。她很担心自己会失控冲上大街，稀里糊涂地就拉个男人回来。

思浓和家骀的故事，在厨房里正式拉开了序幕。由于贪吃的家骀，有在半夜里悄悄溜进厨房偷吃夜宵的毛病，思浓像猎人狩候猎物一样，精心地设置了她的圈套。对于思浓来说，这是一个不得已的选择。肥水不流外人田，胳膊应该往里拐，既然她决定不要脸地出卖自己，那就不妨让小叔子家骀捡个便宜。思浓还算不上一个很有心计的人，她用心险恶地准备了一桌菜，静静守候在厨房里，忐忑不安地等待家骀的到来。夜深人静的时候，家骀若无其事地走了进来，毫无戒心坐下来，和思浓一起喝酒。在一开始，家骀只是奇怪，不明白为什么会有一桌现成的好菜等着自己，尽管在傅家人的眼睛里，家骀对于美味佳肴毫无品味，根本算不上是一个会吃的主，然而毕竟是在美食之家熏陶出来的，没吃过猪肉，起码看见过猪跑，听见过猪叫，他好歹能感觉出这一桌的佳肴，意义非同寻常。因为哥哥入狱，因为斜阳楼生意的不景气，家骀已经有很长时间，没有大快朵颐地痛吃一顿，现在这机会终于来了，他贪吃的本性彻底暴露出来，也顾不上吃了之后会有什么样的后果。

只顾埋头痛吃的家骀，在一开始，似乎并没在意思浓前前后后都对他说了些什么。在男女问题上，家骀总是显得有那么一些迟钝，他知道嫂子的话有些出格，不应该如此露骨地挑逗他，但是仍然没有太往心上去。也许是故意不往心上去，因为他毕竟不是傻子。春是花博士，酒是色媒人，到处都洋溢着不安分的气氛，老实说，此时此情此景，孤男寡女就是想不出事，也得出事。在一开始，问题还不算太大，但是随着时间的推移，意想不到或者说预料中的事，终于发生了。这是初夏的一个夜晚，明月高悬，月光如洗，一种不知名的小虫子在窗前唱歌，两个人之间的话，越说越不像话，越来越露骨，思浓突然急不可耐地站了起来，把吃剩的菜肴用力捋向一边，然后开始一件件地脱衣服，这样的季节里，脱衣服实在不是什么难事，她索性脱得赤条条的，一丝不挂地走到家驹这边，抬腿坐在了他面前的桌子上，笑着看他，紧接着仰身躺了下去。家驹目瞪口呆，到了这节骨眼上，气都喘不过来，喉咙口那里仿佛有什么东西堵着，想逃，没有勇气，脚底下就好像生了根，不逃，老是这么面对着眼前一览无余的风景，面对着这充满弹性的两条大腿，面对着这黑黢黢的阴毛白晃晃的肚皮，也还真不是件事情。

思浓抬腿踢了踢家驹，说："这是我为你准备的最后一道菜。"

思浓又说："你还怔着干什么？"

家驹和思浓故事的发展

家骁在狱里得了传染病，保外就医，没几天便一命呜呼。这件事对家驹和思浓打击很大，因为他们都觉得家骁的死，和他们两人的不轨行为有关。吾不杀伯仁，伯仁因我而死，这似乎是上苍对他们通奸的惩罚。巨大的恐惧威胁着两个心怀鬼胎的人，在很长的一段时间内，他们不敢单独相对，尽力躲避着对方，就算是在家里遇上，也像路人一样陌生，连正眼看一下都不敢。斜阳楼的局面眼见着没法支撑下去，家厨老丁已告老还乡，老杨大权独揽，由于生意实在惨淡，入不敷出，动不动就要和思浓撂挑子。老杨本来就不是个善于经营的人，过去因为要和老丁争风吃醋，有个竞争的对立面放在那里，显得好像还有几分能干，现在凡事真让他做主，反而什么主意也没有。终于有做餐馆生意的精明人，看中了斜阳楼有过的业绩，家骁刚咽气，便出钱将斜阳楼盘了过去，依然是打傅家菜的招牌，然而却是改良过的，将店堂草草装潢了一下，重新开张，新添了最流行的重庆火锅，并且隆重推出“轰炸东京”。“轰炸东京”就是三鲜锅巴，抗战期间，这道菜在陪都重庆十分流行，汤汁往刚炸过的锅巴上一倒，“嚓”的一声巨响，就等于是炸弹落在了敌国首都，所谓心理战胜法之一，事实上，大家心里都明白，当时整天被轰炸的并不是东京，而恰恰是重庆自己。

在替家骁做五七的那天，从一大清早，人们就听见思浓歇斯底里的痛哭。大家都以为她是伤心过度，没人想到她是在为已经怀孕四个月的女儿担心。由于斜阳楼已经盘了出去，傅家的经济来源，主要是靠出租的房钱维持。家骀和家骁兄弟之间，没有正式分过家，然而自从家骁下狱，两家实际上已经分开来过。那天祭奠完了家骁，眼睛已经哭肿的思浓，哽咽着喊住了弟媳张丽华，说有些话要对家骀交代。张丽华说：“嫂子有什么话，直管和他说，用不着和我打招呼的。”家骀立刻心头乱跳，若无其事地看着思浓，就怕自己的媳妇张丽华看出什么破绽来。张丽华毫无察觉地去了，思浓看看周围，苦笑着说：“家骀，我没办法做人了？”

家骀不吭声，凡是遇到为难的事，他的绝招就是不吭声。他看着思浓又红又肿的眼睛，以为她说的没法做人，只是指四个月前，发生在厨房的那一幕。思浓说：“我不怨你，可是坏事做不得，做了就休想瞒住人，这肚子里，偏偏已经有了，瞒不了人的，你说怎么办？”家骀一怔，心口擂鼓似的跳着，似乎还有些不明白。思浓用手轻轻地按着肚子，怕吓着家骀，故作轻描淡写地说：“这也是抵赖不了的账，真的，你说怎么办才好呢？”家始如雷击顶，终于明白思浓的意思，吓得掉头就跑，思浓追在后面大声喊着，他只当作没听见，没一会便没了踪影。思浓没想到他会吓成这样，伤心地想哭，转念又想，都到了这时候，哭又有什么用。

到晚上，家骀越想越怕，吞吞吐吐地向媳妇张丽华坦白。张丽华属于那种四十年代的女中学生，读书时，眼光特别的高，就想着日后能成为阔太太。可惜人长得不漂亮，家里又没钱继续供她上大学，嫁当官的没戏，便自作主张地选择了家骀。家骀好歹是个大学生，家境似乎也还说得过去，她嫁给家骀的目的，是指望傅家能供她上大学，然而她的水平，真的要想去考，又考不上，不考，就得花很多很多钱，傅家已经让家骀念了大学，有钱也不愿意用在一个媳妇身上，因此张丽华的理想没有实现，总觉得傅家欠她一笔人情。事实上，她既不是读书的料子，也不适合做太太，既不是新女性，又旧得不够彻底。当家骀向她坦白自己和思浓的关系时，她产生的第一个念头，就是思浓想往他身上栽赃，因为她不相信自己男人能被别人看上。

张丽华说：“也不撒泡尿照照自己，你嫂子凭什么会看中你！你倒是说说清楚，那天晚上，你们是真干了，还是只做做样子？”

家骀不知道什么叫做做样子，想自己反正已经坦白，干脆把什么都如实说出来，争取宽大处理。他红着脸说自己心慌意乱，刚刚冒冒失失冲进去，就慌不择路地跑了出来，因此也闹不明白这算不算真干。仅仅是看脸色凭直觉，家骀觉得自己这么说，罪名要稍稍轻一些，说了后，又立刻后悔还不如说没进去，反正是抵赖，干脆

彻底一点。思浓已经怀孕，这是抵赖不了的事实，他倒没有往别人身上去想。然而张丽华就像是审问旁人的事情一样仔细，一定要问清楚闹明白，究竟是怎么刚进去，就出来了，是枪，还是枪里的子弹。家骀支支吾吾说，自己突然觉得不妥，真枪真刀刚接上火，想到了狱里的哥哥，想到了家中的老婆，就半路撤了兵，把枪拔了出来，然后是想憋住，偏偏又憋不住，那子弹就走了火，胡乱射了出去，于是就这么稀里糊涂地犯了错误。

张丽华自己结婚已经快五年，仍然没有怀孕，但是对别人的如何受孕，似乎很有研究，立刻认定刚接触就出现问题，这本身就是一个问题。她向来不把自己的丈夫放在眼里，吃准了思浓和别人有了私孩子，躲不过了，才硬拉自己丈夫出来抵挡。是可忍，孰不可忍，张丽华和这位能干的嫂子之间，本来就面和心不和，这一来，便成了不共戴天的仇人。家骀多一事不如少一事，有了老婆的支持，索性死不认账，继续躲着不和思浓见面。那思浓倒是替家骀着想，既然他不想认，便保护他，把罪过推到了伯元身上，其实她不推也没关系，反正也不会有人当面来责问她，这种事从来就是自己若不怕，别人也奈何不得。张丽华到处散布思浓的坏话，人前背后控诉着她的种种不是，过了五个多月，那私孩子生下来了，一看那相貌，和家骀仿佛是一个模子刻下来的。小孩像叔叔本来不奇怪，由于张丽华事先做了许多铺垫，说了思浓不知道多少不是，事实胜于雄辩，大家看着那私孩子的相貌就暗笑。

张丽华因此不仅恨思浓，也更恨自己的男人家骀，恨他对自己说了谎话，恨他竟然编了故事蒙她。她和家骀不曾生过孩子，家骀既然能和别人生孩子，说明不能生孩子的过错，显然都在她一个人身上。女人不能生孩子，就好像母鸡不能下蛋，那家骀虽然不是儿女心很重的男人，但是张丽华毕竟不是他肚子里的蛔虫，并不太明白他的心思。由于还在一条街上住着，张丽华和思浓抬头不见低头见，见着了，心里便蹿火，到晚上睡觉便要和家骀寻不愉快。家骀想和她办事，她虎着脸说，“我可不是你嫂子，你干吗不去找她？”家骀真是十天半月不碰她，她又疑心家骀是真的去找了思浓，胡搅蛮缠还是闹。家骀被她闹得头昏脑胀，气急了便说：“你再闹，我真的就去找。”他这么说，当然只是吓唬吓唬她，然而她却当了真，转身便去找思浓吵架，堵着大门大骂。

在以后的几年里，家骀没有和思浓说过一句话。见面时，像正赌气的小孩子，大家都虎着脸。家骀知道思浓恨自己，一定已经恨到了骨子里，然而恨就恨吧，他反正也不在乎。有时候，他也想到厨房里曾经发生过的那一幕，想到那十分丰盛的一桌菜，想到思浓赤条条地躺在餐桌上的模样，然而想了也就想了，也没什么激动。他在大学里学的是经济，学了就跟没学一样，毕业了以后找不到什么称心的职业，只好去中学里教书，教英文。日本人在的时候，英文不吃香，他便学着大哥的样，用抹布写大字。他大哥的字，还是把布条绑在小棍子上当笔用，他倒好，小棍子也省了，直接用手抓着一团抹布，沾上墨，一挥而就，写完了，由于字大，可以照着原尺寸制匾。他的字不像大哥那样有文人气，先还是力图临摹魏碑，后来又学伊秉绶，写着写着，便由着性子独创了一体，竟然也有了些小名气。南京这地方，从来不缺乏擅长书法的人，会写字的书法家看不上他的野狐禅，但是商家却十分喜欢，因为那字有霸气，挂在那醒目，大老远地就能看见，而且花费不多，管顿饭就行。家骀替人写字的目的，只是为了蹭饭，既然斜阳楼已经没什么让他可以吃的，他便靠写招牌吃四方。

家骀从来没想到有一天也会懂吃，自小他就知道自己是饿死鬼投胎，只是能吃和贪吃，没想到所熟悉的那些会吃的饕餮之徒，一个个死的死，亡的亡，结果他这个不会吃的人，渐渐地却在吃坛上成了名，成为一代高人。山中无老虎，猴子称大王，世无英雄，遂让竖子成名，家骀是吃傅家菜长大的，斜阳楼盘给了别人，自家的特色菜吃不到了，退求其次，反而成全他有机会品尝到别的馆子的菜肴。一九四九年前，正是中国经济最不景气之际，蒋家王朝行将覆灭，很多人醉生梦死，有了钱便拼命吃。经常有新的餐馆开张，自然也天天有老的餐馆倒闭，旧政权垮台，新政权建立，并不是所有的人都有觉悟，大家对吃的兴趣有增无减，因为吃最痛快，吃最保险，吃到了肚子里，谁也拿不去。万般皆下品，唯有吃最高。这是家骀吃的技艺突飞猛进的时代。虽然他在吃相上仍然十分难看，虽然他仍然有着贪吃的恶癖，但是似乎已经开始显山露水，有点懂得吃的门道了，他毕竟有着良好的童子功，谈笑皆鸿儒，往来无白丁，从小耳闻目睹，都是些会吃的人物，瘦死的骆驼比马大，他的身上终于显出了杰出人物大器晚成的特征。

到了一九五二年，家骀和思浓生的女儿傅薇薇已经六岁，家骀突然和张丽华离了婚，这期间，新政权已十分稳定，社会上的重要话题，是宣传新的婚姻法，反对旧的包办封建婚姻，父母之命，媒妁之言成了抨击的对象，当时最流行的戏曲是《小二黑结婚》，是《梁祝》。爱情被提到了一个新的高度，很多人都匆匆去办了离婚，家骀和张丽华明明是自由恋爱的，偏偏也要跟着浑水摸鱼，借口解除包办婚姻，胡乱搭了一班车，一赌气就把婚离了。离了婚，张丽华搬出去住了，剩下家骀一个人，吃又重新成了问题，想厚着脸皮去找思浓，有贼心，却没那个贼胆。这一年，家骀已经四十岁，鬓角间已经开始有了白头发，他突然有些怀旧，觉得自己不能忘情，然而，他忘不了思浓，不是因为男女间的旧情，而是想念思浓做的菜。

家骀和思浓的故事再发展

一九五二年，对于饕餮之徒来说，是一个吃的黄金时代的结束。吃喝玩乐毕竟是有闲阶级的事情，是地主和资本家的专利，这时候的社会风气，开始表现出劳动人民当家做主的精神。人人都用社会主义思想改造自己，贪吃者属于游手好闲的二流子，将受到大家的鄙视。家骀吃的机会骤然减少，没有什么新的馆子开张，就算是有了，也没人来请他写字。斜阳楼早就盘给别人了，沿街的房子，尽管产权还是傅家的，但是房租再也收不回来。家骁当年被打成汉奸的时候，傅家的房产就被称为逆产，逆产归逆产，傅家把房子租了出去，多少还能拿到些钱。解放了，人们突然意识到收房租是剥削，都拖欠着不给，家骀突然也有了些新思想，想收房租反正是困难，欠着也是欠着，还不如把自己名下的房子，统统捐给国家拉倒。

家骀仍然在中学里教书，他的一份薪水过日子足够，扮演饕餮之徒便有些力不从心。从主观上，家骀也想重新做人，改变自己贪吃的本性，然而他只要三天没有好东西吃，晚上睡觉也不安生，做梦时想到的是吃，不做梦醒在那，想到的也是吃，只要是有吃的机会，他便立刻显现出奋不顾身的馋相。吃永远是生活中最重要的一件事，他可以在理论上认识自己的不对，但是在实践上，他实在没办法抵挡住吃的巨大诱惑。最尴尬的是，他离了婚的老婆张

丽华和他形成了尖锐的对比，她不仅对吃全无兴趣，而且看到家骀的馋相，就气不打一处来，厌恶之心顿起，本来就不太好的胃口立刻全无。刚和家骀结婚的时候，她还能照本宣科，做几样半吊子的西餐。渐渐地，从仇恨家骀贪吃，发展到仇恨吃，又因为仇恨了吃，发展到了干脆仇恨家骀，家骀终于明白，为什么傅家当年的老规矩，凡娶儿媳妇，一定要娶那种能做菜的女人。这不仅仅是口福的问题，事实上，只有那些善于烹饪的女人，才可能容忍嘴馋的男人，因为她们做出来的菜，要有嘴馋的男人品尝，才能体现出其技艺的价值。

离了婚的家骀开始尝试接近思浓。他已经很久没有吃到家庭风味的佳肴，想当年思浓初嫁时，第一次下厨房，做的一道菜是“炖菜核”，一下子就得到了全家的好评。厨行世家的女儿果然名不虚传，傅老先生当即把儿媳做的这道菜，写进自己打算流芳百世的《傅家食谱》。好菜并不只在名贵，一道普普通通的炖菜核，能做成独具特色的佳肴，没有独门绝技不行，因为这道菜看似平常，其实无论是选料，还是加工的火候，都非同一般，不是行家里手，绝对掌握不了。先说选料，用的是南京城西南万竹园的青菜，万竹园地方不大，也就是一片小山丘，然而非此地产的青菜，便烧不出这样的美味。这种青菜俗称“矮脚黄”，其棵矮，梗白，心黄，因为其生长环境的泥土，属于褐色黏土，特别肥厚，生长的青菜鲜嫩无筋，青是青，白是白，炖好以后，搁在砂锅里，菜叶碧绿，菜梗洁白，冬菇，冬笋，火腿，鸡脯片像一朵小花似的堆在中间，起着吊鲜的作用，色香味无一不具备。这道菜可以归为家常菜中的极品，非高手不能做，非高手也吃不出精妙。

家骀突然发现自己十分想吃思浓的炖菜核。他吃过思浓烧的许多种菜，但是离婚以后，家验印象最深的，偏偏就是这道炖菜核，那青是青白是白的美好感觉，老是在脑子里打转。口水在家验的嘴里打着转，他回味着那炖菜核应该有的奇妙滋味，那种不可遏制的渴望，撵都撵不走。到了一个星期天，忍无可忍的家验十分冒昧地跑去找思浓，直截了当地说出自己的想法。思浓没有任何的思想准备，她充满敌意地看着从天而降的家验，甚至都不知道他已经和张丽华离了婚。

家验轻描淡写地说 ：“嫂子，过去的那桩事，就算了吧，我知道你心里还恨我。”

家验又说 ：“我真是没出息，就惦记想吃嫂子做的菜。”

思浓抱起桌上放着的一个玻璃花瓶，恶狠狠地向家验砸过去，正好砸在他的怀里，他吓了一大跳，出于本能地抱住了花瓶，总算没有让那玩意掉在地上跌碎。思浓又拿起一个鸡毛掸子，朝家验身上抽，是真的用力抽，家验一边躲，一边像捧着个小孩子似的保护花瓶，怕花瓶掉地上砸了。思浓悻悻地说 ：“我这地方不欢迎你，你给我滚，立刻就滚！”家验说 ：“嫂子你停下手，让我说几句行不行？”思浓听了，抽得更凶，家验唉哟唉哟直叫，忍不住还双脚离地跳起来，手上仍然抱着那玻璃花瓶。都到了这一步，也不管思浓已经气成那样，他竟然还能厚着脸皮说 ：“嫂子答应让我吃顿炖菜核，我立刻就走。”思浓这时候是真的大怒，继续往他身上猛抽，虽然已经棉袄上身，家验终于吃不住痛，又唉哟了两声，抱着花瓶夺路而逃。

过了两天，家验借还花瓶，又去纠缠。思浓这次不用鸡毛掸子抽他了，只是坐在那里暗暗抽泣。她此时已经知道家验离了婚，心里仿佛打翻了油盐酱醋的灶台，又掺和了辣椒酱花椒粉以及别的什

么佐料，百感交集爱恨交加。她仍然是虎着脸，但是本来就很白净的脸上，已悄悄地又抹了一层粉，头发也梳得一丝不乱，桌上用一个大口的玻璃瓶养了一把腊梅，香喷喷地满屋都是花气。家骀将玻璃瓶里的腊梅移到了花瓶里，用鼻子有些做作地嗅了嗅，沉浸在花的香味中。思浓的抽泣，更像是一种表演，家骀在一旁试图搭讪，想不到说什么好，说半天也说不到点子上。思浓擤了擤鼻子，终于说："我当初怎么那么不要脸，竟然会死皮赖脸地看上你。"家骀抱歉说："嫂子千万可别这么说，是我不要脸，我这人皮厚。"思浓说："我真后悔那次的事，这反而让你看轻了我，我真的好后悔。"家骀不怀好意地笑着，说："嫂子不要多虑，我怎么会看轻嫂子呢？"思浓说："你别嫂子嫂子的，我听了别扭。我真是你嫂子，当初怎么还会对我做那种事！"

接下来就进入俗套，家骀炖菜核尚未吃上，便上前十分笨拙地要亲思浓，胡乱亲了几下，有些敷衍了事，思浓像木瓜一样，一动不动，后来终于有了反应，两人抱成了一团，就搂抱着上了床。思浓先是半推半就，做出十分勉强的样子，家骀有些走神，干到一半，又想打退堂鼓，思浓兴致已经起来了，把嘴唇贴在了他耳朵边，细声说："你真要是有良心，我以后，天天烧好吃的侍候你。"这话顿时让家骀精神大振，疯疯癫癫地狂了一阵。他满脑子就是吃，一想到吃，就好像注射了兴奋剂，男人气全部出来了，突然变得异常神勇，忍不住洋洋得意地说："我就是想吃嫂子的炖菜核。"思浓此时没心思说话，摸着他身上肉多的地方，轻轻地拧了一把，叹气说："现在这时候，你还喊我叫嫂子。"家骀不是有情调的男人，笨拙地说："不喊嫂子，我还能喊什么。要不然，我就叫你炖菜核，怎么样？"思浓有些失望，说："你就惦记着吃。"

这以后，家骀一日三餐，大模大样地就在思浓那里吃。他的薪水领了，自己留下五块钱零用，其他的都缴给思浓，俨然像一家人一样过着日子。思浓和家骁生的大儿子已经十四岁，小儿子也十一岁了，人小心却不小，该懂的事都懂了，一双敌意的大眼睛，老是盯着家骀滴溜溜地转，家骀心虚，怕小孩子生疑，仍然是吃过饭，就回自己家住，反正两家挨得不远，门靠着门，真想办事情也不难。女人免不了想要一个正式的名分，思浓总以为有一天，家骀会和自己谈起婚嫁之事，但是没想到他始终不曾提到过一个字。他和她往来的目的，显而易见地是为了吃，而这吃，又似乎是一种开恩，是给思浓面子。思浓能做出那么一手好菜，没人会欣赏，本身也是一种罪过。思浓这么好的烹饪手艺被忽视，也是一种暴殄天物。吃是家骀生命中压倒一切的头等大事，是空气中的氧气，是万物生长的阳光和雨露。思浓也没办法和他这样的人计较，他既然是喜欢吃，便在吃字上进一步痛下功夫。家骀是一头馋嘴的骡子，她知道只要是套住了家骀的嘴，就等于套住了他的人。

也许家骀从来就没有真正地喜欢过思浓。在他的一生中，谈不上对任何一位女士爱得死去活来，因为他对于吃的兴趣，远远地超过了对性爱的兴趣。人的精力再好，大不了每天做一次爱，然而人必须每天吃三顿饭。家骀和思浓的来往，吃仅仅是目的，而不是手段，这一点正好和思浓相反。思浓是天生的烹饪大师，她在家传的基础上，既能做一手地道的傅家菜，能做娘家汤厨行的看家菜，还可以融会贯通，极富想象力地做出许多充满创新意味的菜肴。家骀总是不断地给她新的灵感，她天生就喜欢做菜，喜欢像研究作战方案一样地琢磨配菜，烹饪能给她带来一种独特的快感。在中国的烹饪历史上，做菜似乎应该是一门男人的手艺，尤其像烹饪大师这样的封号，仿佛向来就是为男人准备的，是男人们的专利。思浓对性爱最初朦朦胧胧的感受，便是在厨房里看厨师做菜时产生的，厨师娴熟地表演着烹饪特技，她目瞪口呆地看着，在不知不觉中，迎来了自己的初潮。和家骁刚结婚的时候，思浓还不是那种耽于床笫的女人，然而每次看到丈夫家骁系上围裙，亲自下厨做菜的时候，思浓都会产生一种类似高潮即将来临的冲动。炉火正红，油锅里升起冉冉青烟，嚓的一声，菜下了锅，家骁充满柔性的手，忙而不乱地动着，就好像是做爱前的抚摸，对于思浓来说，在厨房尽情地做菜，也是一种奇妙的性体验。

思浓曾经试图爱上傅家家厨老杨的儿子伯元，在一开始，家驺只是伯元的替身，是候补。人生中会有很多缘分，有很多机遇，故事的起因就是这样，她没有抓住伯元，退求其次，随手抓了个并不起眼的男人家驺，她要用这男人来填补丈夫不在时的空白，弥补精神上的空虚。思浓一生最大的满足，就是身边有一个实实在在的男人躺在那里，让她欢喜，让她忧，她喜欢一伸手就能摸到身边有男人的那种感觉，她喜欢男人的呼噜声，喜欢男人磨牙引起的噪音。可以毫不夸张地说，床上的乐趣是她生活中很大的一件事，男人是她生命的一部分，一旦让她真正地抓住了，她绝不会轻易松开。她并不明白自己为什么不是很爱家骁，从一开始，她就觉得自己迟早有一天会背叛她的丈夫。也许是他们夫妻兴趣过于接近的缘故。他们都太喜欢做菜，他们喜欢做菜时的那种积极主动，喜欢富有想象力的创新，喜欢菜做好了以后被别人欣赏，喜欢来自美食家们的挑战。他们太相似了，结果反而不可能互相欣赏。

思浓把爱一个男人可能会有的巨大能量，锁定在了家驺身上。开弓没有回头箭，一开始，虽然有些盲目，甚至有些无耻，但是一旦她选中了家骀，尽管可以找出一千条不值得爱的理由，然而这爱既然已经成为事实，也就成为她唯一的始终不渝的爱。没有思浓，家骀在后来也不会成为吃功盖世的美食高手，成为新饕餮之徒们说起来，就不得不肃然起敬的人物。是思浓化腐朽为神奇，点铁成金，使家骀在吃的境界上，自成一家，得道成仙。思浓喜欢用自己做的美味佳肴去打动别人，她实际上是通过烹饪这种形式，使自己成了后来一度十分风行的女权主义者，在性爱的角色中，女人不再仅仅是被动，是被爱，被男人所享受，烹饪已成为她占有家骀的一种手段和象征，美味佳肴已经成为驾驭爱情的一部分，成为男女传递爱情讯号的电波，成为跨越爱河的桥梁。思浓后来全身心地投入到烹饪之中，实际上意味着她投身于自身的解放运动。

饕餮之徒在思浓家雅聚

接下来，应该是家骀美食技艺，从量变到质变的年代。他不再仅仅是过去那个能吃，而且贪得无厌只知道吃的家骀，时过境迁，他正变得越来越会吃，越来越接近吃的真谛。家骀在吃的品位上，格调变得越来越高，变得越来越儒雅，逐渐显露出了美食大师的那种峥嵘。对于美味佳肴，家骀开始有了自己独特的览赏能力，这种盖世的能力，既是从无数顿的吃中间摸索出来的，同时，也是思浓的独到的烹饪技艺一手造就的。没有思浓，家骀绝对成为不了美食高手。没有思浓，家骀永远也只能是馋嘴，仅仅是嘴馋而已。一九五二的冬天，是家骀在吃的技术水平上的一个重要转型期。在这之前，他只是一个贪吃的浪子，只知道把自己的全部薪水，都扔在了各式各样的馆子里，除此之外，便是靠用抹布蘸着墨汁替人写招牌，到处蹭吃蹭喝。他的吃，那时候还徒有虚名，根本成不了什么气候。

思浓成了家骀的专职厨师。有了思浓这样优秀的专职厨师，家骀终于明白了为什么有些人不得不上馆子，原来很多男人上馆子的直接原因，是因为他们的家里，没有一位会做菜的太太。傅家祖祖辈辈的男人，都不喜欢上馆子，对于他们来说，既然家里已经有了那么多现成好吃的东西，还有什么必要再去上馆子浪费时间。古人从来都是因为肚子饿了，才去酒家吃些什么。对于饮食世家而言，餐馆和酒家是那些没有可口的东西吃的人才去的地方，是为了不得不去填饱肚子。餐馆酒家往往都不会把吃放在第一位，酒家是流浪者的驿站，是女人出卖色情的场所，是男人谈生意会朋友的联络点。真正会吃的人，绝不会随随便便到馆子里去瞎吃。

自从和思浓恢复来往以后，家骀高大的身影，似乎暂时从大大小小的餐馆里消失了，他开始一边品尝思浓精心准备的美味佳肴，一边潜心攻读傅老先生遗留下来的那几卷《傅家菜谱》。让人难以置信的事情终于发生了，家骀和思浓对设置菜单，产生了共同的兴趣，也就是说，他们不仅热衷于具体的吃和具体的做，还同时对想象中的尚未加工出来的菜肴，兴致盎然跃跃欲试。他们像那些热衷于象棋或围棋的弈手一样，经常为某一道菜进行十分深入的探讨和研究，他们时时刻刻都在琢磨着怎么吃。在开始时，家骀总是改变不了贪吃的恶习，即使后来他在吃方面已经非常内行，对于吃的学问已经不同凡响，说起吃便出口成章，仍然不会细嚼慢咽温文尔雅，他的胃口从来也没有坏过，当吃的境界提高以后，家骀首先在咀嚼上发生了变化，他不再像过去那样草草完事，那么迫不及待地就把正在品尝的食物，不加辨别地就匆匆吞咽下肚。他的牙齿像金属的齿轮铿锵有力，而且永远不知道疲倦，当一种食物进入口腔以后，他总是用近乎夸张的动作使劲咬嚼，使食物得到充分的粉碎，同时还要发出那种让正人君子听了，忍不住要皱眉头的滋滋声响。不管后来变得多么会吃，他的吃相仍然让人不敢恭维，他永远是那种急吼吼的样子，一边吃，一边流口水。

自从斜阳楼盘给别人以后，南京的老饕们就再也吃不到正宗的傅家菜。到了一九五四年的春天，斜阳楼改名为群益饭店，开始以价廉物美取悦大众，即所谓的为工农兵服务的方向。这时候，和两年前相比，调子更高了，讲究吃似乎已成为了一桩羞耻的事情，是剥削阶级的一种腐朽行为，是二流子和资产阶级的小开，是资本家和老板，是无产阶级必须改造的对象。餐饮业的观念开始发生巨大变化，不只是吃不到声振一时的傅家菜，很多有名的馆子，都被大众菜肴弄得不知所措。昔日的传统名菜，纷纷受到了冷落，价廉自然不难做到，可是物美再也无从说起。大快朵颐的日子一去不返，放在饕餮之徒面前的实际问题，就是口袋里有再多的钱，也找不到好东西吃。那些会吃的馋嘴，隔三岔五不打打牙祭，一个个如丧考妣，像掐了头的苍蝇，病急乱投医地到处瞎转，充满失望地从这家馆子出来，然后去了另外一家，临了，再一次十分失望地走出来。

家骀平时结交了一帮会吃的朋友。人从来就是成群结队的动物，就好像球迷会有球迷朋友，戏迷会有戏迷朋友一样，家骀也有一帮馋嘴的狐朋狗友，常常聚在一起切磋吃的艺术。吃东西有一个特点，这就是光一个人独自享用，并没有什么太大的乐趣。吃最好也是成群结队，要热闹，美味佳肴如同可圈可点的好文章，得让大家一起读才有意思，得让好多人争着看才有效果，奇文共欣赏，疑义相与析。美味非得经过了高手们品尝，方能真正显出英雄本色，

佳肴非要经过内行们认定，才能获得名副其实的称号。家骀在思浓那里虽然大饱口福，乐不思蜀，别的餐馆饭店可以不去了，原来的那帮吃客朋友，却不能从心里丢开。他比过去更会吃了，便有一种要找人试试武艺长了多少的念头。同样的道理，他惦记着别人，别人也正牵挂着他，终于有一天，大家探听到了他的秘密，捉贼似的抓住了他，异口同声说他不够交情，俗话说有福同享，有难同当，怎么能跟光棍似的，一人吃饱全家饱，自己吃好喝足，竟然活生生地忘了朋友。

到了一九五四的春天，家骀的这帮朋友联合起来，组成了一个馋嘴者俱乐部，把思浓家的餐厅作为了聚会的秘密地点。但凡嘴馋的人，都是一些有经济实力的角色，嘴馋，没有本钱不行，这些人，不是正在进行公私合营改造的资本家，就是已经破败的大户人家的子弟，要不就是社会名流，譬如大学的教授，譬如身怀绝技的祖传中医，譬如民国时期的旧官僚，反正是清一色的会吃高手，对于吃，就好像苍蝇闻到了腥肉，立刻从四面八方飞了过来，轰都轰不走。这些人的思想境界各不相同，口味也有差异，聚在一起的目的很简单，既然在好端端的馆子里，已吃不到正宗的傅家菜，他们为什么不就在这里大快朵颐大饱口福。而且要吃家常菜，当然是在人家的家里吃，更显其本来面目。在以后的几年里，这帮有了吃就不要性命的馋嘴，说好每周都要搞一次小聚餐，菜单由家骀草拟，因为他对制订菜单，有非常高明的地方，每次吃这一顿的时候，一边吃，一边开会似的，很认真地讨论下一顿的菜单。

这样的聚餐持续了差不多有三年。三年中，有的人因为阮囊羞涩，拿不出钱来，不好意思蹭吃，知趣地走了，又有新的饕餮之徒，口袋里塞足了钞票，像新鲜血液一样补充进来。社会上的剧烈变化，似乎并没有影响到这里雅聚，由于人手不够，思浓不仅雇了一个身强力壮的保姆，真到了聚餐的那天，还要临时雇一个小伙子来帮忙。每一次聚餐，对于家驹和思浓来说，都是一次严峻的挑战。高手相逢，任何一点小小的疏漏，都可能贻笑大方。他们必须既从食客的角度，同时又要从加工者的角度，从两个不尽相同的角度全面考虑。首先口味不能重复，每次聚餐的菜单，不仅不能雷同，而且不应该近似。家常菜必然重复是一个错觉，傅家菜最重要的一个特色，就讲究不同凡响。设置菜单必须因人而异，因时而异，好的菜单必须经过非常精心的策划，拟定菜单本身就是一门深奥的学问。

聚餐采取了轮流做东的办法。一顿吃完，总有人预付了下一顿的订金。一个爱吃的人，能有机会参加这样连续丰盛的聚会，实在是太幸运了。这样的聚餐，不仅是口福，而且切磋武艺，长学问。事实上，他们在这里吃到的许多珍馐，都是当年在斜阳楼生意最火爆的时候，也绝对吃不到的佳肴。渐渐地，大家终于明白，他们所以有机会在思浓的家里，品尝到五彩缤纷的美味佳肴，和思浓对家驹的爱情分不开。在大快朵颐的同时，他们虽然出了钱，却是沾了家驹的光。他们终于隐隐约约地明白了一些道理，这就是仅仅是喜欢烹饪和喜欢吃，还远远不够，必须还得有爱。爱是食物中最好的调料，大家正分享着女主人博大的爱，沐浴在爱的光环之中，尽管这爱只是奉献给家驹一个人的。任何人，一眼就可以看出思浓和家驹之间的不正常关系，虽然家驹在众人面道貌岸然，对思浓言必尊称嫂子，没有任何轻浮之举，然而思浓对家驹情不自禁的亲昵，根本就没办法掩饰。思浓的眼睛里只有家驹，当那些最具特色的佳肴端上了桌，思浓关心的就只有家驹一个人的反应，她小心翼翼地观

察着他的表情，等待着他的评价。家骀之外的人都只是陪客，他们在宴席上显得无关紧要，他们都不过是一些跟着吃的次要的小角色，只要家骀能够点头称赞，思浓就心满意足，只要家骀说好，这道菜就是真的好。

烹饪史上的广陵散

家骀在一九五七年成了右派。很多理由都决定了他应该是个右派，首先是游手好闲，成天就知道吃，就研究吃，而且借着吃的名目，私下聚会，搞裴多菲俱乐部。欲加之罪，何患无辞。在思浓家雅聚的食客中，有一位是当时党报点名的大右派，仅仅冲着这一点，家骀被打成右派，就毫无冤枉可言。此外还有个生活作风问题，竟然和嫂子乱搞男女关系，和谁都不能乱搞，和自己的嫂子当然更不能胡来。家骀被勒令写检查，也没什么好写的，写着写着，大段的篇幅，便是交代思浓如何勾引自己。他的交代写得有些像小说，时不时有些小高潮，看的人不相信，于是跑来找思浓核对。思浓也不抵赖，就像当年怀傅薇薇一样，把什么都往自己身上拉，她反正是个家庭妇女，真豁出去了，别人也奈何不了她。

只要家骀能够平安过关，受多大的委屈，思浓全不在乎。在她的心目中，人生有两件事最重要，这就是吃饭和睡觉。她一生所关心的，不过是如何把这两件最重要的事情，做得更完美一些，做得更有些诗意。怎么吃和怎么睡，成了两个带有哲理意义的问题，怎么吃，是对烹饪技艺的精益求精，而怎么睡，那便是心爱的男人能躺在身边，他的呼吸声就是幸福的伴奏。只要家骀还值得自己爱，思浓愿意做出最大的牺牲。思浓家的聚餐能够让老饕们一致叫好，

其中很重要的原因，是思浓投入了全身心的爱。没有爱，做不好任何一件事。整个聚餐活动，本身就是一次爱的过程，从讨论最初的菜单开始，爱的小船自爱河中起航，经过一系列的漂流，最终驶入爱情的港湾栖息。虽然家骀住的地方，离思浓不是很远，然而事实上，只有在聚餐的那天，才是他们真正的好日子。这是家骀和思浓共同的节日，家骀是因为吃，而思浓却是因为爱。在男欢女爱的这一天到来之前，他们充满了期待，做好了最充分的准备。思浓对家骀被打成右派的后果严重性，显然认识不足。她以为只要自己忍辱负重，勇敢地承担了错误，家骀很快就能从窘境中解脱，很快就又能与她同床共枕。她并没有把家骀的这一次背叛看得很重，正如家骀过去矢口否认了他是傅薇薇的亲身父亲一样，思浓依然觉得这是男人可以原谅的小毛病。一个女人既然爱一个男人，就应该毫不拒绝地接受这些毛病。

思浓并没有想到家骀被打成右派，意味着家庭宴会的结束。她只知道那位被党报点名的大右派，一时想不开，上吊自杀了。这是一位著名的民主人士，姓顾，思浓不明白右派的确切含义，只知道这是一次灾难，经常参加家庭聚餐的人中间，除了顾先生和家骀，竟然会有三分之一的人都成了右派。家骀终于从学习班回来了，他回来只是拿行李，因为他将不得不去郊区的农村，参加劳动改造。

在郊区参加劳动改造的家骀，每两个月回来一次，看得出来，这期间，对于家骀的痛苦折磨，既不是劳动的艰难磨炼，也不是思想改造过不了关，让他感到苦不堪言的是吃，不仅是吃不好，而且还有吃不饱。每次都仿佛是刚从流放地回来，看着他胡子拉碴的外表，看着他狼吞虎咽的模样，思浓的心口就好像有刀子在绞。为了让他在回来期间尽可能地吃好，思浓总是早在多少天以前，就为家

骀的归来做准备。她挖空了心思，力争让自己的精心准备的美味佳肴，臻善臻美无可挑剔，以便让家骀在短短的几天内，把失去的对于吃的美好享受，统统弥补回来。由于她并没有什么经济来源，为了家骀的归来，思浓开始把自己的首饰拿到旧货店去卖，平时自己省吃俭用，结果她的三个小孩一提到家骀，就恨之入骨。他们想不明白，为什么往往家骀一个人，就要比他们一大家的人都吃得多。此外，人们背后都叫他们的母亲是破鞋，这个带有羞辱性的称呼，显然也是因为家骀的缘故。

很快就到了三年困难时期，人们的吃饭问题，开始成了最普遍的问题。许多人都在饿肚子，家骀自然不会成为例外。所幸的是，改造期终于结束，他又回到原来的学校里继续教书。他的工资被降了两级半，思浓以为他会像过去那样，继续在她这边搭伙，仍然是把钱全交给她支配。然而这一次家骀似乎有了小心眼，思浓喊他过去吃饭，他便不客气地吃了，吃完了，抹抹嘴就走。到休息日，也许是不好意思总是白吃，家骀有时会自己去菜场剁二斤高价肉，拎到思浓那里让她加工，要么一气吃完，要么就把剩下来的肉，装在搪瓷缸里带走。饥饿使得人的欲望也受到了压抑，思浓发现家骀对男女之事，显得毫无热情，能躲则躲，不能躲，也只是勉强敷衍。他干起那桩事情似乎越来越力不从心，有时候，竟然做到一半，就找借口，不高兴继续玩下去。他常用的借口是自己射过精了，因此也就意味着该尽的义务已经完成。

当思浓发现家骀生活中还有一位别的女人时，她这才对他感到彻底失望。这是一个思浓做梦也不可能想到的意外。有一天，思浓鬼使神差地跟踪家骀来到大行宫附近的人民饭店，她以为他是进去吃饭，然而却没想到他只是等在门口，一直等到饭店关门打烊。思浓看见一个女人拎着一口小钢精锅，从饭店里走出来，喜气洋洋地走向家验，二人会合了以后，那女人将小锅让家验拎着，然后挽着他的胳膊，十分亲密地往前走。思浓的心，一下子拎到了喉咙口，半天才喘过气来，凭着女人的直觉，她立刻就明白这两人的关系已经到了什么程度，而且立刻明白，她很可能就此永远失去了家验。

第二天，思浓继续在人民饭店的门口盯梢，果然看见了和前一天完全相同的一幕。到了打烊以后，那女人拎着一口小锅出来，媚态十足地走向家验，然后他们一起走进小巷深处，走进沿街的一道小门，又进入一间小平房，显然是那女人的住处。连续几天都这样，思浓发现家验干脆就是住在那女人的家里。这女人是人民饭店的一个跑堂，为了能进一步地观察她，思浓特地跑进人民饭店吃了一顿饭，那饭菜当然是粗俗不堪，她偷偷地溜进了厨房，看见厨师像烧猪食一样地用大锅在烧豆腐，一边搅拌，一边胡乱地放着佐料。虽然已经两顿没吃了，思浓对端上来的菜仍然没有任何胃口。她控制着自己，尽量不让眼泪落下来，有两个要饭花子，虎视眈眈地在一旁看着，就盼着她能剩下一些什么吃的东西。这是一个极度饥饿的年代，甚至连要饭的对是否能讨到一口剩饭，也不敢抱太大的奢望。思浓终于捧着脸冲了出去，泪水像决堤的洪水直涌出来，她感到无比的绝望，所见到的一切都让她恶心，她再也忍受不了那种不可饶恕的背叛。家验的吃的品位，竟然跌落到如此下作的一步，很显然，家验对于美食的背叛，和对于爱情的背叛如出一辙。

事情总有揭穿的一天。家验决定和那个女跑堂结婚，结婚的目的，无非是看中她每天能为他带回一小锅剩菜。吃已经威胁到了家验的基本生存，他常常处于饥饿的恐惧中，在美味和基本的吃饱面前，他毫不犹豫地选择了要吃饱。家验终于向思浓摊牌，他甚至

带去了一小锅人民饭店的剩菜，好像是为了用实物来证明自己的选择，没有任何可指责的地方。由于正好是吃饭时间，思浓的三个孩子，不管三七二十一地吃起那锅杂烩。看着自己的孩子一个个都奋不顾身，思浓有一种心碎的感觉，她知道家验将像一个脱了线的风筝一样，永远地从她的手中滑落了。她知道自己所爱的男人被夺去，不是因为那个女人比她更漂亮，更年轻，而是因为那个女人手中掌握着更有效的武器，这有效的武器就是那一小锅剩菜。在特定的时代里，女跑堂代表着世俗的完美，思浓根本就不是她的对手，大众食物常常胜于美味佳肴，粗俗常常胜过崇高，这是一个颠扑不破的定律。

思浓若无其事地参加了家验的婚礼。就在人民饭店里进行，没什么菜，大家热热闹闹哄了一下，喊上几嗓子，事情便算结束。女跑堂人长得并不漂亮，曾经有过不幸的短暂婚史，在众人眼里，她和家验应该是天生的一对。婚礼结束以后，家验似乎有些歉意，还是在蜜月里，就偷偷地跑去和思浓约会。思浓也没有拒绝他，只是在事后，很平静地说："你何苦还要再来羞辱我呢！"家验有些难为情，红着脸说："我怎么能那么容易地就把嫂子忘了。"他自己也觉得这话有些不妥，涎着脸说："我真的忘不了嫂子，总想着我们一起拟菜单的日子，那时候有多好。"思浓让他说得差点流眼泪，苦笑着，说："亏你还能记住，你忘不了就好。"家验咽了咽口水，说："这怎么能忘呢。"思浓看着他，感慨万千，依然是用很平静的语调说："那我们就再聚一次，菜我来准备，钱也不要你出，我请客，你负责把当年的那帮食客给我找来。"

家验只要有的吃，立刻卖命奔走。饕餮之徒们早就饿狠了，一听说有这样的好事，一个个摩拳擦掌，都盼着这一天早日到来。思

浓足足花了一个月的时间准备，毕竟是困难时期，虽然雨过天晴，最困难的时期，很快就要结束，备菜仍然不容易。终于到了开席的那一天，食客们早早地来到，一共是十个人，都是经过精心筛选的。思浓在桌上放了十二副碗筷，众人有些不明白，她解释说，一副碗筷是为自己留的，别外一副，则是留给已经上吊自杀的顾先生。一提到顾先生，大家立刻有些兔死狐悲的凄凉，一时想不到说什么话好。当年的顾先生是最好的傅家菜迷，他的座位总被安排在首席，因为在吃方面，他可以算是最德高望重。思浓说 ：“今天的菜，也只好将就，我想呢，只要能做得别致一些，就行了。我将就着做，你们将就着吃，大家只好将就将就。”说完，便去忙事，她系着一条围裙，紧紧地勒在腰上，显出很有腰身的样子。大家并不知道家骀已经和别人结了婚，笑着说她依然风韵不减。

那天的第一道菜，是猪脚瓜。这是一道最平常不过的菜，然而入口即化，回味无穷，来的都是些吃遍天下的美食家，想不到上来猪脚瓜，并且烧得如此出神入化，忍不住向思浓请教，思浓笑着说 ：“你们一个个都饿狠了，不是这道菜，打不倒你们。要说这烧法也简单，在猪脚瓜里倒入一斤醋，再放进一斤生姜，不可太老，也不可太嫩，用小火煨上整整一夜就行了。对了，关键是不要放任何佐料！”大家听说竟然不用放别的佐料，连称不是高手不敢出此奇招。接下来是一道鱼，叫“龙戏珠”，那鱼是地道的六合龙池鲫鱼，《随园食单》上曾有这样的记载，“六合龙池出者，愈大愈嫩，亦奇”，为了弄到这条活鲫鱼，思浓专程去了一趟六合。龙自然指的是活鱼，是一条一斤多重的大鲫鱼，体大头小，厚背小腹，头背皆乌黑，鳞细肉多而且极嫩，稍稍地煎了下，用微火熬汤，再用虾缔挤成小珠，漂浮在鱼汤上。此菜色如浓奶，不腻人，味道奇鲜，

令人喝了一口汤后，顿时荡气回肠，禁不住要连着再喝一口。

此后的每一道菜，都是看不精心，然而一定有妙手暗藏其中，关键是节奏控制得很好，一道菜接一道菜，每次都不同程度地制造一次小高潮。家驹情不自禁，一反常态在席间盛赞思浓的手艺。在以往，家驹的称赞似乎很吝啬，轻易不出口，对思浓来说，这种称赞却代表着最高规格的奖赏，她要的就是让家驹满意，图的就是他能说一声好。家驹是她灵感的源泉，是她能不断创新的动力，烹饪难就难在能把自己的情感，全部投入到所加工的菜肴之中。没有爱就绝对没有这一桌菜，没有爱就没有任何灵感和创新。这是一次在爱的主旋律伴奏下的宴会，尽管仍然没有挣脱家常菜的窠臼，譬如选料不以名贵取胜，既无昂贵的山珍，更没有一样海鲜，但是整个菜单的设置，都充分体现了傅家菜的点铁成金之精神。最后一道菜是蟹粉烩胰白，蟹粉是指剥出来的螃蟹肉和蟹黄，所谓胰白，就是鸭肠边的一段胰油，也就是俗称的“美人肝”，在当时，这还都不算是什么稀罕之物，奇就奇在它竟然会是最后一道菜。这道菜是秋季时令佳品，本来应该在前面就先上，然而考虑到大家已经许久没有吃到好东西，肚子里油水太少，思浓故意颠倒了一下上菜的顺序。人有时候太饿了，也未必能吃出食物的真味，要想出奇制胜，不出新招绝对不行。在大家仍然想不明白的时候，宴会戛然而止了。

对于赴宴的美食高手来说，这是一次绝唱，他们此后再也别想有这样的口福。这是一次永远难忘的宴会，他们将永远回味这次聚会。宴会结束以后，餐桌上杯盘狼藉，家驹留了下来，思浓说：“别人都走了，你也应该走了。”家驹不肯离去，流露出依依不舍的样子。思浓已经筋疲力尽，让家驹扶她上床。她斜靠在床上，喝了一口水，又一次挥手撵他走，如果是在过去，对于家驺来说，这也许正好是个解脱的机会，然而这一次，他似乎看出了性质与平时有些不一样，因此思浓越是要她走，他越不肯走，越是要表示出亲热。他不明白思浓为什么一定要他走，只是隐隐地觉得，好像要出什么事。思浓想自己真是不要脸，眼前的这个男人一再负恩忘义，先是矢口否认做傅薇薇的父亲，以后又涎着脸来找她，后来又跑来告诉她说他要和女跑堂结婚，结了婚，还是在蜜月里，他又偷偷跑来找她，自己始终都没有拒绝他，都让他遂心如意。现在，一切都已经到了最后的关头，自己一再拒绝他，既然拒绝不了，也就只好随他，她已经屈辱地接纳了他无数次，也不在乎再多这一次。她并不是真的恨他，想恨，恨不起来。她的眼泪唰唰直往下流，家驺伸出手替她抹眼泪，不解地说："你怎么哭了？"

思浓平静地说："我为什么不能哭！"

第二天上午，家驺正在课堂给学生上课，一位教师跑来找他，把他叫出教室。那位教师十分紧张地看着家驺，问他是不是有个嫂子叫汤思浓，家驺点点头，那位教师瞪着眼睛说："你嫂子自杀了，是上吊死的。"

一个关于吃的蛇足

十年前，我刚从大学里出来，小说写好了没地方发表，在出版社乖乖地当着小编辑。我花了很大的力气，编辑一本一百多万字的准工具书。我们选择了几百种社会科学方面的书籍，请大学的青年教师和研究生缩写，然后汇编成一本词典那么厚的图书。由于这本书具有请阮囊羞涩的在校人员打工的性质，书稿收齐以后，不仅文

字风格有着太大的差异，而且许多篇幅都显得十分潦草。我每天都得和无数不通顺的句子打交道，要仔细辨认不规范的汉字，像捉蚤子似的将一个个错字别字挑出来。再也没什么比这更吃力不讨好的差事了，工作了几个小时以后，我总是感到头昏眼花，情绪变得十分恶劣。我一向觉得自己是个很没有理论水平的人，常常一边编稿子，一边暗暗生气，不明白那些莘莘学子，那些应该按理有学问的人，做事情怎么会如此的不认真。

作为一种情绪调剂，到快下班的时候，我便去找一个姓卞的编辑，和他空谈半个小时的美食。是地地道道的空谈，天南海北，主题围绕着吃，从满汉全席到街头小吃，古今中外，只要是和吃有关系就行。我们把这种喋喋不休的空谈，称之为精神会餐。那时我有个不太像话的嗜好，就是收集乱七八糟的烹饪书籍，天天睡觉前，抱着各式各样的菜谱，津津有味地看上几页，然后枕书而眠，在梦中肆无忌惮地大流口水。

多少年来，我一直想写一篇关于吃的小说。我对于吃的兴趣由来已久，几年前，写完了一篇关于厕所的小说以后，我常常对人说，接下来要好好地谈谈吃。但是一耽搁就是许多年，原来准备的一些故事，仿佛大雁飞过天空，说过去就过去了，剩下的只是一些故事的碎片。想象中的大厦尚未建成，就轰然倒塌，如今能见到的只是废墟中的一些色彩斑驳的瓦砾。这也就是为什么要把现在完成的这部中篇小说称之为梗概的原因。我已经懒得去想家骀这样的男人，后来会怎么样，对于我来说，思浓的故事结束了，说什么都显得多余。

说老实话，我真不知道什么才叫真正地懂得吃。吃最简单了，因为简单，所以又最复杂。我们把能吃好吃会吃的人，形容为饕餮

之徒。究竟什么是饕餮呢，字典解释是传说中一种凶恶贪食的野兽，古代铜器上常用它的头部形状做装饰，由此可见，对吃过分入迷的人，并不是什么好东西。同样，怎么才能吃出食物的滋味，也是一个永远讨论不完的话题。我们常常赞不绝口地说某人会吃，又斩钉截铁地说谁谁谁根本不会吃，所谓会吃，好像一个人生了个具有特异功能的嘴，吃萝卜能吃出人参的滋味，已经把天下所有能吃的东西，都一一品尝过了，而不会吃，就好像这个人的嘴里光有牙，却没有长舌头，食物塞进嘴去，就像把篮球投进了篮筐，把垃圾扔进了清洁箱。

我总是忘不了一个关于李叔同的故事。夏丏尊先生是李叔同的挚友，李叔同出家以后，成了著名的弘一大师，有一次去白马湖的夏家探望老友，夏先生心情十分激动，对夏师母说，出家人生活清苦，一定要做些好吃的，让李叔同增加一些营养。其实出家人要吃，也只能吃些素菜，无非是多放些豆油，结果那天的萝卜烧得有些咸，夏先生一边吃，一边不断地埋怨老妻，怪她没有把菜做好。然而李叔同吃得十分香，狼吞虎咽地吃着，好像从来也没有吃过这么美味的佳肴，他看见老友不停地责怪夏师母，搛起一块萝卜，不解地说：“这萝卜很好吃呀，真的很好吃。”出家人从不诓骗人，李叔同说的是大实话，他的确觉得萝卜好吃。夏先生也是那种有些禅境的人，他从李叔同的话中，似乎悟到了一些什么东西。李叔同吃得是那么专注，是那么投入认真，就像念经书那样一丝不苟。夏先生在一旁看着，突然被深深地感动了，眼泪立刻充满眼眶，事后，他总是耿耿于怀地对人说：

“这小小的一味萝卜，天底下有多少人在吃，又有几个人，吃出了萝卜的真味？”

什么是萝卜的真味，是个玄学的命题。萝卜有真味，山珍海鲜，真正的滋味又在什么地方。这些命题，应该让有学问的教授去认真研究。天底下怕就怕认真二字。小说的结尾是不应该说道理的，尤其是不应该玩弄那些似是而非的玄学。我不知不觉地，已经使自己处于尴尬的地步，不过既然已经说到这了，索性豁出去，不妨为吃下两个片面的定义。

问题（A）：什么是最好吃的？

答：是饥饿。

问题（B）：什么是食物的真味？

答：不知道。

最后要说的是，思浓上吊用的绳子，是她女儿傅薇薇的红领巾。思浓将自己像一条剖了腹的青鱼一样，挂在厨房专门挂肉的钩子上。多少年以后，傅薇薇成了真正的女大款，她像当年的思浓一样美丽，徐娘半老，风韵犹存，然而既不像自己的母亲那样善于烹饪，也不像父亲家骀那样对吃情有独钟。她离过两次婚，现在和她同居的一个男人，比她小五岁，既是她的情人，也是她的保镖和司机，同时兼公关部经理，在小说的开头，已经提起过这个人，他是一个很帅的小伙子，看上去很像一部国产电影的男主角。

一九九七年十一月

陈小民的目光

陈小民呆呆地看着法官，目光黯然。这是一次走过场的开庭，庄严的法庭上空荡荡的，没有一个旁听者。先前还有一个绿头大苍蝇在半空中遨游，飞累了，便大大咧咧地歇在法官的头顶上，引得一脸严肃的法官不得不挥手去哄赶。苍蝇突然向陈小民飞过来，法官也突然站了起来，他示意仍在走神的陈小民跟着站起来，很庄严地做出了判决。法官宣布支持闫连姣的离婚申请，宣布自即日起，陈小民与闫连姣的婚姻关系不复存在。这位法官口音中带着浓重的方言味道，有几个词的咬字十分滑稽，多少有点破坏法庭的严肃性。陈小民自始至终保持沉默，他不停地东张西望，完全像个旁观者。法官宣读完判决，看着陈小民，他表情呆滞，好像还不明白。他确实有几个字没听明白，不过，这已经不重要。

从法院出来，闫连姣满脸歉意地对陈小民说，他们本来可以不上法庭，但是他也太固执了，非要逼着她这么做。这年头，闹离婚

上法庭，已经显得有些愚蠢和多余。对于现代人来说，离婚应该是件非常简单的事情，他们既没有财产分割的问题，在女儿的抚养权上也没什么争议，根本用不着到法庭上来丢人现眼。他们已经分居了许多年头，在一起早已形同陌人。

闫连姣说："我知道你不愿意离婚，可是我觉得，我觉得我们已经没办法再做夫妻了。"

陈小民呆呆地看着她。

闫连姣说："早就不是夫妻了。"

陈小民还是呆呆地看着她。

闫连姣说："我们事实上已跟离婚差不多了，不是吗？"

陈小民发呆的眼珠子终于转了起来，他很认真地看着闫连姣，说："差不多，干吗还要到这来呢？"

陈小民回到家还要忍受母亲何萃芬的唠叨。陈小民的父亲陈功当了二十年的市委组织部长，自己没什么官架子，然而老婆却成了一个十足的官太太。官太太的最大特征，就是什么都自以为是。早在陈小民与闫连姣谈恋爱的时候，何萃芬就持坚决的反对态度。她反对的理由，不是嫌闫连姣个子太矮，太瘦，而是看不上人家的资本家出身。那时候，"文革"结束已经快十年了，何萃芬的脑筋还是转不过来，她不愿意小儿子与一个出身于剥削家庭的人结婚。何萃芬的印象中，那些做生意的资本家，没一个是好东西。

陈小民对此很不服气，他的哥哥姐姐，还有嫂子和姐夫，还有熟悉的童年伙伴，差不多都开始陆续下海做生意，而且都赚了钱，有的还赚了大钱。八十年代是干部子弟们先富起来的年代，陈家除了陈小民，个个都成了暴发户。在何萃芬眼里，她的孩子当公司的经理总经理，与旧社会的小老板完全两回事，因为经理总经理仍然属于国家干部。她讨厌自己的子女在一起成天谈论生意，对全民经商的风气非常反感。关于这一点，闫连姣的想法与何萃芬有惊人的相似，大约吃够了家庭出身不好的苦头，闫连姣与陈小民结婚以后，对陈小民哥哥姐姐的发财并不眼红，她最大的理想，就是能在官场上混出些名堂。她觉得自己是块很好的女干部材料。

然而何萃芬对闫连姣根本看不入眼，她气鼓鼓地说：

“她小闫有什么了不起的，不就是一个小得不能再小的中层干部，还是靠了你爸老陈的招牌，要不然，谁会选中她。”

这话已经说过无数遍，接下来就是唠叨无商不奸，何萃芬相信闫连姣与陈小民结婚，说到底只是商人的一次投资，她始终认定她不是想做陈小民的老婆，而是为了要当陈小民他爹的儿媳妇。何萃芬对几个儿媳都有敌意，最不喜欢的就是这个小媳妇。闫连姣与陈小民结婚没多久就闹离婚，她的理由是陈小民太没出息，不上进，像个家庭保姆。陈家众多的子女中，谁最没有出息，谁就应该责无旁贷地照顾父母。闫连姣觉得自己在陈家太压抑，谁都用一种异样的目光看她。陈小民是陈家的骆驼祥子，家里的重活杂活，换煤气，日常买菜买杂物，购彩电修冰箱，修门铃换电灯泡，大大小小的事情都是他一个人承包。陈小民家务活干得越多，上上下下越不把他当回事。通常情况下，对父母的照顾越多，意味着沾父母的光也越多，随着父母的年龄越来越大，陈小民越来越没法摆脱照顾二老的责任。离婚是一场漫长的拉锯战，陈小民黏黏糊糊的，始终不肯离婚，他并不觉得闫连姣这个老婆好得不得了，也不是舍不得幼小的女儿，只是觉得自己好不容易结婚独立，在外面好歹有一个属于自己的家，一旦离婚，他又要不得不回到父母身边来。除了父母

身边，陈小民无处可去，这是他感到最窝心的地方。

何萃芬愤愤不平地说：

“你们又不是什么电影明星，闹什么离婚。要我说，当初就不该结婚，既然结了，就不要离。我们陈家这么多人，哪出过什么离婚的，真是丢脸，我们陈家的脸，都让你们丢光了。她为什么要离婚，为什么，还不是你爸离休了，人老了不值钱了。资本家的女儿就这样势利眼，她知道你爸退了，老头子退了，这一退，没权没势了，人家也就不买账了。当初我就反对你们，你不肯听，就是不肯听话，结果自己吃苦头了。好，怎么样，结果离婚，搞得像电影明星一样。”

何萃芬在吃饭桌上不停地唠叨。陈小民的三姐和三姐夫碰巧也回来吃饭，大家习惯了何萃芬的没完没了，由她去唠叨。她总是越说越来劲，陈小民忍不住嘀咕了一句，说现在离婚不是什么电影明星的专利，普通老百姓离婚的要多少有多少。

“她小闫有今天，还不是靠全你爸的招牌，你说说看，她又有什么本事，要是不从工厂调到防疫站，早下岗了。小民，我跟你说，一点也不要舍不得她，这种女人啦，不值得你去喜欢。你想想看，她有什么好的，生活作风还有问题……”

一直不吭声的老干部陈功示意何萃芬不要往下说了，虽然这几乎是公开的秘密，有些隐私还是不让保姆知道为好。何萃芬觉得儿子已经离婚，再也犯不着为闫连姣保全面子。陈功在家一向没什么说话的机会，他本来就沉默寡语，这是长年当组织部长养成的习惯，离休回家以后，他差不多就是个哑巴，每天说的话通常不超过三句半。何萃芬继续发泄着对闫连姣的不满，这个家里现在到处都是她的声音，她的话颠来倒去无非那么几句，无非是陈家的人从来没离过婚，陈家的人从来不犯生活错误，闫连姣她不应该让陈小民戴绿帽子。

陈小民生于一九六二年底，他的出生完全是个意外。陈家当时已经有了三男三女，无论是陈功，还是何萃芬，都不准备再要孩子。孩子多已成为很严重的家庭负担，正是三年困难时期最困难的年头，陈功虽然当上了组织部长，因为何萃芬没有正式工作，全靠一个人的薪水养活一大家人。那年头，不仅普通的老百姓挨饿，就连陈功这样的市委干部，也常觉得吃不饱。春节期间，一支外国著名的芭蕾舞剧团来这城市演出《天鹅湖》，虽然大家还饿着肚子，一个个面如菜色，但是想观看芭蕾舞艺术的激情不减，都去排很长的队购票。市委拿到了一大堆招待票，分配给那些够级别的领导，看完演出回去，何萃芬问陈功戏演得怎么样，他怔了半天，没头没脑地憋出了一句话：

“都跟没穿裤子一样。”

幸好带回去了演出的说明书，何萃芬仔细研究那印得不是很清晰的图片，一边研究，一边发表议论。没穿裤子一样显然与没穿裤子不一样，那年头，大家还都很保守，免不了少见多怪。与陈功出身农村不同，何萃芬是在城市里长大的，不过她的记忆中，也只是在新中国成立前才有过这样的表演，她不明白的是，在共产党的天下，竟然也会出现这种纯粹资产阶级的东西，而且是表演给党的领导干部看，她因此有些愤愤不平，不断地提出质疑。陈功是个闷葫芦，何萃芬嘀咕了半天，他死活不接茬，最后，何萃芬气鼓鼓地说：

“老陈，你总不能让我老是自言自语，像个神经病一样。我就

算是对着一堵墙说话，说呀说呀，也会有些回声。我就算是对一条狗说话，这么一句一句，狗也会汪汪叫两声。难道你老陈除了一句‘就跟没穿裤子一样’，就什么话都没有了，就什么下文也没有了。难道一晚上就这么一句话，喂，不要咧着嘴傻笑，要笑也给我笑出声来。我知道你的心思，没穿裤子才好呢，没穿裤子不是正合适吗，什么受党的教育多年，你们这些出身农村的老土冒，最容易让资产阶级的糖衣炮弹击中，就恨不得开开洋荤，就恨不得人家不穿裤子。我说老陈，你应该知道我的脾气，我这人最受不了你这种三棍子打不出一个闷屁来的不说话，我求求你，你说句话，老陈你倒是给我说句话呀。”

陈功只会偷偷地乐，他有一种能耐，就是无论何萃芬怎么唠叨，他都可以坚决不生气，坚决不说话。何萃芬一直唠叨到上床，肚子饿得咕咕叫，陈功却来了劲儿。何萃芬说，我是饿得一点精神都没有了。陈功这时候也饿，但是精神饱满，饱满得就像过量容器里的液体一样要溢出来，饱满得就像气球充足了气，打气筒还在上下忙乱。何萃芬老大的不情愿，说你真是个癞蛤蟆，才看了《天鹅湖》，就像吃天鹅肉了。陈功一声不吭，不由分说地爬到了她身上。何萃芬说，我又不是那些不穿裤子的天鹅，你这么急猴猴地干什么。他们已经很长时间没有过夫妻生活了，忙中出错，光顾着图省事，忽略了避孕，于是便有了陈小民这个直接后果。何萃芬只记得自己当时真是一点情绪都没有，事情草草地结束了，她叹着气，说老陈我跟你说老实话，我真的饿得不得了。

出生在困难时期里的陈小民，注定了先天不足，陈家的子女中，个个人高马大，就数他最矮最瘦小。唯一能够胜过哥哥姐姐的，是一双明亮的眸子，陈小民有一双水汪汪的眼睛，清澈透亮炯炯有神，他看人的样子十分特别，很专注地盯着你看，好像一定是要把你的心思看明白似的。从七十年代到八十年代，女孩子谈恋爱选对象，经历过几个时髦阶段，最初喜欢当兵的，然后是国营大工厂，最后才是大学生。有一段时候，尤其讲究身高，像陈小民这种不到一米七的小伙子被戏称为三等残废，闫连姣的两个姐姐谈起陈小民，对他的家庭出身羡慕不已，此外，就只能夸奖他那双美丽的眼睛。闫家一共四姐妹，闫连姣是老三，老四姣月在广告公司做事，她不止一次说，陈小民有那双漂亮的眼睛，不去拍广告真可惜了。

陈小民的哥哥姐姐都有学历，大哥是学物理的，大姐是中专生，其他的几个，清一色的工农兵大学生。偏偏他最没有出息，干部子女的种种好处，到了陈小民这里，基本上结束了。陈小民高中毕业那年，高考已经恢复了，他的成绩考大学不行，于是只好开后门去当兵。当了三年炮兵，复员回来，陈功刚从组织部长的位置上退下来，余威还在，由何萃芬亲自出面，将他分配进一家军工厂当工人。陈小民当工人的时候，认识了闫连姣。他那时还改不了干部子弟的习气，动不动就说我爸怎么样怎么样，谁谁谁是我爸提拔的，谁谁谁一听到我爸的名字，连大气都不敢出一声。有能耐的人正纷纷从工人阶级的队伍中分化出去，国营军工厂是老牌的铁饭碗，但是效益不好的苗头已经暴露出来。闫连姣和陈小民在一个车间，渐渐地熟悉了，她受不了他开口闭口“我爸”，调侃说：

“陈小民，别老是‘我爸我爸’地挂在嘴上，你一说‘我爸’，别人就会不自在，就会想起自己的父亲，我们的父亲可都不怎么样，不像你爸，是高干，是高干又怎么了，也不用老挂在嘴上。”

从谈恋爱开始，闫连姣就努力想离开工厂。恋爱不久结婚，结婚后经历了两件困难的事情。一是难产，折腾了三天三夜，才把女儿青青生下来。那三天里她痛得鬼哭狼嚎，仿佛处于地狱之中，到后来把嗓子完全喊哑了。守候在产房外等待的陈小民吓得够呛，为此何萃芬一直犯嘀咕，说她当年生陈小民的时候，只是感到好像要大便，稍稍用了点力，就将他生下来了。闫连姣经历的另一件困难是工作调动，早在谈恋爱时，陈小民就吹牛这种事易如反掌，可是直到女儿青青都快一岁了，调动的事仍然没有着落。闫连姣同样也有爱吹牛卖弄的毛病，不止一次放出风去，说她马上就要调动成功，甚至和同事连告别酒都喝过了。从预产期开始，她就再也没去工厂上过班，用她的话来说，是自己实在没脸去上班了。大家都把她当作已经调走的人，她现在宁愿失业，也不愿意回工厂当工人。闫连姣的工作调动成了陈家的一块心病，她十分固执地赖在家里，一天调动不成功，陈家的上上下下就都觉得欠她一份人情债。

何萃芬气鼓鼓地对陈小民说："小闫本来就是个工人，怎么再回去上班，就变得好像是我们对不起她一样。我就不懂了，她凭什么就不能再当工人，工人阶级领导一切，这工人有什么不好。"

陈小民无可奈何地说："妈，这话你跟小闫说。"

何萃芬说："我说就我说，你媳妇难道还能吃了我不成。"

何萃芬最终也没敢对闫连姣说。闫连姣想调到事业单位，何萃芬也觉得不是个什么大问题。她只是生气，生气媳妇认死理，不达目的誓不休，生气陈功不当市委组织部长了，办点事情竟然会那么困难。瘦死的骆驼比马大，陈功毕竟还没有咽气，何萃芬生气归生气，临了还是把她弄到区防疫站。在何萃芬眼里，一个小小的区防疫站算不上好单位，防疫站的站长是陈小民大哥国民的中学同学，见了何萃芬，一口一声阿姨叫得十分亲切。何萃芬不免想起当年的荣耀，感叹说现在办事太难，你陈伯伯退下来了，人一老，就不值钱了。

站长说："何阿姨你真会开玩笑，陈伯伯若要跺跺脚，市委大院里还不跟擂鼓一样，谁敢不理睬。"

这话说到了何萃芬心里，她这一辈子，就喜欢这样的虚荣。何萃芬最受不了的，就是人家不把她丈夫陈功当回事，她立刻故作谦虚地说：

"唉，落水凤凰不如鸡，都离休了，谁还会买他的账呀。"

陈小民陪着何萃芬一起去了防疫站，从头到尾，他瞪着一双大眼睛，一句话都没说。在这种场合里，陈小民插不上嘴。陈家的许多事情，最后都是何萃芬站出来摆平。除了在居委会管过一些零零碎碎的琐事，何萃芬一辈子也就是个家庭妇女，家庭妇女和官太太的双重身份，让她干起什么事来，多少都有那么一点点有恃无恐。

区防疫站长叫李国民，与陈小民的大哥陈国民只是姓不同。这家伙是个好色的小人，闫连姣去上班没几天，就发现他是个无孔不入的家伙。李国民觊觎着防疫站所有的女性，好像一条好色的公狗，见了女人就想试试运气，不放过任何一次可以调情的机会。男人能像李国民这么公开的好色也是一种奇迹。更荒唐的是，李国民的老婆潘护芳就在防疫站工作，这夫妻俩天生的一对，一个注重进攻，一个注重防守，于是共同创造了防疫站内部的一道奇特风景线。李国民拼命接近讨好女人，潘护芳拼命嫉妒排挤女人。

李国民对闫连姣调情的时候，永远重复那句单调的话：

"前组织部长的媳妇，我们怎么敢碰！"

这话听多了，让人心里极不舒服。问题在于李国民怎么也想不出第二句话来，两个人单独的时候，他这么说，当着别的女人的面，也还是这么说。潘护芳永远像防贼一样，用一种虎视眈眈的目光看着闫连姣。闫连姣回去对陈小民抱怨，说原来以为事业单位的人都是知识分子，都有文化，素质会高尚一些，思想品德应该像雷锋，事实上却和工厂的大老粗一样，甚至比工人更没有品格。陈小民说，好端端的工人不当，现在后悔了吧。闫连姣说她才不后悔，她从来不吃后悔药，不过是觉得好笑，觉得李国民没品位：

“吊膀子就吊膀子，也用不着这么酸溜溜的，好像吊膀子还要吊出点文化才好。”

闫连姣对防疫站很失望，她开始积极向上，打报告要求入党，上夜学读干部班，学法律，学行政管理。防疫站有一个年轻的副站长叫张坤，很看不惯李国民急吼吼的腔调，常常在背后说他的不是，说他腐败，说他道德水准太低，说他根本就没有什么业务能力。张坤在大学里是学医的，应该算是科班出身。他对闫连姣的积极向上大加赞赏，说防疫站的风气太不正常，又说自己如果提升为站长，将如何如何改革。防疫站是个很肥的单位，李国民把最肥的一个差事交给自己老婆分管。潘护芳手上捏着一枚公章，辖区内任何一家餐馆开业，不经过她这道关就是非法经营。

在张坤的策划下，防疫站掀起了颇有声势的倒李运动。上级部门接到了不止一封的匿名告状信，李国民在上面也有人，知道是张坤捣鬼，撕破了脸与他公开较量。李国民说，你张坤还是我培养的，现如今竟然翻脸不认人，想跑到我头上拉屎撒尿，也不掂掂自己的分量，称称自己是几斤几两。尽管大多数人对李国民不满，然而在权力斗争的较量中，只要局势还没有最后明朗，就没有几个人敢公开地站出来。张坤于是明显地处于劣势，他突然想到闫连姣的老公公是前市委组织部长，因此决定打这张牌，希望她能够见义勇为，利用老公公的人际关系，置李国民于死地。

闫连姣在吃饭桌上，傻乎乎地把这个意思说出来，何萃芬立刻有些不高兴，她板着脸教训闫连姣说：

“要是没有人家李国民，你也进不了防疫站。人不能忘恩，你到那才几天，就胳膊朝外拐，人家好歹是小民大哥的同学，你怎么能帮着别人整他呢。”

婆媳俩心头都不痛快，何萃芬私下里警告陈小民，说你媳妇与那个副站长是什么关系，怎么会这样不知轻重，我看是关系不太正常，你千万要多个心眼。闫连姣悻悻地对陈小民说，什么你大哥的同学，这样的色鬼同学，叫我说，还是没有的好。陈小民无话可说。闫连姣说，你爸按说也是老革命，可是在你妈的控制下，一点正义感都没有了。闫连姣说，为什么现在那么多腐败现象，因为太多的人都对腐败现象采取了放纵的态度，无论多么不合理的事情，都能睁只眼闭只眼。

防疫站的权力斗争越来越白热化，张坤不屈不挠，闫连姣因为帮不上忙，多少有些内疚。张坤情绪低落的时候，极其悲壮地说，大不了这个副站长不当了，这么一个区防疫站的副站长，芝麻绿豆官，当不当无所谓。他越是这么说，闫连姣越是觉得对不起他。防疫站的人都相信闫连姣在上面有关系，都相信她有很厉害的后台，她自己也这么认为，觉得张坤肯定会怪罪她不肯帮忙。不久，闫连姣被提升为一个部门的负责人，也就是个小小的副科级干部，为什么会被提升，她也莫名其妙。同事们更相信她有来头，而张坤则认定她与李国民沆瀣一气，认定这提升显然与李国民有关系。李国民

是单位的第一把手，提谁不提谁，当然是一手遮天的他说了算。闫连姣觉得自己是跳到黄河里也洗不清，她越想证明自己清白，别人就越觉得她心里有鬼。张坤看到她只当作不认识，和别人谈笑风生，但是眼光从她脸上扫过的时候，仿佛看到陌生人一样毫无表情。这让闫连姣感到很沮丧很伤感，她自认与张坤是一个战壕里的战友，现在却被人看成了叛徒，心里乱七八糟不是滋味。

闫连姣采取了一个最愚蠢最极端的办法来证明自己无辜。张坤的老婆是他的大学同学，工作了若干年以后，也是因为在单位里不顺心，又考上了研究生。张坤因此在办公室牢骚满腹，说自己当个副站长没什么意思，还不如去读书更好。闫连姣在一旁插嘴说："考上研究生好哇，你应该请客。"

张坤当着一大堆人的面，说："有没有搞错，是我老婆考上研究生，又不是我考上。"

闫连姣说："还不是一样，出了这样的喜事，当然应该请客。"

张坤说："要请客，也不能这样不择手段。"

闫连姣说："我就是不择手段。"

张坤不近人情地说："请客也不会请你。"

闫连姣有些下不了台，红着脸说："你不请我，我自己去。"

张坤冷笑了一声，说："怎么说都没用，你想让我请客，我还想让你请客呢。"

一旁的人附和说，对对，要请客，应该让闫连姣请客，她好歹是提升了一个副科级。闫连姣趁机下台，爽快地说，请客就请客，说请就请，今天在场的人都别走，我们就近找个馆子。于是中午在附近找了个馆子，胡乱地点了些菜。张坤不肯参加，大家又是拉又是劝，他也不好意思硬拒绝。吃到一半，张坤无意中说了一句，怎么没有把李国民喊来，他知道了，肯定要不高兴的。大家都不作声，闫连姣不在乎地说，不就是随随便便吃顿便餐，有什么高兴不高兴的。

一起吃饭的人当中，有李国民的心腹，大家好像突然想到餐桌上的每一句话，都可能传到他耳朵里，不免有些拘谨起来。事后不久，李国民果然半开玩笑地问闫连姣，说你请客怎么也不招呼我一声。闫连姣笑着说，我是想喊你的，可是找不着人呀。李国民于是说，下次千万不要把我落下了，我可不想脱离群众。闫连姣把这番话，原封不动地告诉了张坤，张坤心领神会，与闫连姣的关系，立刻又恢复到同原来差不多的状态。

到这一年的秋天，有一天，闫连姣与张坤一起在市防疫站开会，回来的途中路过张坤家。闫连姣说，听说你家的装潢非常不错，我们也要装潢了，去你家参观参观。因为是闫连姣主动提出来的，张坤也就没有拒绝，两人爬上七楼，是顶楼，闫连姣气喘吁吁，说住这么高，都用不着再锻炼了。进了房间，也没什么特别可以参观的，房子不算大，最普通的那种装潢，闫连姣装着很有兴趣的样子，到处看了看，最后对着墙上的照片说：“你老婆挺漂亮，尤其是那双眼睛。”

张坤客气地说：“照片嘛，当然要比本人漂亮。”

“怎么可以这样说自己老婆。”

“这也是实事求是。”

闫连姣后来见过张坤的老婆，确实像他说的那样，要比照片上逊色不少。两人找不到什么别的话可以说，就谈张坤在外地读研究生的老婆，闫连姣对她十分羡慕，她越是羡慕，张坤就越做出不以为然的样子。当时，那一带的高房子还不算多，他们从七楼的窗户

里看出去，已差不多有极目远望的意思。在他们窗户下，是成片的矮房子，熙熙攘攘有些人声。说着说着，闫连姣感慨起来，说你有了一个那么好的老婆，也不知道爱惜，男人都是这样的。

张坤说，谁说我不知道爱惜，我爱惜得很呢。

闫连姣做出不相信的表情。

张坤于是一伸手，将闫连姣搂住了。因为没有什么前奏，闫连姣吓了一大跳。在防疫站，李国民是个众所周知的好色之徒，而张坤却是个十足的正人君子。李国民是护校毕业的中专生，张坤是名牌大学的毕业生。会咬人的狗从来不叫，张坤只不过用了一招，就将闫连姣完全制服了。

陈小民的二哥为民分配了一套新房，原来的旧房给了陈小民。为民是陈家混得最阔气的人，他的那个公司可以称为高干子弟连锁公司，八十年代改革开放，这样的公司最神通广大，市场上缺什么，公司就倒卖什么。有了自己的房子，陈小民夫妇如愿以偿搬出去单独住，结婚之后，陈小民和闫连姣一直生活在老人身边，对于小夫妻来说，这是很别扭的一件事情。何萃芬的唠唠叨叨，早就让闫连姣感到不耐烦。

没拿到房子之前，闫连姣借了一大堆装潢的书籍，准备大张旗鼓折腾一番。临了却只是最简单地收拾了一下，就匆匆搬进去住。陈小民发现闫连姣的精神面貌有了很大变化，她变得有些喜怒无常，常常无端地大发脾气。陈小民是个性格极好的男人，他并没有去细想她为什么会发生这样的变化。 离开父母不久，何萃芬洗澡不小心摔了一跤，把大腿骨活生生摔成了骨裂，痛得天天在床上叫唤，到晚上没办法睡觉。她早就开始发胖了，加上个子本来就高，生得矮小的保姆根本搬不动她，只能让陈小民陪夜。何萃芬每天晚上要翻无数次身，陈小民因此睡不踏实，两个星期下来，人整整瘦了一圈。

陈小民这一陪夜，就是一个月。一个月以后，为民和二嫂王颖回来看母亲，何萃芬说，今天晚上应该让为民值班，小民已经辛苦了一个月，他媳妇背后肯定在抱怨，要怨我让她受活寡了。在何萃芬眼里，小儿子陈小民是个怕老婆没出息的男人，而闫姣连则是四个儿媳妇中间，出身和教养最差劲的一个。何萃芬从来没有明说过必须与干部子女联姻，但是她确实看不上闫连姣这种小家子气的出身，始终认为陈小民是自毁前程。

陈小民吃了晚饭，看了一会电视，教为民一些基本的护理方法，然后兴冲冲回自己的小巢。为了让闫连姣吃一惊，陈小民事先并没有打电话给她。他沿着黑漆漆的楼道往上摸，一边爬楼，一边哼着当时最流行的一首歌曲。摸出钥匙开门，因为一直是在黑暗中摸索，眼前出现的光线显得十分明亮。卧室的灯大开着，闫连姣赤条条四脚朝天，正全力以赴与一个男人在做那种事，正做在兴头上。他们不到两岁的女儿已经睡着了，就睡在一旁的大沙发上，对正在发生的事情全然不知。

陈小民做梦也不会想到这样的场景。他记忆中，闫连姣是个矜持的女人，即使和自己丈夫做那种事，也不愿意脱得一丝不挂。那个陌生的男人自然就是张坤了，陈小民曾听闫连姣无数遍说过这名字，今天第一次相见，竟然以这种独特的方式。接下来的一幕难以用笔墨描述，时间一下子静止了，大家都怔在那里，谁也不知道该做出什么样的反应，谁都在等待别人做出反应。陈小民冲了上去，他没有直接去碰那两个裸体的男女，而是以最快的速度，抱起散落在地上的衣服，跑到窗前，像天女散花一样全部扔到了楼底下。愤怒的陈小民回过身来，拿起床头柜上的台灯，朝那对狗男女扔过去，闫连姣惊叫着跑进厕所，啪的一声将门锁上了，张坤抢了一个枕头，扭身就走。陈小民追在后面，朝他屁股上踢了一脚，张坤跌跌撞撞往大门那边跌过去，他回过身来，将枕头扔向陈小民，然后随手拉开大门，沿着黑漆漆的楼道逃之夭夭。陈小民听见他在楼道上摔倒的声音，听见邻居惊讶的声音，隐约还能看见那白乎乎的身影，陈小民想操件家伙追下去，张坤已经在跌倒的地方爬起来，消失在陈小民的视线之外。

闫连姣在厕所里像小孩子一样抽泣着。陈小民走到窗前，他看着楼下，看见张坤在地上胡乱捡了一件衣服，一边手忙脚乱地往身上套，一边抬头对楼上看，然后往黑暗深处走去。怒不可遏的陈小民对着厕所门猛捶，门并没有被捶开。厕所里的闫连姣停止了抽泣，经过一小段的寂静，她带着哭腔说："陈小民，我对不起你。"

陈小民说："什么对不起，你太对得起我了？"

"陈小民，我不想伤害你。"

"你没有伤害我，你一点也没有，你他妈是给我脸上增光，我觉得我现在实在是太光荣了。"

"我真的不想伤害你。"

"你真的没有伤害我，一点也没有，我明天就到厂里面去乱喊，我要大声宣布，我一点也没有被伤害，我好端端的，好得不能再好。我要在厂里面大声宣布，我陈小民的老婆偷人了，我老婆给我戴了顶绿帽子，她给我戴了一顶伟大光荣的绿帽子，我光荣得不得了，因为戴绿帽子是世界上最光荣的事情，我是全世界最幸福的人。"

闫连姣知道陈小民痛苦得不行，可是她还是不敢将厕所门打开，怕他冲进来暴打自己。

陈小民说："闫连姣，我他妈真会杀了你，你信不信？"

闫连姣不吭声了。

"我杀了你，再去找那个男的算账。"

闫连姣又哭起来，她说：

"陈小民，我是个坏女人，你不值得为我这样。"

陈小民明澈的目光开始变得黯然起来。给他带来巨大烦恼的，不仅是闫连姣的失贞，而且还包括她坦然地向公公婆婆交代了自己的丑事。陈小民觉得在短短的时间内，被又一次伤害了，如果说闫连姣与张坤的私通，是用小刀子在陈小民的心口捅了一刀，母亲何萃芬的喋喋不休，就仿佛往刀口中撒盐。陈小民从母亲的眼光里，看到了那种发自内心深处的鄙视，闫连姣的所作所为，正好证实了何萃芬平时对她的判断。从此何萃芬一提到闫连姣，嘴角边就更加要流露出不屑。

闫连姣和张坤的关系很快画上了句号。当然不是因为内疚，闫连姣发现张坤与李国民其实是一路货色。在权力的斗争中，具有年龄优势的张坤终于占上风，取代了李国民原先的位置，很体面地让李退居二线。两人化干戈为玉帛，和平共处互不侵犯。说这两个人就此狼狈为奸有些过分，然而闫连姣绝对相信，张坤会把这事作为卖弄的资本告诉李国民，会有意无意地出卖自己，会说是她主动找他的。男人在这方面都很坏，男人在这方面都他妈的不是东西。现在，陷入权力斗争旋涡的是闫连姣与张坤。老的矛盾关系已不复存在，代替的是刚提升为副站长的闫连姣向张坤的挑战。自从进了防疫站之后，闫连姣一直官运亨通，从副科升为正科，又迫不及待升为副处，虽然区里的处级干部，行政级别按例应该要低半级，但是闫连姣一朝权力在手，羽翼已丰满，大有尾大不掉的意思。闫连姣与张坤终于从同一个战壕里的战友，演变成你死我活的对手，闫连姣现在看张坤不顺眼，就像张坤当年看李国民不顺眼一样。张坤扶正以后表现出来的腐败，与前任相比有过之无不及。他在玩弄女性方面，也比李国民更有水平更见功夫。李国民通常还只是口头腐化，成功率并不高，不像张坤，仗着年轻帅气，仗着深知女人的弱点，攻城拔寨，攻无不克战无不胜。

自从闫连姣坦然认错以后，陈小民在父母面前总有一种抬不起头的感觉。何萃芬谈到闫连姣，动不动就搬出这件事。闫连姣的本意是想表示歉意，然而有时候的认错，往往代表着认了就认了，错了就错了，如果陈小民还要计较，就好像反而是他的不对。闫连姣的认错理直气壮，她觉得陈小民如果不能原谅她，那么就离婚好了。偏偏陈小民既不能原谅她，又不想离婚。

闫连姣说 :“陈小民，我是真的对不起你。”

闫连姣说 :“我们离婚算了。”

在一开始，闫连姣也不想离婚。她只是这么说说而已，仿佛是孩子犯了错误，自己挑了一种受惩罚的方式。渐渐地就真的想离婚，她忍受不了陈小民的沉默，忍受不了何萃芬的唠叨。何萃芬说，你当然要离婚了，水往低处流，人往高处走，当年你看中我们陈家的势头，这才委屈自己嫁给了小民，现在陈家不行了，你当然要另择高枝。你是凤凰，陈家的树枝已经栖不下你了。你是个骚货，小民那种老实本分的孩子，怎么能满足你的欲望。我们陈家什么时候出过这种不要脸的事情，我们陈家的脸早让你给丢光。

闫连姣发誓再也不要见到何萃芬。她确实对不起自己的丈夫陈小民，但是并没有什么对不起何萃芬，轮不到她一次次跳出来指桑骂槐。打人不打脸，骂人不揭短，闫连姣千错万错，老是这么念经一样的唠叨，天大的罪名也抵消得差不多了。况且这件事与何萃芬本来没有多大关系，就是有那么点牵连，也不能老是这么死抓着不放。要允许别人错误，更要允许别人改正错误。何萃芬不就是一个自以为是的家庭妇女吗，过去大户人家的官太太，多少还有些教养，知道掌握分寸，不像何萃芬这样穷凶极恶，得理不饶人，非要把人置于死地，非要把人打进了十八层地狱，才会心满意足善罢甘休。

陈小民明亮的充满活力的眼珠子，失去了往日的光泽。他的目光变得茫然，迟疑，犹豫不决。陈小民仍然改不了喜欢盯着别人看的习惯，他的眼睛还是那么大，还是那么专注，从别人的游移不定的眼神里，他不止一次看到了暧昧。在工厂上班，同事之间谈天说地，性永远是一个津津乐道的话题，而戴绿帽子则代表着一种最大的羞辱。男人是可忍，孰不可忍。由于闫连姣原先也是这个厂的，总有些人忍不住会问起她的情况，工厂的状况越来越不好，经济效益越来越差，别人谈起闫连姣，免不了流露出羡慕的神情，都说她走得好，走得对。有人听说闫连姣已经升了官，热情过度地想上门做客，陈小民的脸色因此很不好看。

同事说：“我们到你们家，是去看闫连姣，你板什么脸？”

同事又说：“闫连姣升了官，搭点什么架子倒也罢了，你陈小民脸上这么难看干什么？”

工人阶级领导一切的黄金时代已经一去不返。早在陈小民刚开始决定要当工人的时候，工人阶级的境遇已经开始走下坡路。从

部队转业时，二哥为民就觉得选择去工厂的想法有些愚蠢。为民说，什么军工厂，什么全民所有制，说到底，不就是生产鞋吗。陈小民说，人家生产的是军用球鞋，全国差不多有一半的军用球鞋，都是这个厂生产的。为民说，跟你说不清楚，你这是受妈的老观念影响，我告诉你，有些老观念会过时的。在一旁忍着没吭声的何萃芬不乐意了，气鼓鼓地说，天塌下来，当工人也不会错到什么地方去，你爹在市委当干部，“文革”还不是照样受工宣队的管。为民知道与母亲更辩不清楚，背地里对陈小民说，我把话先撂在这，你要去当工人，保证会后悔，你以为还是“文革”呢。

陈小民刚当工人的那几年，工人的经济状况差不多是有史以来最好的。除了工资之外，每个月都有奖金，加班费与过去相比也翻了倍，动不动就分东西，一会儿分箱柑子，一会儿分箱苹果。一家人聚在一起吃饭，谈到各自收入，二嫂王颖眼红地说，还是小民夫妻好，当个普通工人，比我们大学毕业的人拿的钱还多。二姐乔红和三姐文红都有大学文凭，也是一肚子牢骚，感叹说现在一点也不重视知识，研究导弹的还不如倒卖鸡蛋的。当时闫连姣拼命想离开工厂，除了二哥为民，都觉得她的想法很怪，好端端的国营大工厂的工人又有什么不好。然而事实却证明她的选择太英明了，闫连姣离开不久，形势便发生了激烈变化，陈家的子女除了当工人的陈小民，个个都是时来运转，做生意发大财，不做生意的移民去国外，二姐去了加拿大，三姐去了日本，三哥全民去了美国。

当工人的开始遭遇下岗，果然如为民预料的那样，什么军工单位，什么全民企业，说不景气，立刻不景气。何萃芬不相信自己的儿子会下岗，几十年了，还从未听说过铁饭碗也会打碎，她找到儿子工厂的袁厂长兴师问罪，说你这个厂长怎么当的，竟然弄得手底

下的工人要没饭吃。袁厂长被她不可一世的官太太脾气镇住了，连忙解释说工厂败落到了这一步，实在是迫不得已。袁厂长诉说了自己当领导干部的种种难处和苦衷，说着说着，眼泪都快流出来，何萃芬因此也有些感动。陈小民所在的车间，是全厂最不景气的一个车间，袁厂长多少有些忌惮何萃芬的威胁，在采取果断措施之前，先将陈小民调到了厂工会。

陈小民从一名生产第一线的工人，摇身一变，成了坐办公室的机关科室人员。他先前的同事，百分之九十五下了岗，几乎是一刀切，没下岗的都是最重要的技术骨干，或者是他这样有些来头的。大家都说，陈小民运气实在是好，毕竟是上面有人，老婆闫连姣先一步调走了，自己又在关键时刻去了工会。工会本来就是厂里的摆设，那些已经下岗的工人，对陈小民没有任何不服气，都觉得像他那样出身的人，仍然当工人本来就有些委屈。事实上，在第一线当工人的，稍稍有些能耐的早离开工厂。对于那些不得不当工人的人来说，下岗是没办法的事情，下了岗就只好认命。当然也有不认命的，觉得陈小民既然已经到了工会，就要为工人说几句话。

对原来在工会的那些人，大家都没有信任感，认定他们只不过是厂长手里的棋子，是没有灵魂的傀儡，上班除了喝茶和看报纸，心目中不可能有工人的利益。到过年前夕，厂里对下岗的人没有任何表示，本来就有一股怨气的下岗工人，聚集起来请愿，跑到工会办公室去掀桌子。正好工会从大市场批发买了一批啤酒，分发给没有下岗的工人，这一做法引起了下岗工人的不满，觉得这厂本来是大家的，他们虽然下岗了，没有功劳也有苦劳，过年发啤酒竟然没有他们的份，说明厂里已经不把他们当作自己人了。没有下岗的人也有意见，因为那些啤酒的质量显然有问题，一喝就知道是过了期

的，购买的人无疑拿了回扣，否则不可能把这种劣质产品买回来蒙人。工会主席里外不是人，就和来闹事的下岗工人争起来。

工会主席说：“又不是我让你们下岗的，有能耐你们找袁厂长去闹。”

这句话成了引发爆炸的导火索，愤怒的下岗工人将办公桌掀了。陈小民的师傅朱荣德一把揪住工会主席的衣领，将他顶在墙上，然后手上用劲一拧，工会主席的脚便离了地。朱荣德说，我们都是些没能耐的，今天这些没能耐的人，要揍你一顿，你信不信。工会主席的眼镜跌落在地上，他这时候也顾不上面子了，求饶说，有话好好商量嘛，其实我也挺同情你们。朱荣德气鼓鼓地说，我们不要你同情，你他妈成天像一条狗一样，不要自以为了不起。工会主席的两只脚总算有一只够着了地，他继续求饶，说：

“好吧，我就是一条狗，今天算我倒霉，今天我根本就不该惹你们。”

事情平息以后，袁厂长到工会来询问究竟发生了什么事情。工会主席将下岗工人的情绪，添油加醋地描述了一番，袁厂长的脸色顿时不好看。陈小民插嘴说，也不能完全说人家是来闹事的，下岗了心情都不好，工会应该为下岗的人说话，应该为他们办点事，不应该火上浇油，进一步激怒他们。袁厂长说，什么叫激怒他们，难道我还会怕他们不成。袁厂长根本就不是那种能听见意见的领导，他很霸道地说：

“工会怎么了，逢年过节，能发点啤酒，不错了。按现在这生产形势，惹火了我，明年什么都不发。”

陈小民与闫连姣很长一段时期都处于若即若离的状态。住在同

一套房子里，刚开始，都觉得别扭，渐渐地也就习惯了。闫连姣离婚的决心越来越坚定，最初只是因为内疚，觉得愧对陈小民，很快弄假成真，真心地想与陈小民分手。在正式离婚的那一年，混得最阔的二哥为民出事了，出了大事。

与兄弟姐妹不一样，为民所结交的朋友，父母来头个个都比他厉害。陈小民的哥哥姐姐，包括陈小民自己，与别人谈话难免我爸怎么样怎么样地卖弄。为民从来不这样，他觉得提起自己父亲是最没有面子的事情。他更习惯说谁谁谁的父亲或者爷爷怎么样怎么样，谁谁谁的姑父或者姨妈是什么人。为民的朋友都是一些真正的高干子弟，本市干部子弟根本不入他的法眼，他呼风唤雨的时候，没人知道他的本事有多大。他的公司什么都做，地点常设在本市一家最高档的酒店里。为民身上有七个国家的护照，出国比回家看望爹妈还要频繁。刚开始，公司主要是转手批文，什么商品紧俏，就转手倒卖什么。短短几年工夫，暴富的为民已经算不明白自己积累了多少资产。来得快，去得也快，花钱如流水，一段时间内，只要有能耐到为民的公司去玩，吃喝嫖赌，各种人生享受统统免费。该付的小费，客人想怎么填就怎么填，最后统一由公司埋单。为民靠着一批朋友，生意越做越大，也因为这批朋友，闯的祸越来越离谱。

为民的公司很快成了一个真正的皮包公司。公司的钱糟蹋完了，便不择手段地弄贷款。陈小民印象最深的，不是为民吹嘘自己如何有钱，而是那些贷款给他的银行，不敢跟他要钱。为民最牛气的一句话，就是如果我陈为民倒了，银行也得跟着一起完蛋。一直到为民的案子东窗事发，陈小民才知道自己文质彬彬的二哥，不仅在本市有两个固定的情人，在深圳和海南的三亚，还包了二奶与

三奶。更不像话的是，为民在北京竟然与一个铁哥们合养了一个姑娘，据说他们这么做不是为了省钱，而是为了表示特殊的友谊。

刚被公安机关抓起来的时候，大家并不知道为民的情况有多严重。二嫂王颖也不清楚，她只是一次又一次地回来哭诉，丈夫有关女色方面的事情她自然不是一无所知，但是现在既然闹得公开化了，闹得全世界都知道了，正好趁机向公婆告状。二儿子在女人方面的毫无节制，让一向自以为家教好的何萃芬大为光火，她暴跳如雷地对媳妇王颖说：

“陈家怎么会出这样不要脸的东西。”

何萃芬一生最津津乐道的，就是自己善于相夫教子有方。她觉得自己这个家庭妇女，和一般没文化的家庭妇女完全不一样。何萃芬是有知识的家庭妇女，她当家庭妇女是大材小用，是人才的浪费，是为陈功和七个子女做出了应有的牺牲。她的儿子本来是好的，是环境和社会风气把他弄坏了。何萃芬恨不得将为民从拘留所叫回来，痛痛快快地教训他一顿。虽然儿女已经长大，根本不会把她的话放在心上，何萃芬仍然相信自己还是权威。她相信，儿女只要肯听她的话，就不会犯什么错误，尤其不会犯生活错误。“发财发财，真发了财，又有什么意思。要我说，还不如像小民这样，就这样普普通通，穷一些更好。”何萃芬认定为民出事就是因为钱太多，钱多了，挥金如土，不出事也要出事，“待这件事情过去，我一定要让为民知道这个道理，钱够用就行了，挣那么多钱干什么？”

陈小民提醒母亲，现在二哥为民的问题，并不是钱挣得太多，而是亏空太严重。要是赔钱的话，陈家倾家荡产，连人一起卖了，也堵不上那个漏洞。何萃芬说，钱又不是为民一个人用的，凭什么让他一个人来赔。她根本就不打算弄明白儿子闯的祸有多大，还是按照过去办事的惯例，既然事情已经临头，就由她亲自出面找熟人把事情摆平。现任的市委书记是陈功的老部下，他的仕途平步青云，与陈功的热心推荐分不开，何萃芬想陈功不好意思出面去相求，自己撕下脸皮去求他，恐怕不会一点面子也不给。

在接待室等候市委书记出现时，坐在宽大的皮沙发上，看着周围的豪华布置，何萃芬感叹地对陪她一起去的陈小民说：

“现在当官，只要运气好，升得真快，想当年你爸当组织部长，一当二十年，这官怎么也没有再做上去。”

市委书记果然很给面子，他热情地接待了何萃芬，并且在短短十几分钟的谈话里，几次回忆起当年在陈功手下工作时的快乐情景。他充满感情地说，没有陈功对他的关心，他显然不会有今天的地位。这地位既是党和人民给予他的，也是陈老关心和栽培的结果。关于陈为民这个案子，市委书记显然一点也不了解，但是他毫不犹豫地表示，只要有一点可能，就尽可能地给予照顾。市委书记强调说，共产党人是大公无私的，大公无私，并不意味着一点人情都不讲。他许诺等何萃芬走了以后，将和法院的同志一起讨论陈为民的案宗，他相信会给她一个满意的答复。

何萃芬做梦也没有想到儿子会被判死刑。在判刑前，她已经知道为民的罪行是严重的，如果没有什么背景，被枪毙也不是不可能，然而即使是这样，她也没想到儿子真会被判死刑。结果等到宣判出来，何萃芬差一点晕过去。由于她过去盲目自信，过于盲目乐观，陈家上上下下都被一种虚无缥缈的假象所蒙蔽。一向沉默无语的陈功终于忍不住了，老头子跺着脚，气喘吁吁地责怪何萃芬，说就是因为她的盲目自信和乐观，已失去了营救儿子为民的最好机

会。现在，大家知道了宣判结果，众目睽睽之下，再要想咸鱼翻身，推翻已经做出的定论，几乎没有一点可能。

何萃芬哭得死去活来，说：“老头子你这是什么意思，难道还是我害死了为民不成？难道我会想害死自己的儿子？”

陈功也是老泪纵横，他不是个情感外露的人，眼见着儿子要被拉上刑场枪毙，想不流泪也不行了，但是他不愿意与何萃芬争辩，到这时候，无意义的口舌之争只能是浪费时间。

何萃芬哭着说：“无论怎么样，我难道还想加害为民不成呀。”

一旁的人都苦苦相劝，说陈功不是这个意思。

何萃芬仍然哭着说：“我跟你们爸爸这么多年，他什么意思，我还能不明白。我再糊涂，还能不懂他的意思。你们的爸爸说得对，事情一到了这一步，生米都煮成了熟饭，就什么都完蛋了。就都完蛋了。我知道他心里是在怪我，他在怪我，我是罪该万死了，我害死了老二。为民呀，妈对不起你，妈以为是救你，妈怎么知道会是害你。”

陈功一晚上没有睡觉。他睁大着眼睛，看着天花板，吧嗒吧嗒落眼泪。到第二天天亮，他起来刮胡子，找衣服，试了一身又一身，然后要陈小民陪他出门。何萃芬问他准备去什么地方，他板着脸，根本不理睬她。陈小民扶着父亲上了大街，走出去一截，陈功要儿子拦一辆出租车下来。陈小民觉得很奇怪，父亲平时要车，随手打个电话就行了，像他这个级别的老干部，随时会有一辆奥迪准备着。上了出租车，陈功报了一个地名，出租车朝那个方向开过去。陈小民一时还不明白父亲的用意，快到目的地的时候才恍然大悟。陈小民终于明白父亲要干什么，陈功选择出租车，显然是不想让别人知道他要去什么地方。

陈小民跟着父亲去了省里更大的一位领导家里。这位领导是陈功的老上级，已经退下来很多年。他的年龄实际上要比陈功还大一些，但是看上去要精神许多，见面之后，老上级并没有敷衍，而是开门见山地说，你儿子的事情，我已经全知道了，我说陈功，你怎么养了这么个不争气的东西。陈功无话可说，只能一声接一声地叹气。老上级大多数的时间里，都在教训陈功。陈小民自有记忆以来，第一次看到有人这样毫不顾情面地痛斥他父亲。老上级说，你现在叹气又有什么屁用，早干什么了，我告诉你陈功，教育下一代，这是很重要的事情。毛主席就说过，我们共产党人的子女，千万不能成为大清朝的八旗子弟。想想你那宝贝儿子吧，都干了些什么，还有你那个老婆，竟然跑到市委去开后门，给人家市委书记施加压力，我说陈功，你是不是昏头了，人退下来了，思想也退下来了，共产党的法律，难道是你想怎么就怎么的儿戏不成。你今天跑来干什么，难道想让我也出来说情，难道是也想开我的后门，难道还不服气，还想与法律较量一番不成。你说话呀，哼，我谅你也不敢，我谅你也不是个对手。老上级的书房里到处挂着自己写的书法作品，他把陈功痛痛快快地训斥了一顿，仿佛小学老师教训自己的学生一样。陈功心服口服，这一顿教训就好像按摩一样，疲倦不堪的身心立刻舒坦了许多。老上级说到最后，嘴也干了，火了发得差不多，说陈功你今天来，我话说得太多，太重，该你说几句了。

陈功无话可说，他看着墙上的书法作品，让老上级给自己写几个字。老上级说，我是半路出家，这字拿不出手的。陈功让陈小民磨墨，老上级说用不着磨，用墨汁就可以，你来得巧，这纸和笔都是现成的，那我就胡乱写了，你别笑话，我知道你也好这个。他铺开纸就写，写的是“宁静致远”四个字，一连写了几张都不满意，最后也不想写了，让陈功随便挑一张。

陈功说："张张都不错，小民你挑一张吧。"

陈小民随手挑了一张，拿在手上，不知如何处理。老上级说，你别急，让我盖个印，字这个玩意，是"一印遮百丑"，白纸黑字上有那么点红，趣味就完全不一样。

然后是告辞，由警卫员一路送出来。出了大门，陈功脸上的笑意全没了，他呆呆地看着大街，一声不吭。在老上级面前，陈小民发现自己父亲年轻了不少，可是现在的情况突然全变了，陈功一下子又恢复了苍老，变得老态龙钟，变得迟钝木然。他成了一根木桩子，站在人行道上，像受了委屈的小孩一样，两行眼泪正在往下落。

陈小民说："爸，怎么哭了？"

陈功仿佛根本听不见陈小民的问话。此后一连几天，陈功没有说过一句话。过了一个星期，陈功在卫生间撒尿，尿完了，手抓着自己的那玩意，站在那不动弹。家人连忙将他送到医院，医生的诊断是中风，抢救了一个星期，性命是保住了，可是话也不会说了，路也不会走了，人也不太认识了，看见护士小姐就笑，像小孩子一样的笑，笑得天真无邪，笑得心花怒放。

陈功病重，远在加拿大的二姐和二姐夫两人飞了回来。待父亲病情稍稍稳定了一些，二姐夫妇加上陈小民和大哥国民，一起去看望穿着囚服戴着脚镣手铐的为民。为民听说父亲的情况，不由地落了泪，感慨地说，我知道爸是因为我的缘故。为民说，我混得好的时候，也没有想到照顾你们，现在出事了，还要麻烦你们。大家让他说得有些伤感，眼圈都红了，说都是一家人，说这些话有什么意思。为民说，我是该死，二姐和二姐夫远在国外，也没办法照应，我的老婆和女儿，就拜托大哥和小民了，我是对不起她们，也对不起你们几个。说完，号啕大哭起来，哭了一阵，擦干了眼泪，为民又问起陈功去见老上级的事情。

陈小民说："别提了，爸就为这事气病的，不帮忙也算了，把爸从头骂到尾，那个官腔真是厉害。"

为民说："官场上的事，你不懂，人家姚伯伯参加南昌起义，也不是什么人都配他骂的。爸爸也是，跟姚伯伯生什么气，要是早一点去见他就好了。姚伯伯一句话，情况完全不一样，唉，真是不会办事。算了，现在说什么也来不及，我是早就认命了。算了，说些别的吧，对了大哥，你现在还在规划局，还是当那什么副处？副处就副处，官是小了些，可是保险，省心，我那时候要送辆小汽车给你，你不敢要，现在看来还是对的，幸好你没有要。"

与为民见面的时候，差不多都是他在说话。回去的路上，二姐乔红说，为民还是那么话多，真不像死到临头的人。二姐夫说，为民肯定在牢里憋久了，平时没有说话的机会，逮着机会自然要猛说一气。大哥国民一直不吭声，陈小民问他是不是还在想那辆小汽车的事情。国民说，小民我告诉你，我才不会要他的车呢，人是不能贪心的，你看我现在用车，不要太方便，过去是局长才有车，现在我们出去，哪次不是照样有小车接送。你说我要车干什么，还得自己开，像今天用车，我只要事先和小王打个招呼就行了，小王，我说的对不对？

司机小王一边开车，一边说："陈处要车还有什么话说。"

为民的一条性命临了还是保了下来。就在大家已经绝望的时候，为民由死刑突然改成了死缓。何萃芬不知轻重，说反正是死，

这等死的滋味更不好受。兄弟姐妹们都为这事感到高兴，也懒得与母亲争论，许多事情与她是说不清楚的，去说给陈功听，陈功光知道眨巴眼睛，告诉他等于没告诉。经过这次事件，大家都深切感觉到了家庭的败落，虽然为民最后保住了性命，陈家往日的那种威风已不复存在。风水轮流转，天下没有不散的宴席，为民早在得意的时候就宣布过，好日子要想到倒霉的那一刻，丰收年头别忘了还有灾荒这档子事。陈家现在可是背透了，陈功病入膏肓，何萃芬越来越固执，为民坐牢，陈小民离婚，三姐文红据说也在闹离婚，大哥国民的儿子没考上大学。

工厂里效益越来越不好，下岗工人越来越多，工会的人也越来越多。那些有能耐会开后门的，都塞到工会里来了。袁厂长说，我也没什么好办法，这几年年年亏损，可总有些人惹不起，惹不起怎么办，只好往工会里打发，等到工会人满为患，再也混不下去了，只好让你们也统统下岗。庙里面养一个和尚是养，养一群和尚也是养，僧多粥少，终有养不了的一天。事实上，工会早已经人满为患了，原来是一人一张桌子，现在除了工会主席，其他的人只能三个人一张办公桌。工会的房子与过去相比，没有任何增加，相反还少了一间，因为这个当年风光无限的军工企业，已到了不得不靠出租门面房子弄点小钱的地步。

陈小民的师傅朱荣德刚下岗的时候，与厂方交涉讲理，总是冲在第一线。朱荣德属于性格刚烈的那种男人，吃软不吃硬，宁折也不弯，凡事最讲究一个脸面。他老婆陆玲玲是同一个车间的工人，夫妻两个双双下岗，生活费顿时成了问题。偏偏几件事情还凑在一起了，所谓屋漏遭逢连夜雨，船漏偏遇顶头风，越是应该省钱之际，越是需要用钱。一儿一女都在上学，一个大专，一个中专，都是分数差一点，必须要缴钱，一缴就是一大笔。经济上好不容易喘口气，一折腾又是一屁股债。朱荣德是那种不怕干粗活重活的人，下岗以后，换来换去都是力气活，替公司送煤气包，替商场送冰箱彩电，要不就是干脆去搬家公司，一天赶好几家，吃苦耐劳，一点也不输过那些专干这些活的农民工。

朱荣德是在安装空调的时候出的事。国营大工厂待久了，受工人阶级领导一切的熏陶，很容易养成了那种当家做主的傲慢。既然他的脾气是不怕吃苦，只怕受气，听不得一点不同意见，因此无论是为谁打工，都注定干不长。这个城市居民购买空调的心理，常常是临时抱佛脚，平时无论商家怎么打折，钱早已经准备好了，可就是习惯按兵不动，非要等到天实在热得不行，才一窝蜂地冲向商场。这种消费习惯让商家头痛不已，因为明显的淡旺季差别，不仅在备货的多少上有难度，而且吃不准应该保留一支多大规模的安装队伍，多了开支太大，少了应付不过来。到了空调销售的旺季，商家不得不临时招兵买马，胡乱招些工人加入到安装空调的队伍中来。失业在家的朱荣德正是在一个突如其来的旺季中，成了空调安装大军中的一名成员，照理由必须经过严格的专业培训，然而他只是跟在后面看了两天，连上岗证都没有拿到，便匆匆上了阵。

结果就出了意外，朱荣德从三楼摔了下来，原本很结实的一个人，一下子摔成了残废。陈小民闻讯去医院看望师傅，只见他身上到处打着石膏，直挺挺躺在病床上不能动弹。当时还不知道情况有多严重，朱荣德见了陈小民，平时的英雄气概已经少了一大截，苦笑着说：

“我当师傅的，真愧对你这个徒弟。”

陈小民确实没跟朱荣德学到什么技术。他们所在工厂虽然大，名气也响，技术含量却不高，第一线的工人，认认真真学个十天半月，基本上就没什么大问题。师傅带徒弟只不过是个形式，厂领导把你领到车间，交给车间领导，车间领导再把你领到师傅面前，交给师傅，这就算是正式的拜师仪式了，从此师徒关系就确定了，终身都不会改变。虽然没有签订什么协议，在工厂里，这种师徒关系得到所有人的认同，就像封建时代的包办婚姻一样神圣不可侵犯。朱荣德一直为徒弟的家庭出身感到自豪，感觉好的时候，忍不住就会卖弄说，市委的干部又怎么样，看人家养的公子哥儿，还不是照样当我朱荣德的徒弟。

然而，现在的工人老大哥早没有了当年英雄气概。

朱荣德叹着气对陈小民说："唉，我们工人阶级的好日子，算是到头了。想当初，谁会想到下岗，就是刚下岗那会，谁会想到今天这一步？"

陈小民无话可说。

朱荣德眼圈红了，说："我若是像你一样，索性离了婚，没家没小，多好。"

陈小民不知道如何安慰师傅才好，因为陈功就住在医院的高干病房，他三天两头地顺便过来看师傅一眼，也不多说一句话，表示个心意就行了。有一次捞到机会，跟师娘陆玲玲在病房外面谈话，陆玲玲心直口快，告诉陈小民朱荣德这次是彻底完了，瘫痪几乎是肯定的，以后大小便能不失禁就算不错。陈小民听了，心不由地紧起来，呆呆地看着师娘，陆玲玲显然已被突然的不幸击垮了，脸色苍白，嘴唇没有一点血色。她愁眉苦脸地告诉陈小民，说朱荣德的医药费根本报销不了，厂里说这应该由让他安装空调的商家负责，商家说朱荣德是违规操作，应该责任自负。

现在能做的，是赶快让朱荣德出院，病没好也得走，因为实在付不起昂贵的住院费。陆玲玲说，医药费用这还只是刚开了个头，以后的日子怎么过呀。她让陈小民不要多心，自己绝不是要跟他借钱，到现在这地步，借多少钱也抵不了什么事。人怎么着都得活下去，怎么着都能活下去，陆玲玲只想找个人倾诉倾诉，一下子出了这么大的事情，可怜连个说话的人都没有。难得陈小民还能老惦记着他师傅，陆玲玲说两个小孩读书要用钱，说你师傅看病要用钱，这也要钱，那也要钱，天知道还要多少钱，都是一些无底洞。天不会塌下来，天要是真塌下来也没办法，陆玲玲说自己还好，无病无灾，可是她到哪去弄那么多钱。

大约一年以后，陈小民看电视新闻，无意中看到本市扫黄打非的专题节目，有一个很长的镜头，竟然定格在自己的师娘陆玲玲脸上。节目的内容是说本市市委大门前广场，晚上八点过后便成了流莺猖狂活动的场所，由于镜头是偷拍的，被拍的人一点防备也没有，仍然是肆无忌惮地拉客。记者冒充嫖客出现在镜头上，并非什么稀罕事，妓女在荧屏上曝光也常见，然而是自己的师娘就太出乎陈小民的意外。这样的节目照例会受到观众欢迎，因为太真实，太具体，比电视剧还电视剧。陈小民首先想到所有认识师娘的人，都会大声地惊叫起来，自己就惊呼了一声：

“天哪，这不是陆师傅吗！”

陈小民接着就想到了师傅朱荣德的感受。像师傅这样要脸面的人，发生什么样的后果都是可能的。朱荣德在厂里上班的时候，就是有名的醋坛子，陆玲玲长得很漂亮，是全厂的三大美女之一，据

说当年为了把师娘弄到手，他差不多和所有追求她的人都干过架。朱荣德人高马大，有一把蛮力气，打架是天生的好手。在过去的一段时间里，陈小民曾几次去他家看过师傅，情况自然是一次不如一次，家里能卖的东西，已卖得差不多了。那个大儿子已大专毕业了，可是根本不像有出息的样子，工作找不到，就知道一味地嫌家里穷。陈小民希望师傅能穷得把电视也卖掉，如果真这样，他起码不会在电视上看到自己老婆的镜头。

陈小民的想法当然是一厢情愿。中国人已离不开电视，像朱荣德这种瘫痪在床上的人，更离不开电视。朱荣德看了电视的第一反应，就是要将陆玲玲活活掐死。他觉得这样的事都出了，自己再也没有脸面活在这个世界上。陆玲玲在拘留所被关押了两天，她回到家，刚进家门，朱荣德捞起床头柜上的热水瓶，对准她扔过去。陆玲玲出于本能地低头，热水瓶从脑袋上方飞了过去，打在墙壁上碎了，碎玻璃和热水溅得到处都是。

朱荣德说："你这个骚货去死呀，你为什么不去死？"

陆玲玲奔进厨房，拿了一把菜刀出来，递给朱荣德，说我是想死了，我活着还有什么意思。陆玲玲说，人都要一层皮的，我出丑出到了这份上，还活着干什么。陆玲玲说，朱荣德呀朱荣德，你要是个男人，就一刀劈了我吧，千万不要手软。你当然是男人了，朱荣德，你狠狠心，劈死我算了。我怎么这么不要脸呀，我做什么不行，居然这么不要脸，居然这样丢人现眼。我不配活在这世界上，我已经五十岁的人了，还做这种事，我不该死谁该死。陆玲玲哭天抢地。陆玲玲悲痛欲绝。陆玲玲的眼泪像水一样哗哗哗地流了出来。

朱荣德决定与陆玲玲一起去死。他们视死如归，他们平静如水。两个人认真地讨论如何去死的各种细节，吃安眠药，吃氰化钾，在肉汤里拌灭鼠灵，或者在身体上绑裸露的铜线然后通电，或者去本市最高的一家饭店，大吃一顿，然后从楼顶上跳下来。死亡的讨论一度很认真，很热烈，死亡是一种解脱，死亡是一种升华。对死亡的向往分散了对痛苦的注意力，在庄严的死亡面前，一切都变得不太重要。死生有命，富贵在天，朱荣德原谅了陆玲玲，朱荣德也原谅了自己。人之将死，其言亦哀，都到了这个份上，朱荣德十分平静地说：

“玲玲，想想天底下的夫妻，又有多少是一起死的！”

最后决定把安眠药和灭鼠灵与芝麻糊拌在一起吃。最后时刻，陆玲玲犹豫了，求生的欲望像雨后的竹笋一样破土而出。她自作主张地放弃了剧毒的灭鼠灵，只是往芝麻糊中掺安眠药粉。整整一瓶的安眠药磨碎了，一切都在朱荣德的眼皮底下进行，陆玲玲不停地往芝麻糊里兑白色的药粉。朱荣德的眼睛瞪得大大的，看着陆玲玲的一举一动，嘴角上洋溢着一丝苦笑。拌好的芝麻糊香味扑鼻，陆玲玲开始打摆子，像风中的芦苇一样剧烈抖动着，她尝了一口已经拌好的芝麻糊，用很凄楚的声音说：

“老朱，我们既然已经把什么都想明白了，干吗还要死呢？”

朱荣德知道她是害怕了，很平静地说：“玲玲，你不用害怕，把东西给我，我先吃。”

陆玲玲以商量的口气说：“我们非要死呀？”

朱荣德说：“是呀，为什么非要死呢。”

“不死又怎么样？”

“活着又怎么样？”

朱荣德示意陆玲玲把芝麻糊碗递给他，他接过碗，开始大口大

口吃芝麻糊，不一会就吃了一大半。陆玲玲注意到他已经在吃应该留给她的那部分，便试图阻止他。朱荣德说，算了，干脆我一人吃了吧，你身体好好的，何苦与我一起去死。陆玲玲依依不舍地说，老朱，要是我们不想死，现在还来得及。朱荣德笑起来，说都到了这时候，木已成舟，还开什么玩笑，我知道你是害怕了，人嘛，谁还能不怕死，你放心，我们夫妻一场，也不容易，我不会逼你的。说完，继续大口地吃芝麻糊，转眼之间，竟然将属于陆玲玲的那一份全吃完了。

陆玲玲盯着朱荣德的眼睛，足足地看了三分钟，然后发疯似的奔出门去，跑到最近的一家小卖店，慌慌张张地打急救电话。因为抢救及时，陷入沉睡中的朱荣德又苏醒了过来，刚开始，他似乎不明白发生了什么事情，不明白自己为什么又会躺在医院的病床上。护士在他身边忙碌着，医生过来了，掀开他的眼睑，用手电筒照了照，满意地点了点头。这时候，朱荣德看清楚身边都是些什么人，有陆玲玲，儿子，女儿，有陈小民，还有厂里的一位领导。朱荣德一声不吭，他默默地沉思着，想着，就这么又过了二十四小时，只剩下陆玲玲一个人的时候，他冷冷地说了一句：

“你又一次让我成了笑柄！”

一连多少天，朱荣德不说一句话，两眼冷冷地望着天花板。有时候默默地流眼泪，陆玲玲手足无措，把能想到的人都找来了，求他们劝劝他，想方设法做些说服工作。可是朱荣德谁的话也听不进，他现在谁也不想见，尤其不想见熟悉的面孔。陈小民去看他，连续三天，他甚至连眼睛都不愿意睁开。师徒两人没话可说，陈小民不甘心，胡乱地找话茬。他告诉朱荣德，说自己也离开工会了，也下岗了，换句话说，他们师徒现在已经完全一样。厂里已经全面停止生产了，陈小民说，他现在才算彻底明白，工人阶级为什么是无产阶级，无产阶级就是突然什么都没有了。陈小民从来不是个能说会道的人，朱荣德老是不开口，他只能试着信口胡说，想到哪说哪。为了让师傅心里好受一些，陈小民用略带些夸张的口吻，喋喋不休地描述自己的处境，他只希望朱荣德能相信一点，这年头，大家的境遇其实都差不多。

朱荣德终于开口了，他感叹说："小陈，我们不一样，你有一个高干的爹。"

陈小民说："我是有个做官的爹，他就躺在这医院里，已经老年痴呆了，而且连肾功能也没有了，每个星期要做两次透析，你说这样的高干父亲，还能指望什么。"

陆玲玲在一旁插嘴说："可是你爹看病不要花一分钱。"

朱荣德听见陆玲玲的声音，刚睁开的眼睛又闭上了，冷冷地对陈小民说："你还是走吧，我们师徒其实也没什么多深的交情，你犯不着天天来看我。"

陆玲玲说："人家小陈反正是顺带的，他不是天天要来看他爹吗？"

朱荣德不吭声。

陆玲玲又嘀咕了一句："怎么好坏都不分的？"

朱荣德突然大怒，十分厌烦地说："男人之间说话，你少插嘴好不好。"

陆玲玲的眼睛顿时就红了，哽咽着说："小陈，你和你师傅谈吧，他不想看见我，不愿意听到我的声音，你不知道他有多恨我，我现在已经不配出现在他的面前了。"

"陆师傅，你别走，我天天来看师傅，不光是看他，也是来

看师娘你的。”陈小民拦住了她不让走，憋了一肚子的话，滔滔不绝地涌了出来，“师傅，你也别光想着自己委屈，光想着自己是没用的，你为什么不想想师娘的委屈。师娘是对不起你，可是你是不是就对得起师娘呢？有些话，我做徒弟的不该说，你不就是觉得丢人吗，你不就是个大男子思想在作怪吗。我也觉得丢人过，有一天，我回家，看见小闫一丝不挂地和一个男人在一起，我女儿就躺在一边，你说我这是什么滋味。师娘是让生活逼的是，没办法，小闫呢，小闫她还不是什么都不因为，就莫名其妙地让我戴上了绿帽子。要说丢脸，我这才叫丢脸，更丢脸的是，我都原谅小闫了，我都原谅她了，可是结果，结果她还是把我一脚蹬了。我又能怎么样，我又怎么样？”

陈小民的一番话让朱荣德和陆玲玲都感到震惊。有些事情虽然早有耳闻，但是由他这样直截了当地亲口说出来，效果完全不一样。他们目瞪口呆地看着陈小民，听他继续滔滔不绝。陈小民慷慨激昂，觉得今天能这么淋漓尽致地说一次话，很痛快：

“多少年来，我一直觉得自己和别人不一样，一直有优越感，我不说自己是干部子弟，别人也都知道。可是干部子弟又怎么样，干部子弟没出息，更让人瞧不起。我现在是什么，是家里的男保姆，是家里的勤杂工，我在为父亲送终，也是在为自己送终。我爸人活着，差不多跟死了一样，我还不是一样，人活着，与死了又有什么区别，你说我们家谁像我这样窝囊过，就是那个判了死缓的二哥也比我强。如今，再说句丢人的话，就连我们家的小保姆，一个农村来的姑娘，她都看不上我，在她眼里，我是一个连自己都养活不了的废人。师傅，千万不要以为天底下就你一个人倒霉，不顺心的事情，就你一个人能遇上。要知道这天底下，谁都有一肚子委

屈，谁都有一肚子不痛快。”

下了岗的陈小民成了父亲的全职护工。他和小保姆夏俊花轮流倒班，照顾生命即将走到尽头的陈功。像陈功这种级别的干部，病重期间，公家可以配备两个服务员，何萃芬就让陈小民与夏俊花占了这两个指标。肥水不流外人田，这笔费用给谁也是给。夏俊花原来是二哥为民家的小保姆，她从十六岁开始做，一直做到二十七岁。为民得志的时候，二嫂王颖曾许诺要为她弄个城市户口，再找一份正式的工作，为民一出事，许诺自然就泡了汤。陈家上上下下因此觉得有些对不住她，尤其是王颖，她是看着她成长起来的，看着她从一个土气的农村女孩，怎么变得越来越洋气，变得比城里人还城里人。

陈小民离婚以后，王颖曾动过让夏俊花嫁给自己小叔子的念头，然而她根本看不上陈小民。一来不愿意嫁给一个离过婚的男人，二来在陈家这个干部家庭中，独独他太没出息。大家都觉得陈小民不争气，夏俊花受主人的影响，也跟着瞧不起他。水涨船高，夏俊花已开了眼界，太知道有钱有势的男人是如何威风，发誓要嫁就嫁个有钱有势的。她不愿意与陈小民谈朋友，陈家的人反倒更看中她，夏俊花算不上是什么绝色美人，可是白白净净，身材苗条匀称，健康而且充满活力，比闫连姣强得多。

为民的出事是个重要的转折点。首先夏俊花明白事了，终于明白自己说到底，也就是个小保姆，种种过高的想法都不切实际。她虽然已干了十一年家务，熟悉的城市生活无非是一个暴发户的家庭。这种暴发户家庭充满了一种虚无缥缈的不真实，仿佛美丽的肥皂泡一样说破就破。夏俊花如果想成为一个城里人，嫁给陈小民还真是条捷径。其次，何萃芬的观念也发生了变化，刚开始，让夏俊花嫁给陈小民至多是个玩笑，陈家的公子怎么可能娶一个小保姆，为民下狱和陈功中风，总算让何萃芬明白了一些实际情况。现在，何萃芬开始为自己的命运担心，她毕竟是个没有任何固定收入的家庭妇女，这么多年来，她从来不想丈夫死了以后怎么办，可是陈功将死在她前面已不容置疑，现实让她不得不想，不得不预先做好准备。何萃芬知道自己不仅在经济上要有保障，生活上也必须有人照顾才行，而后面一项也许更重要更困难。她突然意识到在自己的晚年，如果能有夏俊花这样一个来自农村的媳妇照应，显然不是什么坏事。

朱荣德很快又出院了，陈小民闲着无事，与夏俊花换班后，回家的路上常顺便去看师傅。陆玲玲对陈小民说，你师傅憋得难受，难得有你这么一个好徒弟，别忘了经常来看看他。出院后的朱荣德情绪渐渐稳定下来，有一天，陈小民发现家里新添了一辆轮椅，一问，才知道是刚买的，朱荣德与陆玲玲的结婚纪念日，儿子和女儿凑钱买给他的礼物。朱荣德一直觉得儿女不是很争气，这辆轮椅让他感到不少安慰。他让陈小民推自己出去，说想到外面去散散心，显然是有什么话要对陈小民说。

外面正在酝酿大规模的拆迁，墙上到处用白石灰水写着“拆”字。这附近的矮房子在几个月内将全部拆光，朱荣德脸上洋溢着即将要搬进新房的喜悦。陈小民知道住新房是要付一些钱的，可是师傅似乎并不为这费用担心。街上人来人往，陈小民将师傅推到一棵大树下，自己捡了一个石阶坐下来，与朱荣德面对面，抽着烟。

朱荣德说：“小陈，你有没有发现，现在你师娘的脸上越来越有光彩了。”

陈小民说："陆师傅一直很漂亮的。"

"漂亮是一回事，脸上有光彩却是另外一回事。"

"什么叫有光彩？"

"样板戏《智取威虎山》中有句台词，你还能不能记得，座山雕问杨子荣，'脸红什么'，杨子荣说，'容光焕发'，这容光焕发四个字，就叫光彩。"

陈小民不知道师傅为什么要对自己说这些。有人从他们身边走过，是一对年轻的情侣，朱荣德不作声了，将手中的烟头往远处扔去。沉默了一会，朱荣德继续说下去：

"有些事我也不瞒你，小陈，那种事情，你师娘肯定还在做。你师娘已五十岁了，也真难为她，都这么大岁数，还做这种事情，也真不容易。你不要拦我，你让我往下说，我不是怪罪你师娘，有些话，你师傅我是不会与别人说的，我只和你一个人说。小陈，你知道我心里一直有个疙瘩，我不明白你师娘都这么大年纪了，为什么还要做这种事情？"

陈小民耸了耸肩膀，不知如何回答。

"我也问过你师娘，你师娘说，有的人就喜欢老女人，老女人看上去好，安全，那些上了岁数的男人喜欢，那些年轻的民工喜欢，还有考试前的大学生也喜欢。上了岁数的男人，在自己老婆身上，多少年来老一套，已找不到感觉，年轻的民工，还有年轻的大学生，身强力壮，憋得难受，只想找个地方轻松轻松，他们都喜欢直截了当，喜欢你师娘那样的，不像是要讹人钱的样子，钱又不多……"

陈小民不想听师傅再说下去，他看着朱荣德，摆了摆手，但是朱荣德意犹未尽，非要继续往下说。

“你师娘做那事很来劲的，三十如狼，四十如虎，你师娘快到五十，那也就差不多是头狮子了。我不是在背后糟蹋你师娘，她真的是很厉害。你不要以为我瘫在床上，就不能做那事了，就不是男人了，我别的不行，那玩意还没有问题，我还没有糟到那一步。我告诉你，你师娘她就好这个，她的服务绝对周到。”

陈小民现在是真的不愿意朱荣德再说下去。他想到陆玲玲对师傅无微不至的关心，想到她这几年来流的那些眼泪，想到厂里拖欠的工资，想到那些报销不了的巨额医药费，觉得朱荣德太过分了一些。对师傅的病情，陈小民有着充分的了解，他知道对于一个男人来说，半身瘫痪是一个很残酷的打击。但是，一个人既然已经遭遇不幸，已经成为弱者，就不应该再去伤害别人，伤害自己最亲近的人，因为他们往往只能伤害到自己的亲人。他想到自己每次去看望师傅，陆玲玲完全是出于内心地表示着感激，她希望陈小民能陪师傅说说话，为他解点闷，她显然做梦也不会想到朱荣德会这么说她。

陈小民说：“师傅，我送你回去，今天还有点其他的事情。”

陈小民不由分说，将师傅推着就走。朱荣德没想到会这样，有些尴尬，一路无话，只是快到家门口的时候，将脑袋移了一点过来，叮嘱陈小民：

“今天说的话，千万不要对别人说。”

陆玲玲正站在门口看着他们。

陆玲玲远远地问着：“去什么地方了？”

朱荣德讨好地说：“我让小陈推着我随便走走，这地方再不多看几眼，以后就看不到，东头的房子好像已经开始拆了。”

陈小民与小保姆夏俊花的关系，一度似乎有了明显的进展。陈小民从来没有当过真，陈家的人也仍然只是把这件事当作玩笑讲，夏俊花却开始往心上去。因为共同照顾陈功，两人天天交接班，在一起说的话多了，多少也擦出了一些火花。刚离婚那阵，陈小民还想到去看看女儿，可是不久就发现，女儿竟然和闫连姣一样不欢迎自己。闫连姣现在又和手下的一个刘科长有些不明不白，这情形就仿佛当年一幕戏的简单翻版，在权力纠缠之中，刘科长老是在暗中助她一臂之力。陈小民有一次碰上了退休的李国民，提起闫连姣，李国民口若悬河说了一大堆故事。说完了，连声说陈小民实在是太应该离婚，因为权力欲太强的女人，绝对是变态的。

夏俊花一直有种错觉，好像只要她愿意，就随时可以嫁给陈小民。她现在在陈家非常辛苦，跟劳动模范一样，每天上午要做饭烧菜，吃过午饭，洗了碗，稍稍歇一会，就要去医院换班，然后一直到第二天清早陈小民跟她换班。然后在回去的途中买好菜，然后回家做饭烧菜，天天如此重复。她一个人起码干了两个人的活，因此常有些傲气，傲气得大家都不敢得罪她。陈小民每次与她交接班，都不是说走就走，一定要留下来陪她说会话。高干病房也分级别，大部分是宾馆标准间那种规格，两个人合住一间，陈功住的病房是单间，有卫生间，有彩电，有冰箱，二十四小时供应热水。夏俊花来了以后，要洗澡，要打扮，要放松一下忙了一上午家务的疲惫。如果陈功那天正好要做透析，陈小民必须一起陪了去，因为上上下下这些力气活非他不行。

有一天，夏俊花很认真地问陈小民，如果陈功真咽气了，他怎么办。陈小民想了想，便用同样的问题反问她。夏俊花也是想了想，说我和你不一样的，我不是你们陈家的人，我说走就可以走的，可是你走不了，陈老死了，何奶奶还要你照顾，你得为他

们一个个送终，都送得差不多了，你自己差不多也老了。夏俊花的语气中带着深深的同情，这让陈小民很感动。夏俊花说，陈老的时间是不会太长了，何奶奶可是有的活呢，再活个几十年不成问题，你的苦日子不知哪天才能熬到头。夏俊花的一番话不仅让陈小民感到亲切，而且很感动。从来就没有人会这么设身处地地为他想一想，陈家的子女都觉得陈小民照顾二老是天经地义，都觉得他沾的光最大，他从来就没有独立生活过，一辈子吃住都依靠父母，离了婚又和父母住在一起，下了岗之所以不至于挨饿，还不是因为照顾陈功，可以拿一笔看护费，有了这笔看护费，陈小民吃多大的苦也应该。

陈小民心中的疮疤仿佛叫人揭开了。他平时并不太去想自己是否活得冤枉，并不太去想自己的未来会怎么样，不管怎么说，他好歹也是比上不足，比下有余。厂里拖欠工资他不太在乎，因为在父母那里，他有一张长期的免费饭票。医药费更不在乎，他平时从不生病，就算是有些不适，以陈功的名义开什么药都不成问题，只要能报出药的名称。陈家上下谁有伤风感冒小毛小病，把药当饭吃也吃得起，甚至夏俊花远在乡下的父母，也时常写信来托女儿弄一些不花钱的公费药。在陈小民心目中，夏俊花一直是个没心没肺的乡下姑娘，他记得她刚到为民家做事的时候，看上去完全像个小孩子。随着为民的暴富，做小保姆的也跟着威风起来，她送为民女儿姗姗到奶奶家，从来都是打的来去。穿的是王颖淘汰下来的衣服，有一些还是香港的名牌，她穿在身上比女主人还神气。陈小民想难怪她看不上自己，往深处想一想，他自己都要看不上自己了。夏俊花此时突然表现出来的关心，让陈小民感到一种从未有过的茫然。

夏俊花有一段时间，存心给陈小民一个机会。她再也不是那个刚十六岁的小姑娘，夏俊花现在已经二十七岁，这是个不小的年龄，而且更糟糕的是，她没有机会接触其他男性。陈小民离过婚，陈小民下岗了，陈小民比她大十几岁，这些都是不足之处，没有这种不足之处的男人，又怎么可能看上她。夏俊花利用每天的交接班，尽可能地与陈小民多说些话，有时候甚至放出一些不高明的小手段来引诱他。孤男寡女本来就容易有故事，陈小民是过来之人，她的那点意思全懂，故意装着什么都不明白。夏俊花胆子越来越大，陈小民的贼心蠢蠢欲动，已经没办法装糊涂。

有一天，就在病房的卫生间里，夏俊花刚给陈功换过尿布，用肥皂洗手，陈小民在她身后突然很暧昧地问，可以不可以抱抱她。因为问得突然，她自然要吓了一大跳，慌乱中把肥皂沫都弄在身上了。陈小民于是试探着抚摸她，开弓没有回头箭，两人挣扎了一番，夏俊花不再拒绝。陈小民偷袭得手，立刻把她浑身上下都摸了一遍。夏俊花软软的，像中了邪一样动弹不了，由他放肆，唯独那个地方坚决不许碰。这一来，两个人的关系便有了质的飞跃，夏俊花说，不到洞房花烛夜，她是绝不会让男人得逞，现在的女孩子，有不少都已经不在乎了，她却是特别在乎，因为她是从农村出来的，因为男人其实也最在乎这个。夏俊花绝不会轻易把女孩子最珍贵的东西给别人。她在这方面表现出来的理智，让陈小民感到震惊。有好几次，都差不多了，可以隔着一层布抚摸，可以手伸进去碰一碰，然而怎么哄都不让完成最后的一步。

夏俊花没上过学。刚从农村出来的时候，认的字不到一百个，这以后，所有的教育，所有的知识积累，都是通过电视屏幕上的肥皂剧完成。辛辛苦苦挣的工钱几乎都寄回家了，她的哥哥和弟弟正

是靠她的资助才读完中学，在她的老家，能把中学读完，已经是很不错的知识分子，夏俊花因此也感到十分自豪。老家每次来信，最初是王颖帮着念，后来是姗姗，与陈小民关系进了一层以后，这差事便落到了他身上。最新的一封来信内容非常简单，无非是希望夏俊花再寄一些钱回去，如果手头不够，可以先跟主人预支一些工钱，因为她弟弟订婚，对方是一定要彩礼的。此外，夏俊花哥哥叫人打伤的腰还时时疼痛，干不了农活，而小侄子的学费还拖欠着呢。

出门在外，夏俊花希望能知道家里的消息，可是每次来信都让她感到窝心。陈小民问她哥哥的伤是怎么回事，夏俊花的回答是让村长夏光阳打的。陈小民说，既然是让人打的，为何不找他算账。夏俊花说，夏光阳是村长，打了还不是白打了，又能怎么样。夏俊花跑到卫生间里去伤心了一会，她知道来信就是这么回事，又知道如果跟何萃芬预支工钱，肯定会听一大堆废话。在夏俊花的父母眼里，女儿在城市里的日子，就跟天堂一样，吃喝都不要花钱，一点也不会想到她的难处。他们把她当作了摇钱树，能惦记到的就是问她要钱，再要钱。陈小民在外面等着，一直不见她出来，便进卫生间找她，看见她眼圈红红的，也不问为什么，傻乎乎地上前搂她。他们之间所有的调情，差不多都在卫生间里进行，因为病床上躺着的陈功虽然神志不清，但是只要还有一口气，就是个障碍。

接下来是老一套，陈小民重复着无谓的探索活动。夏俊花不说话，过了好半天，突然红着脸问陈小民，能不能借点钱给她。陈小民怔了一下，从小到大，他还没有借钱给人的习惯，因此完全是出于本能地说，我哪有钱借给别人。夏俊花不过随口问问，并不当真的，他回答得这么干脆，顿时让她很尴尬。陈小民还在顺着惯性抚摸她，手脚越来越不老实，她想如果这时候不让他碰自己，他显然会认为她只是为了钱，才拒绝他的，她不想给他有这种错觉。夏俊花的脑海中一片混乱，竟然忘却了防御，她的不抵抗让陈小民也感到为难起来，他本来还有些后悔，后悔不该一口回绝她，然而这时候再改口，好像有些乘人之危。如果夏俊花拿了他的钱，又让他做成了那件事，或者顺序颠倒一下，是先做成了那件事，然后再借钱给她，他们之间的关系又成了什么。

陈小民突然感觉到了恐惧。陈小民在关键时刻，找了一个借口，离开了夏俊花。他知道再不走开，就什么都来不及了。陈小民的欲望简单直接，就是赤裸裸地想做那事。他现在需要的是师娘陆玲玲那样的女人，是直截了当的皮肉交易，事后大家拍拍屁股走人。陈小民并没有真正做好娶夏俊花的准备，直到这时候，他似乎才突然明白，原来夏俊花的坚决抵抗，虽然多少有些可笑，有些可怜，也是迫不得已。男人都靠不住，夏俊花想找的，是一个可以托付终身的人，她的机会并不多，江湖险恶人心叵测，她必须珍惜，珍惜，再珍惜。陈小民突然自惭形秽，意识到他根本就配不上夏俊花。

夏俊花不明白陈小民的态度，为什么会发生一百八十度的大变化。她的感情是复杂的，或多或少地被伤害了一下，既有些依依不舍，又有些庆幸。依依不舍的是，毕竟陈小民是她亲密接触的第一个男性，她发现自己其实是有些喜欢他的，那种朦朦胧胧的东西，说没有就没有了。庆幸的是，他们虽然有亲密接触，毕竟不算真正的失贞，亡羊补牢还来得及，男人果然像电视剧上一样忘恩负义，她的贞操还没有给他，已经这样了，真要是阴谋得逞，她把肠子悔青了也没用。接下来，交接班变得一点故事都没有，陈小民来接

班，夏俊花扭头就走。夏俊花来接班，陈小民磨磨蹭蹭不肯离开，她一句话也不跟他说。陈小民知道自己对不住她，感到很狼狈，找话搭讪，她只当没听见，甚至都不看他一眼。夏俊花还真是有点小脾气，最让陈小民受不了的，是她赌着气替陈功换尿布，有时候屎和尿拉得到处都是，夏俊花端了一盆水过来，不声不响地替陈功洗屁股，洗那已经没有任何生气的玩意。陈小民感到一种说不出来的别扭，他觉得自己也就像父亲的那玩意。

两个月以后，夏俊花突然决定要和高干病房的一个病人结婚。那人是司法局的一位副局长，年龄比夏俊花大了一倍，老婆已经死了两年，两个小孩都在美国定居。这个副局长最大的好处，喜欢把什么话都说清楚，他把自己的情况如实地告诉了夏俊花。副局长说，自己虽然年龄大了，身体绝对没有问题，他急着找一个老婆，是害怕自己犯生活错误。副局长说，他的孩子在国外，在国外的人思想都开通，绝不会回来与她争夺遗产。副局长说，他已经五十六岁，到这个年龄，再往上升官已不可能，因此也无所谓官场得失，也不在乎别人会怎么议论，说他娶了个小保姆，说他娶了个比自己女儿还小的姑娘，说做官做到他这个级别，有谁能像他这样还对爱情感兴趣。副局长来医院手术切除胆囊，胆既然被摘除掉了，就更可以有所作为，他直截了当地发起了进攻。夏俊花这种涉世不深的女孩，很快就被俘虏，毕竟人家是一心一意要娶她做新娘。

副局长与夏俊花一起拜访了何萃芬。何萃芬说这怎么可以，我们家老陈谁来照顾呢。她仍然还是自以为是，不明白别人只不过是礼节性地通知她一声，给她一个面子。陈小民有些伤感，总觉得夏俊花选择副局长，自己有不可推卸的责任。到这个时候，他不由得想起她的种种好来。他想对她表白，说她与其嫁个老家伙，还不如

嫁给他。但是转念一想，明白自己一点也不比那个老家伙强，人比人，气死人，只有没脑子的女孩才会选择他，能够住高干病房的副局长要比陈小民强一百倍。好东西只是在快失去的时候，才会觉得珍贵，陈小民无限感慨，去百货公司买了一条两千多元钱的白金项链，偷偷地送给了夏俊花。夏俊花看着发票，看发票上的价格，看发票上的日期，有些感动，不明白他为什么要这么做。地点还是在卫生间，夏俊花第二天就要正式离开医院，她已经与副局长正式登记了，领了结婚证书。

夏俊花说：“这么贵重的东西，我是不能收的。”

陈小民说：“我没什么钱，如果有钱，我会买更贵的。”

“你花这钱干什么？”

“我愿意花。”

夏俊花相信他说的是真话。真话总是感人的，夏俊花热泪盈眶，夏俊花心潮澎湃，当然不是因为送了自己这么贵重的礼物，而是对自己的那份真情。这根白金项链证明陈小民是真心地喜欢她，真心比什么都好，真心比什么都重要。她笨嘴笨舌地不知说什么好，情不自禁扑倒在陈小民怀里，紧紧地搂住了他，这是她第一次主动这么做。在过去，夏俊花总是很被动，夏俊花从来没有勇气主动。这时候陈小民要她做什么都可以，这时候陈小民可以为所欲为，只要陈小民说一句话，她可以现在就成为他的新娘，她可以废除与副局长的婚约，与陈小民白头偕老。

陈小民笨手笨脚地将白金项链挂在了夏俊花的脖子上，像一个长辈那样端详着她白皙的脖子，深深地吻了一下，然后衷心祝福，祝她婚姻美满幸福，祝她有一个美好的未来。

已经奄奄一息的陈功，表现了顽强的生命力。他已经失去了与人正常交流的能力，甚至都不认识什么人了，大小便失禁，吞食困难，然而就是不死不活地活着。夏俊花出嫁以后，连续找了几个保姆，都做不长，都是干了没几天就走人，因为谁也无法接受要她们两头奔忙的要求。又要做家务，又要照顾病人，这根本就是不可能的事情。而且要忍受何萃芬的唠叨也不容易，何萃芬的毛病，永远要说前一个保姆如何不好，别人听她没完没了唠叨，忍不住就会想，她以后一定也会这样说自己。

最后只好请师娘陆玲玲来帮忙。陆玲玲听陈小民说起自己的烦恼，爽快地说，我去暂时帮个忙好了，等你们家什么时候找到合适的人，我再找别的活干。陈小民说，陆师傅肯帮忙当然太好了，只是照顾我爸，辛苦不用说，恐怕也太脏了，拉屎撒尿，他现在整个就跟小孩一样。陆玲玲说，就这样定了，我又不准备干多久，不就是帮个忙吗，有点脏怕什么。朱荣德在一旁说，别跟你师娘客气，有些话多说，反而把那点意思，弄得不好意思。

陈小民回去与何萃芬说了，说好只顾一头，不做家务。何萃芬说，凭什么不做家务，别人都能做，凭什么她就不行，难道我们不是一样地出钱，难道是你师娘，就要和别人不一样。你的用心我还不知道，我才不会在你们心上呢，我饿死了活该，累死了是报应，你爸一死，我就跟着一起走，绝不拖累你们。我辛苦一辈子，养大你们七个小孩，老来又怎么样，一个比一个没有良心。陈小民不想与母亲纠缠，板着脸说，这样吧，谁也别请了，就我一个人顶着，我就住在医院，也不回来了，你爱怎么就怎么，二十四小时我一个人顶着，忙死了算。他对何萃芬一直是逆来顺受，现在已忍无可忍，何萃芬看他样子是真急了，就不再说话。

厂里的情况越来越糟，下岗工人的那点生活费，越来越没有保障。全面停产以后，当年赫赫有名的一个军工企业，现在只能靠出卖地皮过日子。有个香港商人进行了全面的考察，突发奇想地要把工厂改成一个航空母舰级的吴宫美食城。他将所有的厂区都租了下来，原有的车间全部改成大小不等的包厢，两个遥遥相对的车间，在空中架起巨大的钢架，经过富丽堂皇的装潢，变成全市最大的餐厅大堂，可以同时放下两百张桌子，服务员全穿着溜冰鞋送菜。袁厂长摇身一变，竟然置全厂几千号人的生活不顾，成了这家美食城的中方总经理。

十二月十二日是陈功的八十四岁生日，民间有“七十三”“八十四”是道坎的说法，大哥国民请客为父亲做寿，地点就选在吴宫美食城，参加的人有何萃芬，国民全家，二嫂王颖母女，陈小民以及他女儿青青。青青已上小学二年级了，平时与父亲很少见面。何萃芬觉得今天七个子女中，只有国民和小民两个人到场，不免有些失落，而陈功还神志不清地躺在医院里。她怏怏地说，为你爸做寿，他又不能来，真是没意思。从一开始，她就不是很高兴，今年她已经八十岁了，过八十岁的生日，没人给她做寿，说明在子女心目中，仍然是只有那个当官的老子。陈小民说，你又不提起这事，我们怎么会记得你的生日在哪一天。何萃芬耿耿于怀地说，你们怎么可能把我放在心上，我当然只有做牛做马的份了。大家都不想把气氛搞坏，由何萃芬去说，点完了菜，何萃芬拿过菜单一看，说这里的菜倒不贵。

王颖知道是弄错了，告诉她所看到的，只是每份的价格，一人一份，加起来就厉害了。何萃芬听了吓一跳，大有站起来立刻走人的意思。

国民连忙安慰母亲："妈，你不要紧张，我这里有好几张优惠券，吃不了多少钱的。"

"什么叫优惠券？"

"只要在这吃，结账的时候，按百分之二十给你优惠券，下次再来吃，这券就可当钱用。"

"你哪来的优惠券？"

国民笑而不答，这地方他来过好几次，当然都是别人用公款请客。请完了，又用优惠券拍他的马屁。国民今天存心想让家人开开眼界，便把这座美食城的种种传闻，说给大家听。国民告诉大家，这里包厢的服务员小姐，个个花容月貌，据说都是按空姐的标准选出来的，又说这里的装修绝对一流，用的都是最好的材料，不说别的地方，就说卫生间吧，每个小便池前面，还放着一台小彩电，你可以一边撒尿，一边看足球赛。陈小民听了惊奇不已，想了一会，突然觉得这么看电视，多少有些别扭。周围的环境早就让陈小民感叹了，他不敢相信这里就是他过去天天上班的地方，他在这里领了第一笔工资，在这里拜师学技术，在这里认识闫连姣，在这里参加政治学习，在这里与同事谈天说地打扑克，在这里下岗。

来的时候比较早，大堂里人还不多，渐渐的人多起来，人声鼎沸，人满为患。一眼望过去，热火朝天，就仿佛置身于一个大的百货商场之中，大家要说话，得扯开嗓子喊才行。送菜的小姐衣着暴露，脚蹬溜冰鞋，一手高举托盘，在人海中像鱼一样穿梭往来。

国民以很熟悉这里行情的口气说："真是邪了门，天天都是这么多人。这只是大堂，包厢还要火，不要看这有那么多间包厢，你要来，必须事先预订，迟一点都不行。"

陈小民想不明白："这么贵，怎么会有这么多人？"

"现如今做餐饮就这样，越贵，人越多。"

"钱又不是偷来的，贵了，干吗还来？"

"人气，你懂不懂，这就叫人气！"

何萃芬叹气说："我就不懂了，现在的人哪来这么多钱？"

一直不开口的青青，突然老气横秋地说："奶奶，现在的人，钱不要太多！"

陈小民想说他就没什么钱。话到嘴边，没有说，怕说了，女儿更看不起自己。离开的时候，借上厕所的机会，他到处走了走，试图在富丽堂皇之中，找到一点往日的痕迹。一切都面目全非，见不到一点点的旧影子。离圣诞节还有十多天，到处都是预订餐位的电话热线号码，显然吴宫美食城非常看中这一天，一位当红的香港歌手已经说好到时将到场助兴。在过道上，贴了一长串来用过餐留影的明星照片，从那些大小不等的照片里，陈小民突然看到了袁厂长。在陈小民的印象中，袁厂长永远愁眉苦脸，他不是在呵斥谁，就是被谁指着鼻子痛骂。厂里很多资格老脾气大的老工人，他们见证了这个军工厂的辉煌历史，并不把这个年轻的袁厂长放在眼里。想当年，工厂直属后勤部领导，当地的省市领导都管不了他们。

如今照片上的袁厂长，确切地说，应该是吴宫美食城的中方总经理袁彪，脑满肠肥，红光满面，一头一脸的功成名就。当年的几千号工人，像沙漠中的一潭死水，突然就全部蒸发了，一点痕迹也不剩下。厂里的一位老师傅在临咽气的时候，对自己一位已五十多岁的徒弟说，我已经老了，七十多岁了，死了也就死了，你们怎么办，都熬不到退休，你们的徒弟又怎么办？陈小民知道，自从最初

的下岗开始，下岗的人就没有停止过抗议，永远是刚下岗的工人在闹事，这一拨闹得差不多了，便轮到新的一拨下岗，再闹，再闹得差不多了，又是新的一拨。永远是有人在幸灾乐祸，你方唱罢我登台，闹的人闹，不闹的人看笑话，结果，到最后，谁也不能幸免下岗。袁彪正是靠这种小刀子割肉的办法，慢慢地将全厂的工人一批批都给打发了。

在回家的路上，陈小民想，自己的二哥被抓起来判了死缓，这种事也未必就不会轮到袁彪的头上。善有善报，恶有恶报，老天爷不会瞎眼，不是不报，时辰没到。从吴宫美食城出来，陈小民用自行车送青青去闫连姣那里。美食城门口有一个巨大的停车场，陈小民带着青青从停车场穿过，去取自己的自行车，青青看着停在那的各式各样小汽车，问走在前面的父亲，他们家什么时候也能买一辆，陈小民头也不回地说：

“要车干什么，你二伯当年倒是有车，而且是宝马，那车这个城市里都没几辆，可现在呢？青青，我告诉你，我们不要什么小汽车！”

十二月二十四日这天，一千多号下岗工人将吴宫美食城围了个水泄不通。陈小民是第一次参加这样的示威活动，他不仅自己去了，还把师傅用轮椅推去了。朱荣德不愿意抛头露面，陈小民做他的思想工作。陈小民说，我们要让那个姓袁的家伙明白，人心齐，泰山移，不要以为我们当工人的，就一定奈何不了他。朱荣德说，我才不怕那个姓袁的厂长，他算什么东西，我是觉得没脸面见大家。陈小民说，师傅，要不是袁厂长把个好端端的工厂糟蹋得这么惨不忍睹，你又怎么会像今天这样。

袁彪做梦也想不到会出现这样的场面，这一天，他不仅请了当红的香港歌星，而且还请了市里的有关领导。这个城市的人对圣诞节并不热心，袁彪希望从吴宫美食城开始，每年都搞盛大的狂欢活动。前来赴宴的客人，和浩浩荡荡的下岗工人挤成了一片，现场很快失控了，有人打110报警，不一会好几辆警车气势汹汹赶到，可是面对越聚越多的工人，只能束手无策，只能停在一旁看热闹。几个女工围了上去，向公安人员控诉袁彪的罪状。袁彪派人出来说话，刚露面便被愤怒的工人一顿暴打。新闻记者在现场开始采访，有好几位记者本来是今晚的客人，有的则是在电台和电视台当班，听到消息火速赶过来。

袁彪仗着请了市里的几位领导，扬言要把带头闹事的人抓起来。他们来到美食城的最高点，推开窗户往下看，只看见四处都是黑压压的人头。有关领导立刻有些发怵，打电话请示市委书记，先是电话怎么也联系不上，终于联系上了，市委书记一听这里情况，听说有几千号的人在闹事，立刻指示先稳定局势，绝对不能让事态扩大和激化。有关领导请示如何稳定局势，市委书记很不高兴地说，你既然人在那里，为什么不知道怎么做。口气显然是责怪有关领导，怪他不应该冒冒失失参加这种来自民间的宴请，出了事怎么办，出了人命怎么办。据说市委书记对吴宫美食城的做法并不是很赞成，在挂电话前，市委书记撂下了一句话，说我就知道会出事。

有关领导因此如坐针毡，外面的工人拼命地在喊让袁彪出来。袁彪也意识到事态的严重，说无论怎么样，总得调一些武警来保卫有关领导和香港歌星的安全吧。有关领导立刻生气了，说武警是你姓袁的说调就能调的吗，又说你这不是明摆要坑我吗，早知道如此，我根本就不应该来参加你这个什么圣诞节活动。过了大约半个

小时，外面的形势越来越紧急，有关领导再次打电话请示市委书记，市委书记的秘书说，市委正在为这件事召开紧急会议。有关领导凭直觉，就知道事情不妙，果然不多久，市委书记亲自赶到了现场，他根本就没有通知有关领导，而是直接接见工人，让工人选出代表来进行对话。市委书记一席话，就轻易地平息了众怒，他接过110警车上的话筒，用纯正的普通话大声说：

“工人同志们，你们放心好了，我们会给大家一个满意的答复。首先，我想说，市委对于今天这个局面，是有一定责任的，是我们的责任，我们绝不推卸。我们对不住大家，工人阶级是我们的财富，我想说，把一个好好的工厂，就这么卖了，就这么不顾广大工人死活地卖了，是不对的，是错误的……”

晚上回去睡觉，市委书记嘹亮的声音一直在陈小民的梦中回响。他感到一种从未有过的兴奋，第二天天刚亮，陈小民匆匆赶到医院去换班，赶紧把昨天晚上的事情都说给师娘听。他觉得这是一个很好的信号，觉得袁彪很可能会因为这件事彻底完蛋。陆玲玲并不像他那么激动，说厂都已经卖了，连个尸首都见不着，你师傅也已经那样了，已经残了，已经废了，成了一个废人，就算是错，就算是说了一声错了，又能怎么样？小陈，我告诉你，我们那个厂已经没救了，我们也没救了，就好像你爸现在这样，躺在床上，今天这里插一根管子，明天那里打一针，人还有一口气，可是跟死人又有什么区别，人要死，谁也拦不住的。陆玲玲现在对什么都不抱希望。或许是昨天晚上没睡好，或许是陈小民来得太早，来不及收拾，陆玲玲看上去老态毕现，好像突然之间变苍老了。在陈小民的印象中，她从来就不像一个五十岁的人。女人打扮不打扮完全不一样，陈小民好像突然发现她眼角间的鱼尾纹，突然发现她嘴唇是那么干涩，那么没有血色，陆玲玲现在就好像一朵已经枯萎的花，再也不见往日的美丽。

事情的结果，果然如陈小民希望的那样。袁彪说完蛋就完蛋，什么加拿大和澳大利亚的绿卡，根本没有任何作用。他的罪名太容易认定，所谓五毒俱全，要贪污有贪污，要行贿有行贿，用假发票做假账偷税漏税，嫖娼养小蜜包二奶，在澳门豪赌，在瑞士银行有自己的秘密账户。有关领导跟着他一起受累，据说也被双规了。树大招风，袁彪的手段太歹毒了一些，吴宫美食城那种航母式的经营方式，差不多把全市餐饮生意的风头都盖过。现在，他这棵树终于倒下来，大家无不拍手称快。

可惜陈小民没有看见袁彪被绳之以法。如果他能看到，一定会很高兴。在那次大规模示威活动的第三天，也就是十二月二十六日下午，陈小民见义勇为，为了捉拿持刀抢劫的歹徒，不幸被刺身亡。事情的发展非常突然，出乎所有人的意料。

这天下午阳光灿烂，陆玲玲比平时早了一个多小时来接班。她又一次和朱荣德吵了嘴，也不为什么，两个人拌嘴是经常的事情，陆玲玲一赌气，就提前来医院换班。陈小民看她脸色不好看，问了几句，已经知道是和师傅闹不愉快，胡乱地劝了几句。陆玲玲笑了，说小陈你用不着劝的，我们两个人的事，吵过就完，他已经那样了，我不会和你师傅真生气的。她说完了，便去卫生间打扮，她是个极爱漂亮的女人，只要有可能，就把自己收拾得干干净净。今天出门因为匆忙，她的头发没梳好，到了卫生间里，将头发弄湿，又抹了一点摩丝，用手托着，让头发定定形，然后对着镜子横照竖照。

磨磨蹭蹭从卫生间出来，因为来早了，陆玲玲没有来得及吃晚

饭，便让陈小民去医院门口小卖部买两包方便面。她刚收拾完毕，打扮得有些光彩照人，当然不会想到这次差遣，会送掉他的性命。陈小民欣然从命，转身下楼，脑海中保留着对师娘的美好印象。从陆玲玲身上，陈小民明白了上年龄的女人打扮的重要性。他想起自己刚到工厂报到那阵，那时候的师娘不过刚三十岁出头，那时候的师娘不用打扮，那时候的陆玲玲是一个十足的美人，像熟透的水蜜桃一样，轻轻地撕掉一层皮，甜甜的汁水就会流出来。经过差不多二十年的时间，师娘的美丽已染上了一种岁月的沧桑，正是这种沧桑感，才使得她在夜色中悄然出没，别有一种特殊的韵味。陆玲玲与陈小民现在每半个月倒一次班，陈小民有充分的理由相信，师娘做白班的那半个月里，仍然在兼做皮肉生涯。陈小民相信师娘是以一种非常认真的态度，从事着这种古老的职业，他相信她在接客的过程中，有一种独到的经验和手段。陈小民相信师娘的市场行情会很不错，她的魅力绝不比那些年轻的女孩子差。

在小卖部，陈小民买了两包方便面，买了一包榨菜。小卖部在医院的大门口，紧挨着公交车站。陈小民从小卖部出来的时候，一辆无人售票车正好到站，就听见一阵叫喊声，车门打开了，一个身穿皮夹克的小伙子跳下车，往陈小民这边跑过来，从车窗里同时探出好几个脑袋来，大喊抓小偷。很显然那个穿皮克的小伙子就是小偷，陈小民出于本能地张开双手，想拦住他，那人一看苗头不对，扭头就跑，陈小民便跟在后面追，这时候还不到五点钟，医院门口有很多人，一时间抓小偷的声音很响亮。小偷像受惊的兔子一样犹豫了一下，转身跑上了过大街的天桥，陈小民跟在后面紧追不放。另外还有一男一女紧跟在他身后追，陈小民将手中的方便面向小偷扔过去，小偷抱着脑袋躲了一下，陈小民一个箭步窜上去，拉住了

小偷的皮夹克，那小偷脸上顿时露出非常恐怖的样子。后面的一男一女也追到了，陈小民以为他们会过来帮自己，没想到那女人上前将他抓住，往边上一拉，要不是陈小民手上抓住那小偷，他很可能被她扔到天桥底下去。

陈小民想说弄错了，想说他抓的那个人才是小偷，可是当他回过身的时候，发现那女的手上突然冒出来一把寒光闪闪的小刀。原来这些人是一伙的，那女的是个小头目，事后才知道，她曾经是省柔道队的队员，难怪一出手会那么刚武有力。她长得还算漂亮，头发染成了棕色，用嘶哑的声音说，老板，大家无仇无怨，麻烦你放一马，我们各走各的路。陈小民紧抓穿皮夹克的小偷不松手，天桥两边都有看热闹的人，有的人甚至还不明白发生了什么事情。那女的见求饶没用，上来朝陈小民的大腿就是一刀，看热闹的群众立刻尖叫起来。陈小民还是不肯松手，那女的不由分说，对准他就是一阵猛捅，然后拉着那个穿皮夹克的小偷，挥舞着手中带血的小刀，在人群中冲下桥，众目睽睽之下，一路狂奔，最后消失在茫茫的人海中。

虽然离医院很近，虽然进行了全力的抢救，虽然后来陈小民成了大家纪念的英雄，两个小时以后，陈小民的心脏停止了跳动。陈小民始终没有跌倒，他趴伏在天桥的栏杆上，脸上闪烁着夕阳的余晖。因为站得高，他能够更清楚地看见那三个小偷奔跑的身影。那三个小偷跑出去几十米以后，突然分开了，分别往不同的方向跑去。这时候，陈小民已经说不出话来，他的目光炯炯有神，闪闪发亮，用手指着捅他的那个女子跑的方向，像一座塑像一样再也不能动弹。

2002 年 8 月 10 日

玫瑰的岁月

黄效愚与藏丽花的婚礼

黄效愚与藏丽花的婚礼在 1982 年举办，那一年，黄效愚二十五岁，藏丽花三十三岁。女方比男方大了八岁，这在当时很出格。婚礼也没几个人，馆子里吃一顿，那年头没包厢，大堂的角落事先订好席位，就一桌人。

我和朱亮算作男方代表，都是黄效愚的中学同学。我跟黄效愚的私交尤其铁，曾是非常好的哥们。黄效愚突然决定要结婚，骑自行车来通知，匆匆告诉具体的日子。当时我还在大学读书，是大四，眼见就要毕业，正百无聊赖，成天胡乱写小说，听了他的话，非常吃惊。

我说 :“你不会开玩笑吧？”

黄效愚一向认真，很严肃地说："这事，怎么会开玩笑！"

"我真觉得像开玩笑，怎么说结婚就结婚了，"我知道他不是个喜欢开玩笑的人，还是忍不住要问，"你们真准备结婚了？"

黄效愚不说话，看了我一眼，似乎有些不高兴。

我继续玩笑，说："这事有些离谱。"

黄效愚不说话，低着头。

我说："你不觉得她年龄太大了一点？"

黄效愚仍然低头，不准备讨论这话题。

虽然也风闻一点消息，我从来没想过，他们会真的结婚。作为老同学，作为曾经的铁哥们，我知道黄效愚不是很有主见。他肯定是中了邪，不得不听命于藏丽花，肯定是落入了圈套，只能乖乖地听她使唤。我和黄效愚从小学就在一起，他这人不但没主见，经常会在关键时刻，脑袋瓜不好使。

我说："好吧，这事也不便多说，既然已决定，也改不了，你把具体日子告诉我。"

黄效愚说："不是已经说了吗。"

我笑着说："最好再说一遍，我真没记住。"

地点是在当时有些名气的四川酒家，我把朱亮也叫去了，黄效愚并没打算喊朱亮，在他心目中，既然我俩关系最铁，有我做代表就行，朱亮去不去无所谓。倒是朱亮很把这事当真，听说黄效愚要跟一位大八岁的女人结婚，满脑子好奇，打破砂锅问到底，一路追问，非要我把知道的事都说出来。

我说："你别问我，我知道的也不多。"

朱亮说："起码你知道那女的大八岁，妈的，大八岁，这还得

了，再大几岁，都可以做他妈了！”

朱亮的话并不过分，在当时，虽然开始改革开放，满大街邓丽君的歌，流行喇叭裤和留长发，可是从“文革”中成长起来的年轻人，毕竟还没开过眼，没见过多少稀奇古怪，女人大男人小，岁数相差那么多，确实不可思议。

婚宴在中午进行，新郎新娘，加上我和朱亮，藏丽花的外公邵老先生，她的两位同事，她家的保姆，还有一位不认识的人。也没多少婚宴气氛，黄效愚新做了一身西服，这是我第一次看他穿，以后再没见过，不仅颜色不对，而且不合身，怎么看都别扭。藏丽花是件红衣服，颜色有些鲜艳，依旧是大大咧咧，别人没话说，结果从头到尾，为了不冷场，基本上都是她一个人在说笑。

印象最深的是婚宴快结束，大厨过来敬酒。此前已来过一次，是一个七十多岁的老头，胖胖的，剃着光头，红光满面。这一次来，带着他的一位徒弟，先问菜做得怎么样，是不是还说得过去。大厨是重庆人，在南京待了大半辈子，他的口音仍然听不太明白。藏丽花的外公是湖南人，显然与大厨熟悉，他们说着各自的家乡话，不时发出爽朗笑声。邵老先生一个劲夸手艺好，说很久没吃到这么正宗的川菜。

后来我才知道大厨是位高人，早在民国时期，已大名鼎鼎，为许多党国要员做过拿手菜。二十世纪七八十年代，在南京的各个角落，不经意地就会遇到一些遗老遗少，那天的大厨便是个最好例子。敬完酒，大厨吩咐徒弟去取文房四宝，笑着对邵老先生说：

“老先生还中意这几样菜，我也算是踏实了。俗话说，择日不如撞日，今天你既然来了，我怕是不能轻易放过，怎么也得让你给我写几个字。”

说话间，文房四宝已取来，除了求字，大厨说他还写了几首不像样的诗，也希望老先生提意见。邵老先生先看那诗，很认真地看了一会，不说话。大厨被他的严肃弄得有些紧张，很扭捏地笑着，看了看周围的人，连声说出丑，说自己一个粗人，偷偷写着玩玩，完全是瞎闹，让老先生见笑了。

邵老先生将诗稿递给黄效愚，叹气说："这诗的好坏，你们怕是看不懂，不过，这字写得是真不赖，你看是不是。"

黄效愚接过诗稿，很认真地看。藏丽花也把脑袋伸过去，只扫了一眼，笑着说诗好坏她也不太懂，不过一看这字，就知道是学的米芾。

大厨听了很兴奋，笑着说：

"大小姐好厉害，好眼力，我学的正是米芾，可是一点都不像。"

藏丽花很随意地又说了一句：

"一个馆子里的大厨，能把字写这么好，很不错了。"

藏丽花还以为自己是在夸人家，厨师的脸上立刻有些挂不住。邵老先生连忙打圆场，说三百六十行，行行都会出状元，大厨和大厨，区别也太大了。大厨脸上仍然有些难堪，很勉强地笑，嘴上敷衍着，说老先生说得对说得好，心里依旧不痛快。邵老先生无话可说，便说把你的那本册页拿给我看看，先看看别人都说了些什么。他的意思是说已准备题字了，大厨很高兴，吩咐徒弟赶紧磨墨。

邵老先生说："不着急不着急，让他们年轻人开开眼，先看看你的册页。"

大厨的那本册页今天要是拿出去拍卖，一定能值很多钱。先说这上面的名人字，不是达官，就是贵人，都是民国时期的大佬。因为这次婚礼，我总算有机会第一次亲眼看见于右任的真迹，目睹到吴稚晖的手书，与他们常见的字体不一样，于右任的不是草书，吴稚晖的不是篆书，从收藏的角度看，这样或许更有价值。还有知名文人和书家的字，我记得有胡小石的字，有高二适的字，最难忘的是徐悲鸿题词，虽然时间隔得很久，内容我还能记得：

> 一怒定天下
> 千秋争是非

“好一个‘天下’，好一个‘是非’！”邵老先生对那幅字看了半天，很是赞赏，笑着说，“我的字不能和他们放在一起，还是写在纸上吧。”

大厨说：“老先生不要客气，今天把这个宝贝拿出来，充分说明了我对你老先生的敬仰，说明了老先生在我心目中的重要位置。不瞒你说，早就预留了位置，就等着这一天，不相信的话，老先生看这后面的几页，还空着呢。”

大厨的徒弟开始磨墨，藏丽花瞥了一眼，对一旁的黄效愚说：

“喂，别傻坐那，这事还是你来做合适，你去磨墨。”

黄效愚立刻站起来，看了我和朱亮一眼，屁颠颠去磨墨了。不一会墨磨好，旁边一张桌子也腾空，铺上了毛毡，等着邵老先生去题字。我们众目睽睽地看着，到这时候，邵老先生再也推托不了，叹气说自己老了，手腕上已没力，眼睛更是花得厉害，说恭敬不如从命，只怕是写了字，糟蹋了这本珍贵册页。

邵老先生写了什么内容，已记不清楚，能记住的只是他很不满意，不住地唉声叹气。大厨在一旁十分客套地叫着好，我和朱亮因为不懂书法，也说不清楚那字到底怎么样，只能傻乎乎地看热闹。藏丽花和黄效愚很认真地打量着邵老先生的字，不发表任何意见。

“丽花，你也来写两个字吧，”邵老先生忽然想到应该让外孙女露一手，“你的字，现在比爷爷都好，这里反正有纸，你来写。”

藏丽花不表态，大厨看了她一眼，有些客套地让她写字，似乎还不太相信她真能写。

邵老先生说：“对了，忘了说了，今天是我外孙女的大喜日子，我来介绍一下，这个是外孙女婿，他们两个，都还能写上两笔。”

黄效愚一个劲摇手，说：“我不行，我写不好。”

藏丽花很爽快，说：“写就写，爷爷，你说写什么？”

“你的字大了好，写两个大字，”邵老先生想了想，说，“就写‘好吃’这两个字。”

“好吃！”

“对，就写好吃。”

“一个好，一个吃？”

“不是好坏的好，是好，就是喜欢的意思。”

藏丽花看了看笔，又看看纸，嫌弃地说：“这笔太小，大字写不了，写不好。”

大厨不服气地说：“大小姐要别的没有，想要大的笔倒没问题，你要多大的？”

“越大越好。”

“越大越好？”

“大笔写小字没问题，”藏丽花有些傲慢地说，“小笔写不了大字。”

前不久，正好请了书法家来题店名，临时买了几支斗笔，大厨便吩咐徒弟赶快去取。不一会，笔拿来了，确实是很大的斗笔，藏丽花取了一支最大的，用手指捻了捻笔毛，先在水里浸了浸，示意黄效愚替自己铺纸，然后就蘸墨，凝神想了一会，一气呵成写了两个酣畅淋漓的大字。

那大厨真的懂点书法，看了目瞪口呆，连声说：

“好字，好字，真是好字！”

在学雷锋的日子里

说来话长，第一次见藏丽花，还得往前倒退十年。黄效愚与我同年出生，也许正好经历青春期的缘故，虽然只大了八岁，可是在我心目中，真觉得藏丽花要大出许多。随着年龄的增长，年岁差距会相对缩小，同样的道理，岁数越小，差距就会觉得越大。第一次见到藏丽花的时候，她已经二十三岁，已经有男朋友，而我们才十五岁，发育还不久，刚开始长个子。我和黄效愚都属于发育迟缓，个子很矮，是标准的“僵公”，一直坐在第一排。

那时候读高一，正好遇上学雷锋。在我的学生生涯中，学雷锋的日子并不多。从 1964 年开始上小学，到 1974 年中学毕业，基本上都在“文革”。“文革”的基本要点是阶级斗争，是路线斗争，整天斗来斗去，整天批判学习。反正都弄不明白，只记得为什么事，突然要让我们学习雷锋。

对于中学生来说，学习雷锋就是做好人好事。班主任让大家成立兴趣小组，让我们想出各种为人民服务的办法。记得当时最出风头的就是朱亮，不知道从哪弄来了几根针灸针，一小瓶酒精棉球，

加上一本《赤脚医生手册》，便无师自通地替人治起病来。那完全是种表演，为了打消大家的顾虑，他在手掌上到处乱扎，把所有的针都扎在自己左手上，然后缓缓举起来给大家看。我们的班主任对朱亮的冒险精神很佩服，她是一位结婚不久的大龄女教师，还没生过小孩，那时候正怀着孕，自告奋勇地让朱亮给她扎针。

朱亮给班主任做示范，这是他给人扎针的基本程序，先在自己身上扎给别人看。朱亮将自己裤管卷了起来，用手指在膝盖下按来按去，告诉别人足三里的位置，取出酒精棉球，擦针，再擦穴位，轻轻地将针扎进去。接下来，他开始正式给班主任扎针了，班主任十分大方地卷起裤子，裸露出了半截白花花的腿肚，在针即将深入进去的那一瞬间，她突然害怕了，众目睽睽之下，像女学生一样尖叫起来。过了一会，班主任才开始缓过神来，以命令的口吻，招呼黄效愚过去帮忙。

她说："黄效愚你快过来，我裤子要掉下去了，你帮我拉一下。"

这以后，一直到高中毕业，同学们背后开玩笑，都会带点色情意味地对黄效愚说，班主任的裤子又快掉下去了，你快去帮她拉一下。

在一开始，我和黄效愚参加了朱亮的兴趣小组，与他一起研究那本《赤脚医生手册》，试着记住人身上的各个穴位。很快我们决定另起炉灶，因为像朱亮那样替别人扎针，我们不敢，没完没了地给他当试验对象，让他在身上乱扎，又心有不甘。最可恨的是朱亮还十分小气，从来不肯把《赤脚医生手册》借给别人，这书上有男女生殖器官的介绍，在那个特定年代，那些简单的示意图和解剖图

是我们获得性知识的启蒙秘籍。朱亮自恃有这么一本宝书，常常差使别人为他做这做那。

我们决定成立一个理发兴趣小组，货真价实地学门手艺。为了实现这一理想，首先要想办法弄到理发工具。在当时，买一把理发用的推子，意味着要花很多钱。我决定偷偷地给北京的祖父写信，也不知道为什么，我很少向父母开口要钱，也许是他们从来就不知道要给孩子零花钱，也许是他们曾经拒绝了我，反正在开口要钱这件事上，我变得特别有自尊。之所以会给祖父写信，是因为老人家从来就不拒绝，只要我开口，不管合不合理，他都会满足我。

我很快收到了寄来的包裹，在一个小木盒子里，放着理发专用的推子，还附了一封信。我已记不清祖父当时的态度，是赞成学理发，还是反对。这已经不重要，万事俱备，东风也有了，理发工具到手，可以开始大干一番。我们开始拿对方做试验，找了个没人的地方，用一张过期报纸围住脖子，再用小木夹子夹紧。这办法很搞笑也很糟糕，很快，剪下来的碎发浑身都是。我们的手艺都很差劲，心里想这样，结果却总是那样。为了如何下手，推子应该沿着什么角度运行，我们争来争去，到最后，越忙越乱，越来越没办法收拾，只好硬着头皮去理发店，请正规的理发师傅帮忙收拾残局。

理发店的陆师傅看着我们惨不忍睹的样子，忍不住哈哈大笑。正在理发的顾客也纷纷回头，对着我们黑白分明的发型忍俊不禁。我和黄效愚的脑袋上就像让猪拱过一样，这边多出一缕，那里少了一撮，要多滑稽有多滑稽。因为就在家门口，说一口扬州话的陆师傅看着我长大，对我很熟悉，他一边收拾残局，一边绘声绘色地教训，说小炮子则都学雷锋，我们剃头的就不要吃饭勒。等到头发收拾完，我们才想到身上分文没有。陆师傅说你们学雷锋，总不能让

我也跟着一起学，再说了，剃头店也是公家的，不收钱，就是慷公家之慨，就是挖社会主义的墙脚。最后也没收钱，不但没收钱，陆师傅还答应收我们做徒弟。当然也不会白白就放过，他的开恩是有条件的：

“乖乖龙地咚，都晓得你家爹爹有点名气，字也写得不丑，要是你能给我一张字，今个这账就算勒。”

“小炮子则”和“乖乖龙地咚”都是地道的扬州话，前者相当于小兔崽子，是一种表示亲昵的骂人，后者表示惊叹，有点不得了的意思。他也许只是随口说说，那段时间，我一门心思想学理发，一口就答应下来。第二天，拿着一张祖父的手迹，我和黄效愚又一次去理发店，陆师傅正帮人刮胡子，看见我们，说又跑来干什么，一边说，一边抹肥皂沫，拎起椅背上的一根布带，在上面来回磨剃胡须刀。他没想到我们会当真，说要想学理发，先得学如何刮胡子。又说过去当学徒，光是这个刮胡子，就得学上一年。说着，试了试刀锋，十分熟练地刮胡子，刮完，又绞了一把热毛巾给顾客。老式的理发椅可以平躺下来，刮完胡子，把椅子放正，很娴熟地为顾客掏耳朵，掏完了一只，再掏另外一只。一切都忙完，收了钱，才从我手中接过祖父的字，一边看，一边连声说好，说这字真不丑，然后递给那位正准备起身的顾客，请他发表意见：

“老师傅，看看这字，是不是不丑？”

这位被称为“老师傅”的顾客，就是藏丽花的外公邵老先生，当时最流行喊“师傅”，男女老少都这么问候。邵老先生接过祖父的字，很认真地看着，不发表任何意见。过了一会，他回过头来，看着我和黄效愚，百思不解地问为什么要学理发。

邵老先生说：“你们不好好读书，学剃头干什么？”

陆师傅说："学剃头好呀，什么年头都有饭吃！"

学理发的热情很快过去，首先没人愿意当试验品，我们自己也是心有余悸，害怕会把别人的头发剃得不成样子。当时的兴趣小组，办得有些声色的是书法小组。我们的班主任教化学，对美术有着非同寻常的兴趣，对书法小组的关照也最多。她出面跟工宣队商量，把同学们的作业布置在楼道橱窗里，供大家参观。有一天放学，黄效愚很认真地跟我商量，打算参加书法小组。他要参加的理由，是觉得自己真要写毛笔字，肯定比橱窗里所有的字都好，好得多。

黄效愚不是个高调的人，虽然生长在军队干部家庭，身上没有一点军人的豪气。他很少说自己好，可是一旦敢说比别人强，就一定是真的出色。那时候，我还不会想到日后，想不到他真能写出一手好字，只是觉得他的想法太突然，想参加书法小组的理由说服不了我。黄效愚是我最好的朋友，通常情况下，干什么事我们都能保持一致，共同进退，从来不会单独行动，但是我当时对书法真的一点兴趣都没有。

黄效愚很失望，小声嘀咕着，一脸不高兴。看得出他是真想参加这个书法小组，那时候，我们的关系不是一般的好，是非常的铁，黄效愚不是很有主见，却绝对讲义气。如果我不参加，他就不可能去参加。我的放弃，也意味着他不得不放弃。果然，我明确表态自己不阻拦，他可以一个人参加，黄效愚立刻摇头，斩钉截铁地说：

"不，你要是不参加，我也不会参加。"

快分手的时候，我突然想明白他为什么要参加书法小组。我一下子就想明白了，相信黄效愚一定是为了朱越。朱越是班上很漂亮的一个女孩，很多男孩子都在偷偷地暗恋她。那年头中学生男女绝对不会说话，平时面对面，一个个都跟仇人差不多。私下里，黄效愚曾向我表达过对朱越的好感。这样的坦白很不容易，应该说非常出格，那时候，爱这个字眼就是罪恶，就是下流，就是无耻，就是想要流氓。无论我们在心底里喜欢什么女生，也只能把秘密埋藏在心灵深处，绝对不会把它说出来。黄效愚却傻乎乎地对我说了，说他很喜欢朱越，说朱越长得真是漂亮。

“朱越有什么漂亮，我一点都不觉得她漂亮，”其实我也很喜欢朱越，故意做出一点都不在乎的样子。

“你为什么不觉得她漂亮？”

“不为什么。”

黄效愚有些放心了，我跟他喜欢的不是同一个女生，两个好朋友不会因此争风吃醋，不会因此破坏友谊。按照规则，既然他把秘密告诉我了，我必须有所回报，也说出自已心仪的女孩。我支支吾吾不肯说，他紧追不放，一定要问出所以然。最后，我让他逼急了，胡乱地报了一个女孩的名字。

显然，我跟黄效愚最后参加书法小组，完全是因为朱越。朱越是书法小组的骨干，相比之下，她的字在当时也是写得最好。我们很容易地就参加了这个小组，班主任很高兴我们的这个决定，她有些想不明白，为什么会拖到现在才想到参加。我们无话可说，站在办公室里傻笑。接下来，让我们没想到的一幕发生了，班主任突然拉开了抽屉，从里面拿出两支毛笔，十分大方地送给了我和黄效愚。

那时候，新华书店很萧条，连一本最普通的字帖都没有，我们

在里面转了一大圈，什么也看不到，只能快快往回走。好在黄效愚家有一本很破的旧字帖，还是他爹转业前借的，上面还盖着某某部队阅览室的大红公章。是一本颜真卿的《勤礼碑》，我们也不明白那字是好是坏，就在那天下午，就在黄效愚家，就在他们家吃饭桌上，我们照着帖上的字迹，开始了一笔一画，写了平生的第一张毛笔字。

一个星期后，让班主任看作业。班主任很认真，一张接一张地看，一边笑，一边表扬鼓励。她随手挑了几个字为我们讲解，说哪一笔可以，哪一笔不太对。正好那天书法小组有活动，要请一位老先生来给大家讲课。也许想到朱越的缘故，我和黄效愚不约而同有些兴奋，让我们感到更意外的是，那天来讲课的老先生不是别人，竟然是位见过的熟人，就是那天在理发店遇到的“老师傅”，就是邵老先生。

邵老先生和藏丽花

邵老先生在班主任的办公室给我们讲课，书法小组加上新参加的我和黄效愚，也就八九个人。因为此前已见过这位老先生，我和黄效愚兴致勃勃，目不转睛地看着他，他也对着我们望，有些不太明白的样子，大约是已想不起我们是谁。朱越找了个脏兮兮的杯子，替邵老先生倒了杯白开水，班主任一边让他喝水，一边为我们解释，为什么要请这位老先生过来，让老先生给大家讲讲课，可能会有什么样的好处。

时隔多年，已记不清楚邵老先生说了些什么，都是些简单浅显的道理，因为简单浅显，反而弄得我们头昏脑胀。笔应该怎么拿，不应该怎么拿，他的口齿不是很清楚，很重的湖南口音，一次次做示范。从一开始，我就被相互矛盾的说法搞糊涂了。一会这么说，一会那么说，一会说笔要抓紧，一会又说绝不能死死地捏住。反正怎么说都有道理，怎么说都对。邵老先生说有人把笔抓得很死，像根棍子绑在手上，按道理这样写不好字，可是最后还是成了大书法家。有人一边写，一边捻手指，笔杆不停地转，也一样写出了非常好的字。

邵老先生的字究竟有多好，我是外行，说不清楚。南京这地方藏龙卧虎，能写一手好字的人向来有很多，公认的大家也有好几位。多少年以后，因为常在文化界混，我有机会遇到一些著名的书法家，问起邵老先生的字，通常的回答都是还可以。还可以往往是一种十分暧昧的说法，有时候，说了等于没说。很显然，书法界的很多人对邵老先生根本不了解，按照流行的评判标准，他既不是中国书协会员，也不是江苏书协会员，更没出过作品集，因此能不能算书法家，还得打上一个问号。据说他生前曾参加过南京书协的活动，也曾有意想加入协会成为会员，好像还填了表，后来也不知什么原因，不了了之。

邵老先生有时还会被人提起，甚至被抬到非常高的地位，不外乎两个原因。首先是藏丽花的外公，水涨船高，外孙女成了有全国影响的书法家，启蒙老师自然不该是等闲之辈。在藏丽花的履历上，很清晰地写着幼承家传，这个家传不会是空穴来风，研究者总得找点说法，既然她的字获得了很大声誉，邵老先生自然而然就应该是书坛名宿。

其次邵老先生有着很不一般的过去，他出生在官宦人家，旧学的功底十分了得。年轻时曾经从过政，虽然没当过什么特别大的官，却在各种政治集团里厮混，见多识广。邵老先生最被后人诟病的，是曾在汪伪政府里任过职，所谓当过汉奸。在老派的人看来，字如其人，有了这种不光彩经历，他的字当然不可能得到推崇。据熟悉藏丽花的人介绍，所谓幼承家传，也是后来的说法，事实上，在相当长时间里，藏丽花并不承认自己的师承与邵老先生有太大关系。在介绍自己时，她常常说跟谁学过字，是谁的关门弟子，总是羞于提到自己外公。

直到有一天，研究者发现邵老先生生前曾与南京几位大名鼎鼎的书法家有过来往，譬如林散之先生，譬如高二适先生，这两位是南京书坛公认的前辈大家，后人在研究时发现，他们对邵老先生十分推崇。还有一位女书法家萧娴老太太，她与邵老先生的关系更是非同寻常。很长一段时间，藏丽花完全走了萧娴的路子，非北碑不碰，非《石门铭》《石门颂》《石鼓文》不写。早在民国时期，邵老先生就与萧娴的丈夫江达共过事，关系十分密切，可以说是志同道合。有一段时间，他们还做过邻居，都住在玄武湖边上。

隔些日子，邵老先生就会来我们学校，看看书法小组的作业。因为朱越的缘故，虽然对书法毫无兴趣，我一直硬着头皮跟着混，有一张无一张地乱写。书法小组的人数逐渐增多，在班主任的鼓吹下，其他班级的同学也纷纷加入。很快办公室已经嫌小，讲座干脆移到了教室。刚开始，同学们的字都惨不忍睹，好坏也没什么区别，渐渐就看出了不同。写得最好的是黄效愚，记得刚开始为交作业，我常让他帮我代写，他的字越写越好，很快没办法代劳，我们已完全不可同日而语。

终于有一天，邵老先生把藏丽花带来了。那是我们第一次见到她，高高的个子，穿一条黄军裤，黄的军用球鞋。可能我们当时太矮小了，藏丽花给我的第一印象，要比实际年龄还要大，大得多，完全是一个成熟女人，丰满，结实，胸脯挺得很高，脸上涨得通红。在大家的心目中，这个人与其是个大姐姐，还不如说更像一个小阿姨，说她结过婚了，肯定不会有人不相信。我做梦也不会想到，十年以后，我的好朋友和铁哥们黄效愚，会义无反顾地和她走到一起，会和她结为夫妻，还一起生了一个儿子。

那时候藏丽花还在农村插队，作为“文革”前的最后一届高中生，她的成绩十分出色，可惜没机会上大学。一直到现在，我都没弄明白为什么，为什么会到我们学校来代课。也许是班主任怀孕了，需要有个帮手，也许邵老先生认识学校的什么人，反正稀里糊涂地就来了。我们只知道她当时不领薪水，完全是出于义务，鞍前马后地在学校乱跑，什么事都做，化学也教过，物理也教过。目的可能是想能留下来当老师，然而这显然是一厢情愿，不管她有多大能耐，只是一个临时代课的知青。

藏丽花在学校的时间并不长，很快就被辞退了，不过却给我们留下了很深的影响。大家印象最深的，是她表演如何写毛笔字。那是第一次来的时候，邵老先生让她做示范。藏丽花很傲慢地看着我们，我们傻乎乎地看着她。她突然拿出一支很大的毛笔，沾点清水，就在黑板上写了几个大字，“好好学习，天天向上”，字很大，写完了，坐在一旁的邵老先生用不容置疑的声音对我们说：

“看见没有，要写，就得写这么大的字才好！”

这以后，只要一提到藏丽花，我就会想到她当年的神气活现，想到她突然拿出一支毛笔，沾了水，在黑板上十分潇洒地写字。我至今都不能想明白，这支笔事先藏在哪了，怎么就突然出现在她的手中。

一时间，我们傻了眼，以至于她回过身来，眼睛还都盯在黑板上。接下来，大家开始写字，模仿黑板上的那几个字。我们开始磨墨，打开大字练习本，依葫芦画瓢，按照那几个字的样子写。后来才知道写的是魏碑，当时只是觉得这几个字很新鲜，很好看，与我们平时见到的不太一样。在我们写字的时候，邵老先生坐那岿然不动，藏丽花走来走去，东张西望像个监考老师，不时地摇头。终于她很傲慢地转过身，向着我和黄效愚径直走过来，我连忙将刚写的字翻过去，用手压住，不让她看。

藏丽花已走到我们面前，冷笑着说：

“好吧，不想让看，我就不看了，反正你也写不好。”

接下来，她盯着黄效愚的字看，很认真地看着。黄效愚有些得意，他是公认写字最好的人，大家都想知道藏丽花会有什么样的评价。她看看那字，又看看黄效愚，半天不说话。最后，她拿起黄效愚的大字练习本，翻看前面写过的字，然后合起来，看了看封面的名字，问：

“你就是那个黄效愚？”

黄效愚点了点头，睁大了眼睛，看着藏丽花。

藏丽花悠悠地说：“我外公说了，你的字写得还不错，不过，要我看，一点都不怎么样！”

藏丽花接着又说了一句：“你还得好好地练。”

藏丽花的故事

藏丽花接受记者采访，被问起什么时候开始写毛笔字，常常会用一个不知道来回答。按照她的说法，自从有了记忆，就开始运用毛笔。她没办法说清楚自己什么时候开始临帖，只记得小时候，闲着无聊，没别的孩子陪她玩，她就经常独自一人，用笔蘸着清水，在石板上写来写去。

藏丽花自小跟外公外婆一起长大，她父母都是革命军人，都是军人中的文化人，随解放大军去了西南。藏丽花出生在贵州，还是在月子里，父母便把她送到南京，在八岁的时候，才又一次与母亲见上一面。这时候，藏丽花父母已离婚，又结了婚，各自都有了新的小孩。藏丽花有三个舅舅，两个舅舅在外地，一个舅舅在美国，外公外婆最疼爱的是她母亲，然而这个女儿又最让他们操心和烦神。

母亲在藏丽花的心目中始终很陌生，外婆过世，母亲回来过一次，带着弟弟妹妹，几乎没有跟藏丽花说上话。外公过世，母亲又回来过一次，这一次是独自一个人，仍然没有与女儿说什么。母女俩心里都有隔阂，不知道该跟女儿说什么，也不知道该跟母亲说什么，相对无言欲说还休。心里都有话，谁也不愿意多说。最后只能是丈母娘与女婿瞎聊，母亲叹着气跟黄效愚抱怨，说藏丽花这孩子很可怜，从小没有爹妈管，日后还要靠他多多照顾。黄效愚听着很不是滋味，偷偷地看了藏丽花一眼，她正在不远处看报纸，显然听见这话了，脸色更加阴沉。黄效愚心里想，丈母娘真不会说话，藏丽花听她这么说，肯定不高兴，肯定又憋了一肚子的火。

丈母娘说：“她心里不喜欢我，她这人，谁也不会喜欢。”

丈母娘又说：“她心里根本就不会有我这个妈。不过我看得出，你喜欢她，你对她好，有你喜欢她我就放心了。”

藏丽花在书法上的领路人，应该是她外婆。用藏丽花的话说，外婆是个真正的大家闺秀，虽然一辈子没有工作，当了一辈子家庭妇女，却是非常了不起。在接受台湾一家电视台采访时，藏丽花侃侃而谈，大谈自己能有今天，能够成为一名女书法家，与外婆这样的家庭妇女分不开。藏丽花认为，中国大陆教育很大的失败，是因为家中没有一个称职的有文化的主妇。妇女们都出去工作了，裙子也不穿了，穿着男人一样的长裤，像男人一样干活，像男人一样地成了机器，像男人一样只知道养家糊口。时代不同了，男女都一样，结果因为一样，根本没人花工夫教育孩子。藏丽花说，中国大陆所说的家庭妇女，通常是指那些没有文化，没有知识，只能依附丈夫苟活的女人，她们没出去工作，是因为没能力找到工作。

藏丽花的外婆上过大学，她那年代的女人能上大学，绝对凤毛麟角。不过大学也没毕业，还是在上大学的时候，就嫁给了外公，藏丽花的外公当时已很能挣钱，神气十足地对外婆说，别上什么大学了，你不是学的家政吗，用不着再学了，就在家给我教育孩子吧。藏丽花常常说，外公外婆年轻时，从来就没缺过钱，就算外公不能挣钱，光是外婆的陪嫁，也可以白吃白喝很多年。

谈到自己的书法风格，藏丽花喜欢强调家庭出身。她认为不同寻常的出身，可以造就不同寻常的书风。譬如她小时候就喜欢写大字，写那种隶书风格的擘窠大字，每个字都要比一个人的手掌还要大，外公一直反对她这么做，说一个女孩子家，写字要绢秀，写那么大的字干什么。根据外公的意思，藏丽花应该写《灵飞经》，或者学学褚遂良，然而她就是不肯听，就是不喜欢写小字，就是喜欢写大字。如果不是外婆有力地支持，藏丽花或许也会按照外公的路子走，因为外婆支持，她在一开始就学写隶书，隶书最适合写大字。

藏丽花的回忆中，在六岁之前，大约是家庭的经济状况比较好，还有些老底子，外公外婆也不心疼纸墨，随她去乱写。渐渐地不行了，一会儿运动，一会儿改造，没那么多的纸让她糟蹋。有一段时间，连酷爱书法的外公也不经常写字，而是改成不断地读帖。为了节省纸张，外公只能用手指在空中乱划。藏丽花最喜欢描述的，是自己如何在家藏的石板上苦练。这石板可是一块宝贝，是她外公在苏州伪省政府当官时，花了二十块大洋淘来的。当时也不仅仅是看中那石板，是看中放石板的红木架，做成了小桌子模样，专供人练字。

藏丽花开始在石板上写字时，脚底下还得垫张小板凳。她记得小时候常要和外公抢着写字，老人家在那写，她就跑过去捣乱。她和邵老先生经常要做的游戏，是外公写一个字，然后她立刻在下面学着写。早在还是一个小毛丫头的时候，藏丽花就是非凡的天才，显现出了一种超乎寻常的早熟。有一天，外公一位喜欢书法的友人前来做客，他让邵老先生为自己的书斋题字。邵老先生一连写了好几张，都不是很满意，结果等朋友再来时，他拿出已经写过的字，请友人随便挑一张。

友人一张张翻看，看中了一幅还没有题款的字，说就这张吧，我觉得这张挺好。邵老先生有些吃惊，眼前的这张字，既像是自己写的，又不太像，一时间，他竟然有些吃不准了。不过他很快就知道，这是藏丽花捣的鬼，是她偷偷地模仿着写了一张，然后混在了一起。友人不太相信，不相信一个十岁出头的小女孩，竟然能写得怎么好。

于是把藏丽花叫来当场验证，第一张字有些紧张，写得不太好，第二张果然就十分了得，把友人惊得目瞪口呆，连声称奇拍手叫绝。那时候，藏丽花还不太会题款，也不太懂钤印，既然友人能看中这张字，邵老先生便在旁边题了长款，说明这几个字的缘由，然后郑重其事地钤了印。这幅字如果还在，大约可以算是藏丽花最早的作品了，可惜在“文革”中，这位友人自杀了，那字自然也不知所踪。

藏丽花的书法技艺，在“文革”刚开始的时候，获得了突破性进展。轰轰烈烈的大革命，剥夺了一代人上大学的权力，却让她有更多机会去写毛笔字。那时候，藏丽花的书法已相当不错，铺天盖地的大字报，正好给她一个展示才华的机会。她擅长写大字，字越大越好看，学校的同学写大字报，都把标题留给她来写。写醒目的大标语，更是离不开她。因为她的毛笔字漂亮，各个造反派组织都拉拢她，讨好她，都希望她能成为自己组织里的一员。

多少年以后，藏丽花成了大名，成了书法界的名人。省委的一位副书记与文化界名流对话，当着各路精英的面，笑着对藏丽花说，早在三十多年前，他就知道她的字写得好。因为是座谈会形式，现场气氛十分活跃，在场的文化名流都觉得不可思议，毕竟那时候藏丽花还只是个中学生，省委副书记当然也还年轻，他怎么知道哪张大字报是藏丽花写的。

省委副书记说出了藏丽花当时所在的中学，又说出了她当时参加的造反派组织，更厉害的是，他还能记得她当时的笔名。这个真的让人感到很吃惊，甚至连藏丽花也快忘了她曾经用过“风雷激”这个笔名。省委副书记做了解释，说当时他大学刚毕业，跟在教育局的老局长身边当秘书，陪着局长一起去下面的中学看大字报，当然是偷偷地去的，这位局长也是个书法爱好者，一边看大字报，一边欣赏学生的毛笔字。他很吃惊藏丽花作为一个中学生，竟然能写那么一手漂亮的字。

藏丽花仍然有些怀疑，就算省委副书记说的都是实话，千真万确，可是当时那位教育局的局长，又怎么知道她就是“风雷激”呢。大字报内容当然不重要了，经过省委副书记的提醒，藏丽花依稀想起了自己当初的笔名。这个笔名非常可笑，非常有时代特色。她记得自己班上还有一个女生，笔名叫“战神州”，还有一个男生干脆叫“金箍棒”。藏丽花的同龄人，当时的红卫兵小将们，更多的是记住了他们怎么去串联，怎么挤火车去了北京，怎么在天安门见到了伟大领袖毛主席，而她最难忘的，就剩下了一句歌词：

“拿起笔作刀枪！”

在那个火红的年代，笔就是刀枪，笔就是与阶级敌人战斗的武器。那时候，无论走到哪里，藏丽花身上都会带着一支毛笔。她不仅擅长运用大笔，能用大笔写字，而且为了便于携带，也能用小笔写大字。在书家看来，这是非常犯忌的事，可是当时为了方便，也顾不上了。

还是藏丽花的故事

“文革”给藏丽花留下更深刻的印象，不是没完没了地写大字报，而是突如其来的上山下乡。毛主席他老人家发出了知识青年到农村去的号召，狂热的年轻人一个个都很兴奋，都觉得这事既新鲜又刺激，欢欣鼓舞奔走相告。藏丽花也有过短暂的激动，一想到自己很快就要摆脱外公外婆的管束，便立刻有一种说不出来的快乐。

幸福的感受来得快，去得更快，还没有离开家，藏丽花就有些舍不得外公外婆了。外婆老是一个人悄悄地在流眼泪，这让她感到有些内疚，既然外婆对她去农村是那么难受，她还有什么理由感到高兴呢。因为从来没去过农村，藏丽花并不知道前途如何，不知道会有一种什么样的生活在等待自己，然而外婆的眼泪，让藏丽花有了不祥的预感。

接下来，差不多有两年时间，藏丽花没碰过毛笔，这是她自记事以来，从未出现过的状况。虽然也带了几本字帖去插队的地方，可是她根本就没兴趣去阅读它们。在农村当知青的感觉一点都不好，那段日子，藏丽花看中了邻村的一位会计，一位回乡的男知青，大队书记的弟弟，比她还要小一岁。落花有意流水无情，偏偏那家伙有眼无珠，喜欢上了另一位女知青。这让藏丽花感到很不痛快，不仅因为他不喜欢自己，而且还因为他不识好歹，竟然爱上了一位各方面都不如自己的女人。

有一天，那位会计在墙上刷标语，用那种粉刷墙的排笔刷子，沾着很稠的白石灰水，写了一条很大的标语。藏丽花在一边看着，满脸不屑，最后忍不住讥笑说：

“你怎么可以把字写得这么难看！”

会计的脸上有些挂不住，悻悻地说：

“你有能耐，你来。”

藏丽花二话不说，上前拿过刷子就写。她从来没用过排笔刷子，很不适应，手上感到非常别扭。字写好了，因为大，要退后好几步，才能看出效果。

会计说：“你的字也不怎么样，比我也好不到哪里，还不是跟我的字差不多！”

藏丽花很愤怒，排笔刷子往石灰水的桶里一扔，扭头就走，眼泪止不住地流了出来，哗哗地十分泛滥。会计还不服气，还在那叽叽咕咕。藏丽花根本就不回头，之所以会流眼泪，绝不是因为这会计不喜欢自己，而是他竟然敢说她的字不怎么样，竟然会把他们的字相提并论，说藏丽花的字与他丑陋不堪的字差不多。

接下来，藏丽花记忆中就剩下了一件事，千方百计想办法回到城里。毛主席说，知识青年到农村去，接受贫下中农的再教育，很有必要。她通过自己的亲身经历，充分证明了到农村去完全没必要，不仅没必要，而且还非常糟糕。事实证明，知识青年不喜欢贫下中农，贫下中农也不喜欢知识青年。

想回城，最简便的办法是装病，装什么病都行。刚开始，藏丽花还往插队的地方寄病假条，到后来，干脆不理不睬，爱怎么样就怎么样，大不了一份口粮不要了。虽然她出生在这座城市，在这上小学，读中学，然而现在已成了地道的黑户。那时候还有推荐上大学这档子买卖，藏丽花知道根据自己的表现，绝不可能有那个机会，所以也就从来不去考虑走后门。别的知青下乡，都惦记给大队书记送点礼，给队长的媳妇送双袜子，藏丽花从来不玩这一套。幸运的是，尽管她一点都不世故，完全不在乎别人的看法，别人也没给她穿过什么小鞋。

那段日子，藏丽花死活不愿意再到乡下去，硬赖在城市并不是个好办法，然而她就是死皮赖脸地硬扛着。生活来源很快成了问题，成了大问题。因为“文革”，海外的舅舅没办法再寄钱回来。外公本来还有一份很不错的养老金，数额突然减去一大半。为了贴补家用，外婆开始帮街道生产小组粘火柴盒，随着时间的消逝，藏丽花已记不清楚当年粘一个火柴盒能有多少钱，能记住的只是报酬非常少，外婆干得非常辛苦，到后来，僵硬的手指都没办法再弯曲。

藏丽花觉得自己一生最愧对两个人，一个是自己的丈夫黄效愚，还有一个就是外婆。等到她名成功就，外婆早就死了，老人家把一生的爱都给了外孙女儿，却没有享受到她一天的福。出身于大户人家的外婆，即使生活最窘迫的时候，也能够把日子过得非常优雅。事实上，自从嫁给外公后，她断断续续地就没停过进当铺，后来当铺没有了，又成为信托商店的常客。每当遇到经济困难，柴米油盐成了问题，外婆就会翻箱倒柜，寻思自己还有什么宝贝可以拿出来应急。

为了能够留在城里，为了待在城里不吃闲饭，藏丽花尝试过各种办法谋求生路。做过代课教师，跟外婆一起粘火柴盒，有一段时候甚至想混进剧团当演员。受喜爱拍曲的外公影响，藏丽花自小就会唱几句昆曲，一开始只是好玩，外公有个学生是著名的票友，戏路是小生，正经八百地教过藏丽花几天。到了“文革”中，没戏可演，剧团名存实亡，转业的转业，下放的下放。然后突然来了外宾，是懂点中国文化的外宾，指名道姓地要听传统的昆曲。当时正处于军管时期，各地的第一把手都是军区司令员，譬如江苏的革委会主任，就是大名鼎鼎的许世友。武人当政，最大的好处是敢于乱来，想干就干说干就干。于是下令剧团恢复，立刻招兵买马，面向社会招收临时青年昆曲演员。在样板戏风行的年头，还真没有什么人会唱昆曲，也没有人愿意唱。藏丽花赶紧再一次去拜师，改学花旦，天天吊嗓子练身段，勤学苦练，现学现卖。

多少年以后，文化人雅聚联欢表演节目，藏丽花偶尔也会开口露上一手。唱一段《长生殿》，唱一段《牡丹亭》，抑扬顿挫一板一眼，立刻技惊四座，立刻掌声雷动，一片声的叫好。不一样就是不一样，别人怎么也不会想到，作为书法家的藏丽花，竟然还有这个本事，还会有这么一手绝活。当然，别人更不会想到，藏丽花根本就不喜欢昆曲，当年临时抱佛脚，下工夫死练，只是为了能留在城里，只是为了一个城市户口，为了拿到一份能养活自己的生活费。

有一段时间，她几乎已是剧团的人。虽然不是科班出身，她学得太晚了，唱得不是很好，然而也不算太差，蒙蒙外行没有一点问题。藏丽花早知道自己不是当演员的料，能不能唱戏也无所谓，根本不在乎是否可以真的登台亮相。那时候只有一个目的，只有一个心愿，就是要千方百计混进剧团。昆曲早已是半死不活，当不了演员，能够留下来写写字幕也好。但是团里并不需要书法家，能写一手好字的人很多，和别的剧种不一样，昆曲演员更讲究传统，都是自小就开始练书法，随便找个人出来都可以写字幕。

成为一名专职的书法家之前，藏丽花的正式工作，是位于市中心一家国营卤菜店的员工。一段时间，她似乎很安心，很喜欢这个工作，常常引以为自豪，忍不住就向别人卖弄剁盐水鸭的绝技。她剁过的鸭子，竟然还能保持一只完整的鸭子行状，由此可想这一手刀功何以了得。藏丽花与黄效愚结婚，已经是八十年代初期，我去那家卤菜店买过盐水鸭，她给我剁的几乎都是鸭腿，分量也明显超重。

藏丽花在“文革”后期正式调回南京，尽管一直赖在城里，直到正式报上城市户口，进了卤菜店，系上崭新的白围兜，她才觉得自己终于回来了。这段时候，更开心的是陷入到了对林训东的爱恋之中。这是一场非常热烈的爱情，藏丽花全身心地投入。那时候，四人帮还没被粉碎，思想仍然很禁锢，文化却已在悄悄复苏。不甘寂寞的年轻人蠢蠢欲动，开始了各种形式的秘密聚会，大家在私底下传阅世界名著，聚在一起偷听古典音乐，传抄民间诗人写的地下诗，传播形形色色的小道消息。

在一位音乐教师家中听古典音乐时，藏丽花结识了林训东。这个男人已经结婚了，有个六岁的小女儿，是区文化馆的工作人员，一个典型的才子，音乐诗歌戏剧舞蹈，什么都懂一点，什么都能玩几下。藏丽花很轻易地就被他的才华吸引，林训东谈诗，可以让诗人哑口，与音乐教师侃音乐，能够叫对方无言。让藏丽花震惊的还有，他竟然能够把贝多芬《命运交响曲》的旋律，从头哼到尾，中间不会有一点停顿。

那时候有留声机的人家并不多，有古典音乐唱片的更少，年轻人第一次听贝多芬，第一次听柴可夫斯基，仿佛久旱遇到了甘露，文化的沙漠里看到了绿洲，被深深打动几乎不容怀疑。对于需要文化的年轻人，知识往往是最好的杀器。藏丽花不计后果地爱上了林训东，他结过婚，有个女儿，所有这种种一切，都已经变得不重要。

黄效愚对书法的迷恋

黄效愚对书法的迷恋，让人有些想不明白。也许他天生就应该写字，有人天生就适合玩书法，就像有人天生应该玩体育运动，应该去打篮球踢足球。说起来话长，因为朱越的缘故，我们参加了书法小组，这一点大家心照不宣，谁也抵赖不了。很快高中毕业，朱越下乡当了知青，我和黄效愚分别进厂当了学徒。有一次，跟黄效愚在一起聊天，说起了昔日的梦中恋人，往事历历无限感慨。

那时候，我们已经得到确切消息，朱越正和一个叫黄海明的男生处朋友。吃不着葡萄，难免觉得酸，我们都认识黄海明，都觉得朱越很没有眼光，怎么会看中这么一个家伙。我们都有一点点伤感，都做出不在乎的样子。那时候，我在一家机械厂上班，是钳工，每天做差不多的事，非常无聊。黄效愚在工艺美术厂上班，成天跟字模打交道，因为他喜欢写毛笔字，干这个工作倒是挺合适。

黄效愚对书法的迷恋，早在上高中的时候就毫无保留地流露出来。一度十分红火的书法小组，很快偃旗息鼓，自从邵老先生和藏丽花再不来给我们上课，小组的活动基本上停止了。只有黄效愚傻乎乎地坚持每天写字，不仅写，还悄悄问了邵老先生家的地址，每隔一段时候，便将自己的作业送去请教。

邵老先生成了黄效愚的指导老师，很长的日子里，黄效愚十分

有耐心地写着《勤礼碑》，一笔一划，一写就是很多年，渐渐从近似到神似。有一天，邵老先生对他说，你已经有了很不错的基础，开始写写二王吧。于是开始学二王，根据邵老先生的安排，一天隔一天临习，单日继续写颜字，双日写二王。除了临帖写字读点古文，黄效愚对其他事都不感兴趣，自作主张地将隔日临习改成了上下午，上午颜字，下午二王。每天都要在写字上面花很多时间，他的进步因此很快，基本功也变得更加扎实。进工艺美术厂以后，他的工作本来就与写字有关，有活干的时候认真干活，没事干的时候静心练字，背诵古文诗词。因为业务的需要，厂图书馆里有很多常见的传统字帖，黄效愚仿佛发现了新大陆，开始一本接一本地抄写临摹，柳字欧字，初唐三家，宋朝的黄苏米蔡，逮着什么写什么。

工艺美术厂的老师傅有一种过硬本事，只要是字帖上能有的字，反复摹写几遍，就可以以假乱真。刚工作那几年，黄效愚似乎很满足自己的生活状态，每天要面对写不完的字，从来都不会觉得厌烦。一段时间，他最好的老师已不是学养丰富的邵老先生，而是厂里一个姓庞的老师傅，黄效愚一心想成为庞师傅那样的奇人，写什么像什么，想怎么写就能怎么写。大也能写，小也能写，只要多看几遍，大小收放自如。

恢复高考的时候，我曾想拉着黄效愚一起报名，特地跑到他们厂去找他，苦口婆心地劝，希望他能与我一起复习功课。我绝对没想到他会拒绝，当时他正在往一件漆器上描字，听了我的话，手上的毛笔依然举着，犹豫了一会，说自己对上什么大学一点兴趣都没有。

黄效愚说：“我们学什么呢，学理科，学文科？”

我兴致勃勃地说：“当然是理科，我们学医怎么样？”

黄效愚再次强调他对当医生毫无兴趣，除了写字，什么都无所谓。他说只有像朱亮那样的人，才应该去学医，因为朱亮喜欢针灸，天生就是个赤脚医生，是那种不穿鞋的医生，他去读了医学院，有了正经八百的文凭，就可以把鞋穿起来了。黄效愚的判断还真没有错，朱亮果然就报考了医学院，而且真考上了，毕业以后，他在一家大医院待了两年，又去美国留学，后来就留在了美国，听说医术很高，能挣很多很多钱，已进入了美国的富人行列。我的劝说对黄效愚没起一点作用，这时候的黄效愚，根本就听不进我的话。

几个月以后，我和朱亮被安排在同一个考场参加考试。看考场时，我们正好遇上，听说我临时改报了文科，朱亮有些想不明白，问我为什么改填了志愿，又问我黄效愚为什么不报名，说你们关系那么好，为什么不说服他一起考大学。

黄效愚对书法的迷恋，直接影响了我们的友谊。自从开始全身心地投入练字以后，他完全变了一个人，对是否还有我这个朋友，已经不太在乎。我们刚开始成为好朋友的时候，通常都是他迁就我，听我的话，都是他来找我玩，无论做什么事，都是非常在乎我的意见。对书法的迷恋，彻底改变了他的性格，他的整个身心都陷入其中，以至于我每一次去找他，他似乎都在做与写字有关的事情。

友谊有时候就是一种习惯，被惯性推着往前走。在我做小工人的日子里，因为没什么新的朋友，尽管黄效愚常常心不在焉，我也只能去找他玩，有什么话也只能向他倾诉。他们家有两处房子，其中有一间靠着街边的房子，很小，很潮湿，黄效愚就独自一人住在这里，里面全是他写的字，非常整齐地堆放着，一排又一排，足足有桌子那么高。墙上也挂得到处都是，黄效愚告诉我，他的工资都用在写字上了，而且还特别说明，有很多纸还是他从厂里顺带回家的。

“成天这么写来写去，”我有点想不明白，说，“有什么意思？”

黄效愚说他也不知道有什么意思，反正就是觉得喜欢写，一天不动笔就难受，一天不写字就觉得欠缺了什么。他的脑子里已经让各式各样的字给填满了，一闲下来，就会想着这字应该怎么写，不应该怎么写。我去找他聊天，他总是要让我看他写的字，我又不懂字的好坏，结果就是对照原帖，只要写得像就是好的，只要写得像就是最高境界。那一段日子，差不多每个月，我都会去黄效愚的小屋去玩一次，聊聊天，看看他新写的字，然后再发发牢骚。

如果不恢复高考，我们的生活大约就会永远那么固定下来。天天一大早去上班，傍晚天黑了再回来，今天是明天的重复，后天又和明天没任何区别。闲的时候看看小说，只能看小说，好在家里还有许多外国小说。没有看得上的女人，更没有女人看上我。黄效愚对现状很满意，我却非常讨厌自己机械单调的生活。

有相当长的一段时间，我和黄效愚几乎没有什么来往，我们像两股道上跑的车，各行其道，各走各的路。考上大学以后，我已没那个闲工夫再去打扰他，到了大学二年级的时候，也就是二十世纪的八十年代初，他突然神情沮丧地出现在我宿舍，憋了半天，说有话要跟我好好谈一谈。他的神态让人感到很意外，我很吃惊他会来找我，当然更为意外的，是他冒冒失失地来找我，竟然是为了要考大学。

我不明白为什么，十分好奇地问他：“怎么熬到现在，又突然想到要考大学了？”

这事有些不可思议，也不可理喻。早知今日，何必当初，当初苦口婆心地劝他，他不肯考。现如今一转眼，两年的宝贵时间都过去了，黄花菜也凉了，要跟准备充分的应届高中考生竞争，他肯定不是对手。事实就是这样，黄效愚匆匆备考，匆匆参加考试，结果名落孙山，分数差了一大截。

黄效愚与藏丽花的故事

黄效愚要考大学的理由也很荒唐，说是想进一步研习《古文观止》。这是个很奇怪的念头，为了安慰他，我告诉他一个秘密，作为一名中文系的学生，事实上我们根本就不学习《古文观止》，我告诉他根本就没开过这课，中文系的人都不把古文当回事。黄效愚不相信，说中文系不学《古文观止》，那还叫什么中文系。

黄效愚有着很好的古文基础，起码比我这个中文系出身的人强得多。《古文观止》上的内容，他可以背诵出十之八九，《唐诗三百首》也可以默写出二百多首。这些都是受了邵老先生的影响，老先生既然把他收为弟子，便按照自己的思路来培养。在工艺美术厂的最初几年，黄效愚感觉非常好，写字的水平突飞猛进，自学的能力越来越强，古诗文在邵老先生的辅导下也读了不少，然而没想到有一天，藏丽花突然用一盆冷水，将他给彻底浇醒了。

那一段时间，黄效愚对自己的字有点沾沾自喜。他开始有点骄傲了，去邵老先生家的次数明显减少，一来要做的事实在太多，有太多的字可以写，太多的书可以读，二来老先生的精力也有限，对黄效愚的所作所为，有时候也懒得过多评价。有一天，黄效愚抱着

一卷新写的字，想拿去请邵老先生评点，可是去了以后，才知道邵老先生身体不适，已经住进了医院。于是立刻赶往医院，幸运的是，邵老先生病情已稳定，正处在恢复期间。邵老先生看到他很高兴，也许是许久不见面的缘故，问他这段时候干了什么，为什么老是见不到他。黄效愚解释说厂里太忙，说国庆节快到了，老是加班加点。

那一天正好藏丽花也在场，黄效愚虽然跟着邵老先生学了好多年的书法，但是与藏丽花的见面次数并不多。很多时候是她不在家，有时候正好在家，也是躲在自己房间里不出来。邵老先生通常都是在吃饭的客堂接待客人，黄效愚去了，就在吃饭桌上谈话，要写字，也是临时铺上一块毛毡，现磨墨现写。对于自己的字，黄效愚一直很有信心，因为邵老先生教学生的方式，通常都很客气，以表扬和鼓励为主，基本上不说什么不好，而是指出哪一笔好，哪一个字与上次相比，有了明显的进步。黄效愚的习字之路，一直是在邵老先生的呵护下进行。

这么多年来，黄效愚已习惯了听表扬。他本来并不是一个自信的人，对书法的自信，实际上是邵老先生有意识培养的结果。那天在医院，因为藏丽花也在场，邵老先生看了黄效愚的字以后，老一套地又表扬了几句，便让藏丽花也发表意见。藏丽花很不客气地把字接过去，匆匆看了几眼，一言不发地把字还给黄效愚。

黄效愚有些尴尬，他知道藏丽花这人十分孤傲，也知道她的字写得很好，很有独到之处，可是就算她字写得再好，也不应该如此傲慢，如此不把别人放在眼里。藏丽花的态度让黄效愚心里很不舒服，她不说，他也就懒得问。事情本来可以到此为止，然而邵老先生又随口追问一句，问外孙女儿有什么看法，为什么不发表意见。

藏丽花咬了咬嘴唇，轻描淡写地说了半句：

“还行吧，能写成这样——”

黄效愚与邵老先生都等她把话完，偏偏她又卖起了关子，不往下说了。既然她不肯说，别人也就算了，邵老先生不再追问，黄效愚也不打算计较。过了一会，藏丽花又发表了意见，这一次是毫不客气：

“字写得是不错，就是太俗，太俗了！”

太俗了这个评价，仿佛当头一棒，打在了黄效愚的脑门上，一下就把他打闷了。平时黄效愚听别人评价自己的字，都是一个好字，都是一个像字，所谓好，就是好看，漂亮，所谓像，就是和字帖上差不多，就是以假乱真。好话听多了，习惯成了自然，就不太当回事，完全是无动于衷。藏丽花的一个俗字，让黄效愚感到浑身都不自在，像一根根刺扎在了身上。

那天离开医院，黄效愚与藏丽花是一起走的，为什么会一起离开，黄效愚也说不清楚。一开始是邵老先生让他走，他不肯走，后来藏丽花又让他走，他还是不肯走。再后来，藏丽花也要走了，他便跟着她一起离开了医院。两个人都是骑自行车，在取自行车的时候，藏丽花就跟什么事也没发生一样，不当回事地对黄效愚说：

“你的字真有点俗，我跟你说，字不能这么写！”

黄效愚不服气，问：“那应该怎么写？”

“反正不能这么写！”

接下来，黄效愚闷闷不乐，无精打采地开锁，推着自行车，与藏丽花一起出医院大门。两人虽然一路同行，并排骑着自行车，也没什么话可以说。藏丽花看他生气的样子，忍不住要笑，忍不住笑

了，忍不住笑出声来。时间是中午，街上也没什么人。最后，又是藏丽花先开了口，问黄效愚住什么地方。黄效愚如实回答，说住在那里。

藏丽花回过头来，笑着说："听我外公说，你是一个人住，怎么样，欢迎不欢迎我去看看你写的字？"

黄效愚没想到她会这么说。

藏丽花又说："怎么，不欢迎？我告诉你，你别跟我外公学了，你要想把字写好，得跟我学，得让我做你的老师。"

黄效愚听了她的话，猛地捏了一下车刹，将自行车停住。他的行动吓了藏丽花一跳，她也连忙捏刹车，停了下来。

黄效愚气鼓鼓地说："我干吗要跟你学？"

藏丽花说："这很简单，我的字比你好，比你好得多。"

黄效愚不说话了，他傻乎乎地看着藏丽花。

藏丽花在黄效愚的住处东张西望，看他写的字，她显然也有些吃惊，没想到他居然临过那么多的帖。这一年，藏丽花已经三十岁出头了，作为一个还没嫁人的老姑娘，她的一举一动，都不同于平常人。在黄效愚面前，更是喜怒无常，一会像个老大妈，一会像个老大姐，一会又像个小姑娘。黄效愚似乎也故意存心卖弄，很耐心地一沓沓翻给她看。藏丽花一开始还显得有点耐心，看了一会，便开始不耐烦，说看来看去，也就是这么回事。她建议黄效愚将这些字全部烧了，没必要留在房间里占地方。或者卖给收破烂的，这么多纸，都是吃了墨的，说不定还真能卖几个钱。

黄效愚有些后悔让藏丽花来做客，她的话让他感到自取其辱。他想赶她走，可是一时又说不出口，这么做毕竟太小家子气了。好男不跟女斗，尤其是不应该跟一个老姑娘斗气。虽然气势上藏丽花占了绝对上风，黄效愚内心并不服输，他觉得她之所以会那么狂妄，那么口吐狂言，完全是出于嫉妒。邵老先生总是说他的字如何好，这肯定会让自视甚高的藏丽花感到不舒服。对于这样不讲理的女人，最好的办法就是不理睬，就是让她说，随便她说什么。然而黄效愚的一味忍让，并没有让藏丽花有所收敛，她似乎存心要叫他难堪，要让他发急。黄效愚越是不说话，她就越是来劲，越是肆无忌惮，说到临了，她说自己当时在医院不过是随口说说，现在看了这么多字，可以更加肯定他的字是太俗了。

藏丽花说："黄山谷有一句话，我不说你也知道——俗书只识兰亭面，欲换凡骨无金丹，你的字，如果说有毛病的话，就是俗，俗到了骨子里。我让你放把火，将这些字都烧了，就是要治你的病！"

藏丽花又说："你来帮我磨墨，我写几个字你看看，你看看我是怎么写的。"

黄效愚不说话，脸上毫无表情。

藏丽花又说："听说过什么叫字奴吗，听说过什么叫字匠吗，这个就是说你，说的就是你这种人，说的就是你这种字，字奴！字匠！我跟你说，你呀，绝对不能再这么写下去了——喂，帮我磨墨呀。"

黄效愚的脸上仍然是没有表情。

藏丽花见他不愿意动弹，就自己往砚台里倒水磨墨，然后铺纸，取了一支笔，随手写了几个字。写到一半，叹气说这张没写好，又换了张纸，接着写，写完了仍然是摇头，说写得不好，今天这状态真是不太适合写字。她回过头来，看了看黄效愚，他有些诧异地看看她，脸上仍然是没有任何表情。

“我这字也不好，”藏丽花面露尴尬，显然是真的不满意，苦笑着说，“不过跟你的字比，要好一些，你说呢？”

还是黄效愚和藏丽花的故事

黄效愚在一开始，并没有看出藏丽花的字写得有多好，他只是没想到她会这么张扬，会在他的房间里当场挥毫。眼见为实，在藏丽花口吐狂言的时候，黄效愚确实也很想看看她怎么写字。他知道她写的字很不错，在邵老先生家，黄效愚虽然没有进过藏丽花的闺房，可是他从外面看到过里面用来写字的书案，看到过书案上的文房四宝。邵老先生家唯一的书案是属于藏丽花的，平时邵老先生要写毛笔字，只能在会客厅里的饭桌上写。

藏丽花写字的方式，与黄效愚见过的所有人都不一样，首先是抓笔，抓得好像很随意，轻轻地一把抓住了，一边写，笔管一边在手指间很随意转动，也就是所谓的捻管转锋。其次是慢，藏丽花的字，看似很轻快狂放，飞毫动云，其实写字的速度相当缓慢，笔墨非常沉滞。

因为写得并不满意，藏丽花带着一些遗憾，怏怏地去了。黄效愚反复地看那几个字，总觉得有些触动，有些异样的感觉。接下来的几天，黄效愚若有所失，情不自禁地总是对着那几个字看，一遍一遍地琢磨，渐渐地感觉完全不一样。一旦用木夹子把它们夹住，挂在墙上，竟然是越看越好看，越看越耐看。尽管藏丽花自己并不满意，觉得并没有写好，可是黄效愚却通过这几个字，发现了另一番天地，眼前豁然开阔明朗。

三天以后，邵老先生出院了。一个星期以后，黄效愚去了邵老先生家，正好藏丽花也在，黄效愚便直截了当地提出来，要拜藏丽花为师。

藏丽花好像料定他会这样，白了他一眼，不屑地说："你想想好，真准备拜我为师？"

黄效愚说："想好了，千真万确，我就是要拜你为师。"

藏丽花说："你想好了，我还未必愿意呢。我问你，我让你把自己写的那些破字都烧了，你烧了没有？"

黄效愚犹豫了，不说话。

藏丽花不依不饶，说："要是舍不得烧，你就别想拜我为师，我这人说话算话，你舍不得，就别来找我。"

黄效愚咬了咬牙，说："烧就烧，我肯定把它们烧了。"

"什么时候烧？"

"回去就烧。"

"真的？"

"真的。"

藏丽花笑了，很得意。明知道黄效愚舍不得，她就是要他干这舍不得的事。邵老先生在一旁看热闹，他似乎也很赞成黄效愚跟藏丽花学写字，捻着下巴上的胡须，看看外孙女，又看看黄效愚，悠悠地说：

"我已经老了，已经没办法再教你，你跟着丽花学学，肯定也是有好处的。再说了，你们的性格完全不一样，要是两人能够互相学习，各取所长，就更好了。"

"爷爷，你有没有搞错，现在是他要拜我为师，"藏丽花按捺不住得意，“什么叫互相学习，我难道还用跟他学？”

“尺有所短，寸有所长，你如何知道他就对你没有帮助呢？”邵老先生有些不满，叹气说，“丽花，你的字确实不错，毛病就是太狂了，太狂了。”

藏丽花笑着，说：“我就狂，我乐意！”

接下来，藏丽花便把黄效愚叫进自己的闺房。这举动让邵老先生也感到有些意外，藏丽花通常是不太愿意让别人进自己的房间。这是黄效愚第一次走进藏丽花的闺房，他过去曾在这个门口经过了无数次，可就是从来也没有进去过。那天藏丽花的心情似乎特别好，把黄效愚叫进去了以后，又一次半真半假地捉弄他：

“喂，你是不是真想好了，真要拜我为师？”

“真拜你为师。”

“你真觉得我的字比你好？”

黄效愚不说话了，他笑着，傻乎乎看着藏丽花，觉得这个问题不用回答。

藏丽花也觉得不用回答，不过她还不愿意就这么放过黄效愚，她还想继续捉弄捉弄他。

藏丽花说：“要拜师可以，你得先跪下来，给我磕个头！”

黄效愚瞪大了眼睛，没想到她会这么说，他有些倔强地说：“磕头不行，这个不行。”

“为什么不行？”

黄效愚喃喃地说：“我跟邵老学了那么多年，也没磕过头。”

“所以我不能像我爷爷那样，白白地就教你，哪有那么容易的事，你说教就教啦，我怎么能那么好说话，”藏丽花笑得十分开心，然后一本正经地说，“喂，你磕头不磕头？”

“不磕。”

“真不磕？”

“真不磕。”

黄效愚的脸色开始变得难看，快要发急了。

“不磕就算了，不磕头还当什么徒弟。”

黄效愚这次是真的要发急了，脸色憋得通红，大有扭头就要走的意思。

“好吧，不磕就不磕，”藏丽花本来也只是说着玩玩，寻寻黄效愚的开心，看他真急了，赶紧给自己下台，“不过，不过我既然收你为徒，你当了我的徒弟，就得听我的话——怎么，跟你开开玩笑的，真生气了？”

黄效愚说：“我没生气。”

“还没生气？”

黄效愚的脸色开始缓和过来。

从这一天起，黄效愚正式开始跟藏丽花学写字。他并没有将自己过去写的那些字一把火烧掉，而是全部卖给了收破烂的。这意味着他要和过去的自我毅然决裂，将开始一个全新的自我。一切都要从头来，从头开始，接下来的时间，他将按照藏丽花的思想办事，将根据她设计的路子往下走。

这是一条与藏丽花外公教学完全不同的途径，在邵老先生指导下，黄效愚的学习过程，基本上都是临帖，临二王的帖，写唐人以后的字，走的全是馆阁体的路子。隶书也写过，魏碑也写过，都是浅尝辄止，仅仅知道一些皮毛而已。藏丽花最痛恨的就是馆阁体，她觉得一个男人写字，最可怕的就是写出一手只是看上去好看的

字。因此她当老师十分简单，很长一段时间里，只能抄写三个碑，也就是“三石”，反复临《石门颂》《石门铭》《石鼓文》，其他的碑帖只许看，不许写。

黄效愚于是老老实实地听话，他这人最大的特点就是听话，跟邵老先生学书法，怎么说，就怎么做，现在藏丽花如何吩咐，他就如何坚决执行。先是把“三石”反复临摹，不仅对着原碑写，还要临写藏丽花自己临写的“三石”。藏丽花在“三石”上下过很深功夫，尤其是临《石门颂》，非常见功力。后来，藏丽花病重的时候，黄效愚曾把她临的《石门颂》找出来，与前辈何绍基与萧娴临的相比较，不敢说就一定比他们临得更好，但是一点也不比前辈写得差。

有一段时候，黄效愚对藏丽花五体投地，觉得她的字怎么看都好。他和藏丽花书法见解上的最大不同在于，藏丽花总是一眼就能看出缺点在什么方面，她总是一眼就看出有什么地方不对。黄效愚恰恰相反，他往往是一眼就看出人家的字好在什么地方，一眼就能看出那一笔那一划为什么好。在见坏见好这两方面，他们两个人可以说都是天才，都绝对不同于常人。一个太张狂，睥睨天下，谁的字都不入自己法眼。一个太虚心，虚怀若谷，对什么人都会由衷佩服。黄效愚拜藏丽花为师，占便宜得到好处的当然是他，因为藏丽花总是一眼就指出他的字有什么不好，知道了不好，改进起来就会变得很容易。

刚开始那阵子，黄效愚一直想看她怎么写字。百闻不如一见，虽然在自己的住处，他曾经看过她挥毫，可那只是惊鸿一瞥，自从拜师以后，藏丽花一直是君子动嘴不动手，光是说不肯练。她的话自然是都有道理，句句都可以击中要害，不过不能看到她亲手写字，总觉得不太过瘾，藏丽花显然也明白黄效愚的心思，他越是急着想看，她就故意藏着掖着，拖延着不让他看。

终于藏丽花答应要动手写给他看，终于到了她应该好好地露一手的时候。这已经是两个月以后，天气开始转凉了，已是初冬时分，还是在藏丽花的闺房，她让黄效愚磨墨，往一个大号的砚台里倒水，一下子倒了很多水。黄效愚细细地磨着，问为什么要磨这么多的墨。

藏丽花笑着说："我已经很久不写字，今日要写，就好好地写个痛快！"

墨磨得差不多了，藏丽花取了一支一号斗笔，先在清水里润了润笔，然后铺纸，很随意地用镇纸压住一角，蘸墨，试了试浓度，觉得正合适，便略微想了想，一气写了下去。差不多是十厘米见方的字，行笔虽然慢，从头至尾，几乎没有丝毫停顿。排列非常整齐，就跟叠了格子一样，黄效愚也是练过很多年字的人，当然知道这一手硬功夫很不容易。写完了一张，换纸，仍然是魏碑风格，只是更加飘逸，写字速度也明显变快。然后写隶书，行书，独独不写楷书，又换了支更大号的笔，索性让黄效愚为她端着砚台，写擘窠大字。

前前后后，大约写了两个多小时，房间已经到处都是她写的字。这期间，藏丽花基本上没有停过笔。一旦进入写字状态，就像演员在舞台上演戏一样，她显得非常投入，完全沉浸在戏里面。刚开始写字，她还喊冷，忍不住要搓手取暖，又伸出去让黄效愚摸，她的手是冰冷的，可是写到后来，她已大汗淋漓，脸色通红，像喝了酒一样神采飞扬。临了，藏丽花又拿出了两方印章，一阴文，一阳文，让黄效愚为她钤印。在书法作品中，如何钤印也是一门大学

问，然而她在这方面，一向有些马虎，并不太计较。

藏丽花笑着说："你看哪合适，就盖在哪吧。"

黄效愚和藏丽花的爱情

黄效愚一直觉得看藏丽花写字，是一种很好的享受。我不止一次听黄效愚说过藏丽花的写字，说她姿态如何优雅，如何有美感。黄效愚不仅自己喜欢写，也更愿意看藏丽花写。这两个人因写字结缘，因为写字，生活变得绚丽多彩。成为夫妇以后，藏丽花常忍不住问黄效愚，他究竟喜欢自己什么，难道就仅仅是喜欢她写的字。

藏丽花总是有些疑惑，总是忍不住要问："效愚，我比你大这么多，你是真的喜欢我？"

黄效愚说："当然是真喜欢。"

"我都是一个老女人了，有什么好喜欢的？"

"我喜欢你写的字。"

"就为了几个字？"

"我喜欢你写字的样子，我喜欢看你写字。"

藏丽花不想就这么放过他，追着问："你到底是喜欢我的人，还是喜欢我的字。"

黄效愚想了想，仍然答非所问："我喜欢你写字的样子。"

藏丽花有些想不明白，喜欢一个人写的字还能理解，一个人写字的样子有什么可喜欢的。然而事实就是这样，黄效愚确实是喜欢看她写字，只要她在写字，他就会聚精会神地在一边看，好像永远也看不厌倦。结婚前是这样，结婚以后更是这样。黄效愚好像永远也看不够她怎么写字，有时候，两人发生了什么口角，为了某事不愉快，藏丽花知道他是真生气了，要想跟他和好，最有效的一招，便是当着他的面写字。这是她最好的一种认错方式，只要她肯认认真真地写字，写了以后，又屈尊逼着黄效愚提意见，与他一起讨论，问他什么地方好，什么地方是不是不好，于是就会雨过天晴，就会大事化小，小事化了，再大的一场风暴也能够过去。

黄效愚开始跟藏丽花学写字的时候，也正是他来找我准备考大学的时候。当初并不明白他为什么要这么做，后来才知道，是受了藏丽花的突然刺激。有一天，藏丽花很感慨，说我年龄不小了，已经没机会上大学，你还能考，为什么不去考呢。藏丽花说这话时，仍然还处在与林训东的热恋中，那时候，她还没有与林分手。经过几年的纠葛，林训东终于与前妻离了婚。有一段时间，所有的障碍都不存在了，有情人苦尽甘来，他们眼看着就要结婚。

然而这两个人终究还是没有走进婚姻殿堂，所有的人都觉得不会再有什么问题的时候，却又出现了非常大非常严重的问题。无论是邵老先生，还是黄效愚，作为当时藏丽花身边最亲近的人，都弄不明白这究竟是为什么。新房已布置好了，新家具也买了，嫁妆也已准备好了，黄效愚甚至陪着邵老先生去参观过新房，可是风云突变，两个人好端端的，说翻脸就翻脸，说分手就分手。

没有人说得清分手的具体原因，藏丽花与林训东说好就好上了，说不好就真的分了手，从头到尾都是不顾一切，都是不计任何后果。谁都知道这两个人的情感经历很不容易，从“文革”后期大家在一起偷听古典音乐，到后来各自都有了些名气，基本上都快接近成功，林训东创作了几首非常时髦的歌词，藏丽花也参加了两届有些影响的书法展览。从一开始的偷偷摸摸，到后来公开的成双成

对，从一开始邵老先生的很不赞成，到后来不得不默认事实，再到后来，为了弥合这两个人的关系，邵老先生不惜老将亲自出马，让黄效愚去找林训东，约他出来进行一次面谈。面谈没有任何效果，两个人既然决定分手，别人说什么也都没有用，说什么都是白搭。反倒是藏丽花很不乐意，跟邵老先生吵，训斥黄效愚，怪他们多管闲事，怪他们给她丢了人。

藏丽花和林训东分手时，她的书法已开始很有些名气，可是仍然还在国营的卤菜店里卖盐水鸭。林训东正准备离开区文化馆，往省文联调动，他显然是个会折腾的人，不停地换了几个地方，最后终于混到北京去了。黄效愚与藏丽花结婚的十多年以后，大约在二十世纪九十年代末，我去参加新疆方面举行的一个笔会，竟然会碰巧遇到了林训东。这时候的林训东，作为一名歌词作家，早就已经过气了，头发显然染过的，黑得很不自然，或许是因为太瘦，脸上的煞纹很深。年纪稍轻一点的人都不太愿意搭理他，那个笔会由两拨人士组成，一拨是作家，一拨是书画家，来自全国各地。林训东并不知道我与黄效愚的关系，听说我是南京方面去的，便向我打听知道不知道藏丽花这个人，知道不知道她现在的情况。

记得那一天是在塔克拉玛干的大沙漠里过夜，吃了晚饭，大家无处可去，一起到沙漠上去看月亮，坐在空旷的沙堆上聊天。林训东的问话，引起了两位书画界人士的注意，作为同行，他们显然都很喜欢藏丽花的书法，对她的字评价也非常高，却又特别喜欢开玩笑，其中一位大约也听说过一些风言风语，半开玩笑地问林训东：

“林老师，听说你和这位藏丽花，曾经有过一腿，有没有这个事？”

问得很暧昧，林训东的回答更加暧昧，他故意往四下看看，明知道自己的话说了会引起不小震动，偏偏故意还要这么说。当着众人的面，他说你们怎么知道的，你们怎么知道我们有这个事。本来别人也只是随口说说，开个玩笑，可是林训东这么全无遮拦，赤裸裸的一个回答，别人倒也不好再说什么。一时间，大家都不说话了，确实也没办法再往下说。林训东又说，现在人太多了，又还有女同志在这，有些话不好意思说，不方便说出来，等人少了，我再告诉你们。结果仍然没有人接他的话，一直到笔会结束，林训东也没有机会告诉别人，他和藏丽花究竟是怎么回事。

离开新疆那天，在机场的候机大楼，我和林训东的登机时间差不多，他又一次主动与我提起了藏丽花：

“你跟藏丽花究竟熟悉不熟悉？听说她的字现在已经很值钱了，是不是？”

我只能如实相告，告诉他，我只是对藏丽花的老公有点熟悉，没想到他立刻来了劲，进一步追问，说他更想知道她老公的事，说她老公是不是很厉害，是不是很结实，身体特别棒。接下来，林训东对我大谈自己与藏丽花的艳事，肆无忌惮，完全不考虑别人愿意不愿意听，根本就不在乎别人的感受：

“不瞒你说，那时候我还在文化馆，她差不多就是个石女。什么叫石女，你是真不会想到，你绝对想不到当时要跟她做那事，有多难，有多困难，是真他妈的困难。两个人在地板上打滚，滚来滚去，她疼得哇哇乱叫，弄了不知道多少次，偷偷摸摸地一次又一次。那时候，她就是这样一个女人。不瞒你说，我们当时要分手，也跟做那事没一点乐趣有关，真的是没有一点乐趣，没有一点感觉。后来，后来听说她和别人结了婚，那一年我出差去南京，约她到宾馆，你知道怎么样，她完全变了个人，完全变了，那个疯狂，

那个来劲，我真办法跟你说。事后我问她，是不是找了个特别厉害的男人，是不是找了个特别会调教女人的男人，你知道她说什么，她说，那当然，我男人很厉害，我男人比你厉害得多。”

林训东没有与藏丽花成为夫妻，与她成为夫妻的是黄效愚。藏丽花没有与比自己大八岁的林训东结婚，而是选择了比自己小了八岁的黄效愚。藏丽花结婚时，已三十三岁，是一个地道的老姑娘。事实上，对于黄效愚和藏丽花的故事，我知道的并不比别人多。黄效愚不喜欢和别人说自己的故事，当年他们不顾大家反对，毅然决然结了婚，结婚以后，我跟他们交往很少，偶尔与黄效愚见上一两次面，也是匆匆见面，匆匆说上几句，不可能聊得很深。所能知道的只是一些大概，他们很快有了个儿子，藏丽花很快时来运转，书法的名声越来越大，终于离开了卤菜店，成了画院的专职书法家。黄效愚却混得不是很好，下岗了，所在的工厂倒闭了，也找不到合适的工作可以做，一直赋闲在家里管儿子。

结婚不久，藏丽花便与黄效愚闹过一段时间离婚。邵老先生死了以后，他们又闹了一段，一时间，满城风雨沸沸扬扬。再后来，两人不闹了，开始重新磨合，这一磨合，竟然找到了感觉。再后来，两人开始恩爱起来，琴瑟同谐鸾凤同鸣，成为很让人羡慕的一对夫妻。国内一家很有影响的生活类刊物，曾发表过报道他们的文章，文章很长，标题很煽情。再后来，有人注意到黄效愚的字，他的名声也开始在小圈子里响亮起来，获得行家的好评，渐渐地，甚至后来居上，有了超过藏丽花的势头，然而就在这时候，藏丽花得了绝症。

我曾经跟藏丽花要过一张字，那是他们结婚不久，我自然还不

太知道她名气有多大，字写得有多好。反正是不太懂，只是听黄效愚说如何好，随口要了一张。后来就大不一样了，有一段时间，藏丽花名声非常大，一字难求，谈论她书法的人特别多。世道就是这样，名声一大，字就开始值钱，字一值钱，名声就更大。藏丽花最擅长写大字，最适合写招牌，题匾额，最火爆的时候，她的字开价非常高，越是高，求的人越多。有一天在闲谈中，我说起自己还有一张她二十多年前写的字，藏丽花那时候已身患绝症，脸色很憔悴，听了我的话十会意外，按捺不住得意，不加任何掩饰地表示，她当年的字因为稀少，以后会更珍贵更值钱。

“不过，你怕是很长时间没看过效愚的字了，”藏丽花也觉得她刚说过的话太世俗，太赤裸裸，突然把话题一转，很诚恳地向我表扬黄效愚，“我们家效愚的字，现在写得非常好，绝对不是一般的水平，我跟你说，你真应该跟你的老同学要一张字。”

黄效愚的被忽视

邵老先生对黄效愚他们的婚事，在一开始就不怎么看好，就像当年不赞同外孙女与林训东在一起纠缠，他觉得这两个人的婚事太不像话，年龄相差太大，阴差阳错，注定会是始乱终弃。打断了牙齿往肚里咽，藏丽花与邵老先生的女儿一样，根本不可能听进别人的意见，眼看着外孙女儿就要重复她母亲走过的路，而且比她母亲走过的路还要不靠谱，还要更烦神和操心，邵老先生却没有一点办法。这是一段谁也不会看好的婚事，黄效愚的父母自然也不会赞成这桩姻缘，他们拼命反对，实在反对不了，为了不让藏丽花这个儿媳妇进门，便跟儿子干脆断绝了往来。因此从一开始，黄效愚就是个上门女婿，住在邵老先生家里，藏丽花的闺房稍稍重新布置了一下，成了他们结婚的新房。

一直到有了孩子，邵老先生才算是勉强适应他们。对黄效愚这么个外孙女婿，他倒也没什么太大不满意，除了年龄不般配，性格太婆婆妈妈。邵老先生更看不惯的是外孙女的蛮横，她成天对着黄效愚指手画脚，完全不像个做媳妇的样子。藏丽花自小就被宠坏了，外婆在世的时候，家务事不管大小，都由老太太去做。外婆过世以后，家里开始乱得不像个样子，因为藏丽花根本不会做家务，也不想做。与黄效愚结婚以后，她依然还是大大咧咧，家务事很快便全盘落在了比她小八岁的黄效愚身上。

邵老先生觉得看一个人的字，也可以看出性格。藏丽花的字更像男人，粗犷，大气，不拘小节，黄效愚的字却像女人，细腻，结构端正，每一笔都很落位。当初黄效愚要跟藏丽花学写字，邵老先生没有反对，一个重要的理由，就是希望他的字里能再增加一些阳刚之气，做人也因此变得刚烈一些。黄效愚有很好的颜字基础，按说写颜字的人，骨子里就不应该柔弱，不应该没什么原则，可是他对藏丽花，就像对自己喜欢的某一类字帖一样，总是百般呵护，一味偏袒。现实生活中，总是藏丽花跟黄效愚胡闹，她太要强了，而黄效愚的脾气又实在是太好，藏丽花怎么闹，怎么无理取闹，他都能忍让。

刚结婚不久，藏丽花就与黄效愚闹离婚，她的理由是他们的结合太匆忙，太不成熟。那时候因为还没儿子，黄效愚也没有十分反对，先是不理睬她，后来便赌气还击，说当初要结婚，是你的主意，现在要离婚，还是你的主意。他说我反正是个听话的人，都听你的话好了，都按照你的主意去办就是了。邵老先生对这种视婚姻为儿戏的做法十分愤怒，说你们不嫌丢人，我好歹也是知书达理的人，你们让我这张老脸，往哪里搁。两人闹了一阵，事情也就过去。藏丽花并不是一定真的要离婚，她只是情不自禁地要闹点别扭，想到黄效愚比自己小八岁，想着想着，就觉得有些别扭，而对付别扭最好的办法，就是干脆再闹点小别扭。去医院去检查化验，她发现自己已经有了身孕，便立刻放弃了离婚念头。藏丽花这个年龄的女人，很多人的小孩早上了小学，厉害的甚至上了中学，她虽然谈不上有多喜欢孩子，当母亲的权力还是不愿意放弃。离婚的念头是取消了，对黄效愚气头上说的那句话，始终不肯放弃，动不动就要翻出来敲打几句：

“你那葫芦里卖的什么药，我都明白，什么结婚是我的主意，离婚也是我的主意，这话什么意思？还不就是说，当初是我不要脸，是我主动勾引了你。”

黄效愚对她的唠叨照例是不吭声，逼急了就只会一句“本来就是”。藏丽花最恨他这句话，说你真是没出息，一个大男人，还好意思说女人勾引你，我是勾引你了，可谁让我瞎了眼呢，看上了你这么个不中用的东西。等到他们儿子四岁的时候，藏丽花又跟外省的一位画家发生了瓜葛，闹得鸡飞狗跳，画家妻子打上门来，弄得大家都没办法收场。于是藏丽花打定主意要离婚，这一次，黄效愚是真不肯离，十分苦恼地说，离婚了，我们的儿子怎么办。

藏丽花搬到外面去住了一阵，那一段日子，对于她来讲黄效愚就像个烫手的热山芋，捧在手上嫌烫，真摔了又舍不得。在外面住了一阵，她找了个台阶，又住了回来。想想还是不甘心，说你现在下岗了，全靠我养着，我也不忍心把你怎么样，你不想分手，我

们就不分手，可你终究是个男人，不能一点都不在乎。黄效愚说谁说我不在乎，藏丽花说在乎什么，你根本就不在乎自己戴不戴绿帽子。

当藏丽花说话很过分的时候，黄效愚就埋头写字，写字可以让人忘却一切烦恼。有时候心情非常糟糕，他便通宵达旦地背帖，一笔一划，一丝不苟。对帖当歌人生几何，何以忘忧唯有练字。藏丽花依然喋喋不休，很愤怒他在这种时候，竟然还能非常投入地写字，恨恨地说字如其人，你这种没出息的东西，再花工夫也仍然写不好字。你再用功，再努力，也就是个字奴，也就是个字匠。有时候被骂狠了，黄效愚也会小声嘀咕几句，不服气地说我就是字奴，我就是字匠，我喜欢当奴当匠，又怎么样。

藏丽花喜欢打麻将，喜欢抽烟，喜欢喝酒，像男人一样大嗓门说话。随着她的声名鹊起，麻将也越打越大，烟和酒也越来越凶。出国去赌场玩，整个代表团都去碰运气，她一定是输钱最多的人，就算是打老虎机，也能输掉很多美金，有一次在墨尔本的皇冠赌场，她先是赢了将近一万美金，可惜很快又让她给输掉了。藏丽花越来越像个女名流，关于她的话题越来越多，正面和负面的新闻源源不断。她越来越不顾家，根本就不在乎黄效愚的感受，根本就不在乎外界如何评价自己。她马不停蹄地参加各种书法展览，从省内，到国内，再到海外，一次又一次地拿大奖。著名书法家该有的荣誉，该获得的头衔，她心想事成，基本上都拥有了。出版了高规格的书法作品集，举办个人书法展，所有这一切，曾经梦寐以求的东西，现如今水到渠成，说得到就都得到。

藏丽花本来就不是一个低调的人，个人事业上的成功，让她变得更加张扬，更加肆无忌惮。

藏丽花很少去想黄效愚对自己会有什么帮助，更不相信什么夫妻双修共同提高。她一直觉得自己是个粗线条的人，很多事情根本不往心上去。她印象中的黄效愚永远是个比自己小八岁的大男孩，永远是个很虚心地跟在自己后面练习写字的学生。多少年来，对待黄效愚，想说就说想骂就骂，她这个当老师的，一直享受着盛气凌人的特权，以至习惯成为自然，隔一段如果不痛痛快快地骂骂他，就好像缺失了一些什么。

其实藏丽花早就明白，自己如果能像黄效愚一样投入，像他一样痴迷，她在书法造诣上还可能走得更远。她是个十分有才华的女人，在成名的日子里，她不失时机地乘胜追击，充分利用了自己的才华，也过度地挥霍了自己的才华。和当代大多数著名的书家一样，藏丽花的创作，早就遭遇到了发展的瓶颈，她的信心还在，才华依旧，可是对黄效愚的依赖程度，却在无形之中一日日地加深了。

终于有一天，藏丽花突然发现自己根本就不可能离开黄效愚。多年的夫妻生活，她有意无意地一直在忽视他的存在，一直不把他放在眼里，挑剔他写过的每一张字。她已经习惯了黄效愚对自己的忍让，习惯于占上风，终于有一天，藏丽花发现经过漫长的修炼，黄效愚的书法水平早已炉火纯青。邵老先生生前曾经感叹，他们夫妻如果能够很好地切磋，都把对方当作自己命中前世就已注定的贵人，相互取长补短，两个人的技艺都会得到长足进步，前途将不可限量。

终于有一天，藏丽花突然开始觉悟。她突然明白外公当年为什么会那么说，为什么要发出那样的感叹。她突然发现自己所擅长的那些玩意，自己书法技艺中的那些精华，已经被黄效愚全盘吸收，已经很神奇地化成了他自己的东西。遗憾的却是，等到藏丽花意识到这一点的时候，已经太晚了，已经来不及了，已经没办法弥补。藏丽花过去从来没意识到，有一天，黄效愚会变得非常优秀。她从来没想过，黄效愚可能会超过自己。她做梦也不会想到，他的字最后竟然会达到那么高的境界。

黄效愚究竟有多么优秀

也许黄效愚平时太刻苦，太用功，在藏丽华名成功就的大好岁月，她常常有一种不可掩饰的得意。相比较而言，她相信自己天生是一个会写字的女人，根本不需要像黄效愚那么努力，根本不需要花那么多笨工夫。出名以后，接受媒体采访避免不了，怎么回答却十分有讲究，面对记者的提问，藏丽花最初喜欢描述小时候练字如何刻苦，喜欢强调自己有什么样的童子功，到了后来，她已厌倦了那种平庸的回答，不太愿意用勤奋来形容自己。很显然，勤奋是很多常人都能够做到的，她更愿意向外界展示自己天资过人的一面。

藏丽花一再强调自己的过人之处，就是能一眼就看出别人有什么不好。她总是喜欢这么说，这是我的本能，我天生就是这样，天生有一双毒辣的眼睛。有时候，这样的火眼金睛确实是很伤人，由于她的口无遮拦，充满了攻击性，无形之中已经得罪了很多同行。在当代书坛，没有人喜欢被她评头论足，没有人躲得开她的毒舌。不过，对于黄效愚来说，她却是一块很好的磨刀石，在她挑剔的目光下，他的缺点暴露无遗，根本不可能掩饰和躲藏。

一直到身患绝症，藏丽花都不曾明白过来，自己的进步其实与黄效愚也有着密切关系。习惯成了自然，很多事都是在不知不觉中，她对不好的东西确实过分敏感，然而对什么是最好常常犹豫不决。人有所长，必有所短，藏丽花只清楚什么是不好，却不太明白什么是更好。在这一点上，黄效愚恰恰相反，正像前面已经说过的那样，他对好的玩意有着特殊嗅觉。藏丽花给别人题字，准备参加某某书展，总是习惯一连写上几张，然后摊在地上，或是挂在墙上，让黄效愚帮她挑选。一开始或许还是无意，仅仅是因为偷懒，到后来竟然产生了严重的依赖，藏丽花已逐渐地对自己失去了判断，必须要借助黄效愚的慧眼。黄效愚总是一眼就能挑出最好的那一张，他从来都不会看走眼。

大器晚成的黄效愚究竟有多优秀，一下子还真说不清楚。他对书法艺术总会有些特殊的理解，总会有些不一般的看法。大街上一块最普通的招牌，馆子里店员随手写的揽客菜单，甚至厕所里的下流涂鸦，都能让他流连忘返，都有可能会给他不一样的启示。博采众长转益多师，他可以非常娴熟地将北碑南帖的种种优点，很随意地体现在自己的创作中。与藏丽花写字的速度相对缓慢不同，黄效愚动笔前会踌躇再三，有时候甚至还要冥想半天，迟迟不能下笔，可是一旦挥毫，立刻一气呵成，仿佛早就烂熟在心，已写过了多少遍一样。

终于有一天，藏丽花聚精会神在写字，黄效愚十分专注地在一旁看着。一个写一个看，一个表演一个欣赏，妻唱夫随，本是他们夫妻生活中最让人羡慕的常见场景。然而这一天的情况十分特殊，一连写了好几张，写完了，藏丽花对着刚写的几幅作品看了半天，突然信心全无，又唉声又叹气，说这几张字简直就是不能看。那时候，她的肺部还没有查出来有什么大问题，只是动不动就咳嗽，只

是感到胸口闷，常常喘不过气，说话很吃力。藏丽花不甘心地又铺了一张纸，蘸了墨，犹豫再三不能落笔，最后便把笔递给黄效愚，让他来写一张。黄效愚接过笔，不假思索，刷刷地就写，很快就完成了。

藏丽花对着那张字沉默良久，无话可说，内心深处未必完全服气，嘴上已没有了往日的犀利：

“你现在的字，一点都不比我差！”

藏丽花开始感到悲哀，她发现在黄效愚书法作品中，已经找不出什么太大破绽。一向挑剔的藏丽花终于开始松口了，开始用听上去完全不太像表扬的话，来评价自己的老公。她很不服气地告诉黄效愚，他的字已没什么太大毛病。这是一个很高的评价，非常高的评价，能这么说，说明藏丽花已不再像过去那么心高气傲。虽然是二十多年的夫妻，她总觉得黄效愚还是学生，还是习惯用老师的口气跟他说话。

过了五十岁以后，藏丽花发现自己对写字的热情，已经大打折扣。在藏丽花内心深处，或多或少还是有些纠结，甚至就是无奈，她接受不了黄效愚的字比自己更好的现实，虽然这个人是她的老公，是她最亲近的人。或许是好胜心在作怪，藏丽花就是不太愿意服输，不服输的最好办法，是干脆不写字。常常是黄效愚让她写，逼着她写，说了好多遍，她才会勉强拿起笔来。除非是要参加什么重大的书展，除非人家花了大价钱一定要买她的字，否则就没有一点动力。俗话说拳不离手曲不离口，书画家天天动笔本是常事，然而她总是想逃避，到后来，干脆借口自己身体不好，不愿意多写。

一位很有名的美籍华人学者罗本来到中国访问，此人的书法水平非同寻常，手上的功夫十分了得，对国内享有盛誉的书法同行，经常会流露出不屑一顾的神情。据说罗本最广为流传的一个故事，就是在北京参加书法名流的聚会，到场的名家一个个泼墨挥毫献艺，轮到让他写，他看了那些名家的字，突然赌气不肯写了，因为他觉得这些名家的字，实在是太糟糕，罗本不愿意与他们为伍。主办方知道他的名气，知道罗本在海外华人圈子里的影响，一定不肯放过，非要留下墨宝不可，结果他便以右手酸疼为由，用左手胡乱涂抹了一张。

这个罗本是哈佛的著名教授，似乎根本就不怕得罪同行，在接受媒体采访时，他用词激烈，不加掩饰毫不留情，对国内的书法家进行了严厉批评。他公开表示，自己既然用左手都能比他们写得好，为什么还非要用右手呢。罗本对中国文化界的游戏规则，显然是无师自通，知道如何让别人关注自己。书坛本是名利场，谁敢捅这个马蜂窝，谁就会立刻引人注目。一时间，赞成和反对的人分成两大阵营，罗本来南京讲学，本地媒体如获至宝，追在后面采访，希望能从他嘴里获得报料。罗本果然没有让喜欢八卦的媒体失望，他不加掩饰地说：

“我到哪儿，都说人家的字写得不好，别人会很生气，因此我这次在南京，绝不说谁的字不好，只说谁的字好，说好话总不会有错。”

媒体便追着问，他觉得谁的字好。罗本说昨天刚去了夫子庙，看到很多名人题的匾，写得实在不怎么样，倒是在一个不起眼的角落，看到一位叫藏丽花的几个字还说得过去，女人的字嘛，能写成那样已经很不错了。这话很快传进藏丽花耳朵，因为罗本很少说人的字好，他这么随口一说，便已是很高的评价。正好不几日就是中

秋节，有关部门邀请文化名流登高赏月，本地的藏丽花与外来的罗本，都在隆重邀请之列。藏丽花因为事先知道罗本也会出席，便带了自己的书法集准备送他。通常情况下，这样的雅聚不外乎吃吃喝喝，领导讲话，艺人表演，然后到会的书画家当堂挥毫。罗本这次也没有扭捏，喝了不少茅台酒，人家一喊就写，写了“紫气东来”四个字，然后便躲到一边去翻看藏丽花送的书法集，翻着翻着，一张字掉到了地上，捡起来打开看，却是黄效愚随手写的一张手稿，罗本一看那字，竟然立刻被字中流露出的气息给怔住了。

藏丽花题完字过来，罗本很兴奋地问这几个字是谁写的。藏丽花不经意地说，这是我老公的字。罗本有些吃惊，说你老公的字很厉害。藏丽花笑了，说厉害是什么意思。罗本也笑，说当然是好的意思，这字写得相当不错。藏丽花说，你说的一点不错，我老公的字真也不比我差，只不过是没名气罢了。罗本不相信，说这么好的字，怎么还会没有名气呢。藏丽花说，一个人字的好坏，本来就和名气没什么关系，罗先生不是说过吗，中国许多暴得大名的人，其实那字写得都不怎么样。罗本点点头，说这话倒是在理，事实也就是如此。

正说着，手机响了，藏丽花一看号码，说我老公来接我了，我身体不太好，今晚要先告辞一步。罗本对这样的聚会也早就没兴趣，说要走都走，我也准备回酒店了，这个什么月亮不赏也罢。

结果罗本就搭了藏丽花的车，一路上，藏丽花大大咧咧地向罗本介绍自己老公，说这是我的老公兼司机。又接着对黄效愚介绍罗本，说这就是那位很牛的罗本先生，说人家罗先生看了你的字，说你字写得还不错。罗本和黄效愚让她这么一介绍，都有些不好意思。黄效愚无话可说，罗本只好与藏丽花敷衍，说你的这位老公兼司机的字写得确实不错。

藏丽花说："不是跟你罗先生说笑话，我老公的字现在真比我写得好，你要是不相信，你可以到我们家去看看他的字。"

罗本说："好啊，择日不如撞日，现在就去怎么样？"

也许喝了些酒的关系，也许真想看看黄效愚的字究竟有多好，罗本果然就去了藏丽花家。在罗本看来，藏丽花的字已经很不错了，已经很难得，他无法想象她老公的字还能怎么好。刚刚看到只是一张小小的手稿，时间虽然有些晚了，罗本意犹未尽，欣然接受了邀请。

没想到一次即兴的拜访，一方面，会让自视甚高的罗本大开了眼界，另一方面，也让黄效愚的书法名声，就此有了传出去的机会。那天晚上罗本显得很兴奋，看了黄效愚的字，心潮澎湃，说这些年来，自己一直都在努力寻找能看得上眼的当代书家作品，没想到今天晚上竟然在无意中遇到了。看得出，他是真心喜欢黄效愚的字，每一张字都要看很久很久，一边看，一边深深惊叹。罗本说他每一次回国，都很失望，他觉得中国有些名望的书法家日子都过得很好，都很富裕，一个个都太有钱了，可就是写出来字的气息不对，怎么看都不对。罗本说他有些想不明白，为什么黄效愚的字写得这么好，却没有一点名气。

藏丽花在一旁笑，解释说：

"这很简单，正是因为我老公没名气，他的字才会写得这么好。"

黄效愚的书法在美国办展览

那天晚上，罗本没有返回酒店，干脆住在藏丽花家。他表现出了异乎寻常的激动，反反复复地揣摩着黄效愚的字，情绪几近失控。出身名门世家的罗本很有些名士气，他自小在美国长大，受家庭传统影响，身上有着很扎实的中国文化根底。罗本的曾祖父是大清帝国的重臣，祖父在国民政府里担任过要职，家族中出了许多赫赫有名的人，分别在学术界和商界获得了成功。作为哈佛大学的著名教授，他的专业是古人类学，是世界上屈指可数的几位权威之一。除了自己的专业，罗本最喜欢的两个业余爱好，一是意大利歌剧，一是中国书法。

藏丽花身体不好，熬不了夜，告辞先去睡了，罗本与黄效愚一见如故，大谈多年来的习字心得。在个人的书法趣味上，这个罗本与藏丽花完全一路，他看别人的字，总是先看到种种不好，以骂为主，以讥笑批评为基本表达方式。难得他能看上黄效愚的字，难得他对他的字评价非常高，偏偏被夸奖的黄效愚不善言辞，罗本与他煮酒论英雄，他笨嘴笨舌，说到前辈书家的字，只会一个劲地喊好，碑也好，帖也好，手卷也好，真草隶篆，仿佛天底下就没什么不好的字。说来说去，也没有什么太深见解，谈到‘兰亭’，说有人说是雄强，有人说是姿媚，雄强也是好，姿媚也是好，看明白了，学会其中一招，这个就很好。有人雄强一辈子，只有雄强，有人姿媚一辈子，只会姿媚，也有人，既能雄强，也能姿媚，当然更好。罗本听了，胡乱点头，心里隐隐有些不痛快，奇怪他一个奴性十足的人，怎么会写出这么一手好字。既然黄效愚不怎么会说，他就当仁不让，说了一套又一套，说得黄效愚目瞪口呆 。

晚上睡得晚，罗本第二天很迟才起来。自二十世纪八十年代起，每隔几年，他便有机会来一趟大陆，对中国的国情十分熟悉。让罗本感到意外的是房间正对着玄武湖，虽然早听说过南京是个美丽的城市，可是以往几次，都是来去匆匆，并没有切身体会。藏丽花家就在玄武湖边上，是那种很高的高楼，从窗户里一眼望出去，玄武湖的美景尽收眼底。过去的二十年，中国文化人生活水准已有了极大提高，根据藏丽花家的居住水平，充分说明一个出了名的书法家，在中国还是很能挣钱。罗本住的房间是黄效愚儿子的，房间很大，小家伙去新加坡上大学了，这里便临时成了接待外人的客房。

听到房间里有了动静，黄效愚便敲门进来，招呼罗本出去吃早饭。在喝牛奶的时候，罗本注意到墙上有一幅书坛前辈萧娴的题词，写着“卫管重来”四个字，写得酣畅淋漓，这原是当年康有为写给自己女弟子萧娴的，藏丽花小时候与萧娴是邻居，老太太一时高兴，就又写了转送给她。藏丽花注意到罗本正在琢磨这几个字，就问他对萧娴的书法技艺有何评价。罗本笑了笑，说她的字只能往大里写，遇到太平盛世，给人写写招牌还是很不错的。

接下来，藏丽花开始大谈自己的体会。作为一个书家，该有的荣誉都有了，该拿的奖都拿过了，最高规格的书法集也出过了，国务院津贴也有了，跨世纪人才也是了，钱也挣了，身体也坏了，还能活多少年自己都不知道，一想到这些，人生真没什么太大的意思。特别是有一天，一向自视甚高的她，突然发现名不见经传的老公，他的字竟然写得比自己还好，这更让她怀疑人生，觉得自己白活了，声名也是白得了。藏丽花口无遮拦，苦笑着说像罗先生这样，真知道字的好坏，能够品出味道的，又能有多少。

藏丽花十分感慨，说："现如今，字哪有什么好坏，什么书法大师，什么主席副主席，全都是蒙人。"

藏丽花又说："我老公字好，不过，我老公人更好！"

罗本说可以由他出面，邀请黄效愚去美国办个人的书法展览。出口转内销是很好的经营策略，既然他们都觉得黄效愚的字非常好，既然目前国内还没有多少人知道他，不妨先走出国门，到海外去试试运气。藏丽花并没有太把罗本的话当真，根本没往心上去，只是觉得他随口说着玩玩。见多不怪，到国外举办书展，在她看来已不是什么新鲜事，影响固然会有，也十分有限。让藏丽花隐隐感到不快的，是罗本并没有邀请她一起参展，连一声客气都没有。不管怎么说，藏丽花的名声比黄效愚不知要高出多少倍，如果只是以书法地位而论，她觉得自己的字在中国书法界差不多相当于省部级大员，而黄效愚则是地道的布衣。她承认黄效愚的字写得相当不错，写得甚至比自己还好，可是办书展没有她参与，真把他放在她前面，难免有些嫉妒，难免有些失落。

没想到这事最后竟然成了，罗本回美国，几个月以后，邀请函真的发来了，条件是藏丽花夫妇各拿出五幅精品，捐给某个基金会，然后由对方负责他们在美国期间的一切费用。藏丽花不止一次在国外办过书展，有这方面的经验，于是立刻着手为黄效愚准备，没有装裱的字，赶快送去装裱，又突击写了一部分。又去商场买了最高档的西装，最时髦的唐装，说这些衣服都是正式场合要穿的。黄效愚平时随意惯了，这时候只好听藏丽花的安排。藏丽花本是大大咧咧的人，只知道挑贵的买好的，合适不合适反倒在其次，这些所谓的正装穿在身上，怎么看都觉得别扭。

办护照办签证都很顺利，但藏丽花身体已经十分不好，黄效愚很有些担心，怕她经受不起颠簸，然而她根本不在乎，说好不容易有这么个机会，夫妻两个能一起出国，就是死在国外也值了。黄效愚知道她这是为了自己，因为藏丽花前前后后，已经出了许多次国。全世界凡是有华人的地方，最欢迎中国的书法代表团，一些在国外的商界领袖，最愿意接待的也是来自中国的书画家。出国对于藏丽花来说，已完全谈不上什么诱惑，一想到要坐长途飞机，她的内心深处还是有点恐惧。三年前，藏丽花开始感到胸口不适，去医院做检查，先是查不出什么毛病，后来终于有了结果，是特发性肺纤维化。听上去，这个什么纤维化，好像并不太严重，然而医生与黄效愚谈话，告诉他危险性，说存活率多则五六年，少则两三年。这一结论让黄效愚目瞪口呆魂飞魄散，一下子都没办法接受这个残酷的现实，想不明白为什么看上去并不严重的胸闷，呼吸不畅，会有那么可怕的严重后果。

医生也解释不清为什么会是肺纤维化，它的发病原因非常复杂，是现代医学中的难题。或许与抽烟有关，与喝酒有关，与熬夜有关，可是抽烟喝酒熬夜的人太多了，为什么偏偏轮到藏丽花得了这病。人有旦夕祸福，因为这病，藏丽花开始改变生活习惯，烟也戒了，酒也不喝了，偶尔打打麻将，绝对不再熬夜。性格也有所改变，在家里不再是什么都不过问的大女人，而黄效愚却仍然还是事事都要管的小丈夫。黄效愚不得不更加细心地照顾她，因为肺脏已受到了严重的损害，藏丽花必须多休息，必须增强营养。按照医生的说法，像藏丽花这样的身体，真的是不适合出国。

黄效愚的书法展在国外也谈不上巨大成功，报纸上报道了，电视上亮相了。一位很有钱的富豪参与捧场，用很高的价格买了他的一幅字，这是非常抓人眼球的一条新闻。然而，种种一切，热闹了一阵也就都过去，好比一块石头扔在了波澜不惊的水面上，砰的一声，刚有了些动静，然后很快又恢复以往，又继续陷入了沉寂。这次出国，前后共计二十多天，黄效愚大开了眼界，毕竟是他第一次走出国门，看什么事都觉得新鲜，听什么都觉得有趣，然而也不无遗憾和无聊。出了国才知道外语的重要，可怜他们一句洋文都不会，始终都得由热心的华侨陪同，限制在华人的圈子里活动，就仿佛没有出国，一旦狠狠心想离开翻译，又担心会找不到厕所，藏丽花憋尿的能力特别差。尽管罗本对黄效愚推崇备至，把他的字放在一个非常高的位置上，评价已接近前无古人后无来者，但是海外的书法爱好者并不买账，他们仍然觉得这个人名气还不够大。爱好书法从来都不等同于懂得书法，与黄效愚相比，那些似是而非的爱好者们更愿意买藏丽花的字，因为她的名气大，头顶上有着种种头衔和光环，毕竟一上网就能搜索到她的名字。

藏丽花因此也明白了罗本的苦心，为什么会不让她与黄效愚一起举办书法展。人们总是更在乎那些与书法艺术无关的细节和琐事，如果是举办夫妇二人的合展，作为陪衬的她一定会喧宾夺主，因为在世俗的眼光里，显然是她的名头更响亮，升值的潜力更大。这让她感到自慰，同时又有莫名的悲哀。看着黄效愚有些天真的激动，满脸成功的喜悦，藏丽花不由地想起自己初次办书法展时的心情，那时候，好像真已攀登到了某个艺术高峰之上，看着观众喜气洋洋涌进展览馆，按捺不住心头的高兴，然后呢，就看着人群一脸茫然，几乎是不停步地从自己最得意的作品前走过去，连最简单地瞄上一眼都不愿意，顿时一桶冷水浇了下来，所有的兴奋已不复存在。

回国前的一次酒会上，由于有太多的人索字，忍无可忍的藏丽花几近翻脸。作为一名书家，情绪好时随手写几张字，并没有什么太大难处，可是一窝蜂都涌过来，像一群乞丐那样围绕，死皮赖脸地跟你讨字，明摆着是要占便宜，并且还要指定写某某内容，这就显得太过分了，让人无法容忍。在国内，经常也会遭遇这种场面，要字的人不是喜欢书法，而是觉得不要白不要，觉得这字将来有可能会值钱。藏丽花都用相同的内容对付要字的人，像印刷品一样地写上“大音希声”四个字敷衍，黄效愚很少遇到这样的状况，因此有些兴奋，让他写就写，一点架子都没有，有求必应，真草篆隶，写什么都可以，最后藏丽花终于急了，红着脸说：

“喂，搞搞清楚好不好，你毕竟不是卖艺的！”

没有结尾的故事

三十多年前，刚考进大学中文系，我就向黄效愚表示，要跟他一起练习书法。那时候他的字已写得很好了，写什么像什么。在我这个外行看来，什么样的字才叫好，才叫很好，其实永远说不清楚。我打算练习的目的，无非作为一个中文系学生，写一手东倒西歪的丑字，实在有些难为情，都不好意思给女友写情书。断断续续地，我也临过一些碑帖，譬如《勤礼碑》，譬如《张迁碑》，又譬如《华山碑》，都是浅尝辄止，三天打鱼两天晒网，基本上等于没写。心有余而力不足，每次与黄效愚见面，我都孩子气地发誓要开始练

字，都说要拜他为师，可是事实上，每次也都是只有一个开始，没有一次能坚持下去。

最长的一次连续写了两个月的《勤礼碑》，一天都没断过，前一个月还有进步，接下来越来越糟，越写越难看。两个月努力都白花了，我因此向黄效愚报怨，说自己太笨，在书法上没有一丝一毫的灵气，练习写字完全是自取其辱。听了我的抱怨，藏丽花十分不屑，说两个月就想有进展，你也太有灵气了，你也太有才了，还没听说谁两个月就能把字写好。当时正是我的第一本小说集出版，黄效愚一定问我要一本，我去送书，顺便把临的字让他们过目，既然两个月不行，便问想把字练出来，到底要多少时间。

黄效愚被问住，为难地说："多少时间，这可说不准。"

藏丽花看了看黄效愚，笑着说："也不多，差不多要一辈子吧！"

我曾在报纸上为藏丽花写过一篇小文章，是标准的不懂装懂，至今想到了都后悔。是在她刚开始成名的时候，那时候，她特别在意有人在报纸上吹捧，特别相信宣传的作用。黄效愚找到了我，希望看在老同学的面上，无论如何要帮他这个忙。那时候，外面正在盛传他们要离婚的事，藏丽花的绯闻满天飞，黄效愚跑来找我，神秘兮兮地不好意思开口，我还以为他是要向我控诉藏丽花，没想到吞吞吐吐，最后却是让我为他老婆写文章。

转眼间，几十年就这么过去了，我的练字仍然还是在计划中。黄效愚从美国举办书法展回国，藏丽花给我打电话，希望我能就他的书法说几句公道话。她说中国的书法界太昏庸了，太黑暗，只看名气，只看头衔，现在黄效愚在国外已经很有影响，你为什么不站出来鼓吹一下，为什么不帮老同学呐喊几句。我说看在老熟人的面子上，应该有所表示，可是让一个不懂书法的人说几句废话，又有什么意义。我这其实是在拒绝她，藏丽花笑着说，中国已经有了几千年的书法史，在这个书法的历史里，说废话的人太多了，很多废话说到了最后，就莫名其妙地成了真理。

电话里的藏丽花似乎很兴奋，毕竟黄效愚的影响已经到了国外。她说现在起码有两个人，都认为黄效愚是当代最优秀的书法家，一个是她藏丽花，一个是罗本。她跟我说了许多黄效愚的事，一个劲地夸他，最后又问我知道不知道她的身体情况，黄效愚有没有跟我谈起过她的病情，有没有告诉过我她将不久于人世，已经没几天可折腾了。她这么直截了当，不当一回事地问起，竟让我一时语塞，只能如实相告，说黄效愚确实跟我说起过她的病情，不过我并不太相信医生的结论，医生经常会胡说八道吓唬人。

藏丽花笑着说："我才不管医生怎么说呢，反正我活一天，算一天，混一年，是一年，反正我们家黄效愚还年轻，我死了，他说不定会找个更好的女人。"

黄效愚不止一次跟我说过，他与藏丽花在书法上是天作之合，一想到可能会失去她，他便感到不知所措。社会上已经开始有些传言，说藏丽花知道自己不行了，很快就要告别人世，因此故意力推黄效愚的字。还有一种说法更荒诞不经，说黄效愚的字本来就不错，藏丽花的一些代表作，其实是黄效愚的代笔，藏丽花在书法界的地位，早就名不副实。对于这些传言，藏丽花非常气愤，可是也没有气力去与别人争论。流言蜚语本来就是人生的一部分，如果没有了胡说八道，人生也就不精彩，也就不好玩了。

黄效愚说自己已习惯了藏丽花说不好，他的书法能写成今天这

样，能有今天这还算不错的水平，就是因为她在不断地说不好。现在，藏丽花经常是表扬，把他的字抬到一个很高的地位，黄效愚反倒有些不知道应该怎么办。早知今日，何必当初，黄效愚宁愿藏丽花没完没了地说自己不好，他根本就不在乎自己的字达到了什么水平。他写字，是因为他喜欢写字，是因为他心里总在惦计着要把字写好。有一天，他跟我说起藏丽花的病情，说自己已没什么心思再写字了，说着说着，像一个无助的孩子一样痛哭起来。

藏丽花的肺纤维化确诊以后，六神无主的黄效愚十分着急，到处找名医治疗，求助于各种民间偏方。他并不是个很有主见的人，一方面，并不完全相信医生的话，不相信藏丽花已经病入膏肓，另一方面，又知道医生的预言绝非儿戏。物伤其类同病相怜，残酷的现实就是如此，与藏丽花病情相似的几位病友，一个接一个地相继离开了人世，对他们夫妇来说，这是非常大的刺激。黄效愚为人不仅没有什么主见，而且神经很脆弱，反倒是藏丽花经常去安慰他。

黄效愚在美国办书法展，曾与在海外生活的朱亮联系。朱亮开着一辆高档房车，带着金发碧眼的美国女友前去看黄效愚的书法展。他已经离了婚，前妻和孩子也在美国，都过着令人羡慕的中产阶级生活。现如今的朱亮住着豪宅，家里有游泳池，每年都要去世界各国度假旅游，可是却没想到邀请黄效愚夫妇去做客。他甚至也没有请老同学吃一顿饭，只知道一而再再而三地夸耀他的房车值多少钱，自己的年薪是多少多少。

第二年，朱亮回国了，与黄效愚电话联系。黄效愚跟藏丽花商量，是不是应该请老同学吃顿饭，藏丽花心头有些不痛快，说当然可以请，我们不跟人家计较，不计较他当初也没请我们，既然是回国了，我们应该有点祖国的温暖，请他吃一顿，请他吃顿好的。结

果不仅朱亮被宴请了，我也跟着一起沾光，被拉去一家非常高档的馆子作陪。席间他们大谈在美国如何如何，我根本插不上嘴。朱亮已跟原先那位美国女友分手，正与一位更年轻的美国女孩恋爱。藏丽花十分感慨，跟黄效愚开玩笑，说我本来还担心自己死了，你会怎么办，现在有你这位老同学做榜样，说明好日子还在后面，我一旦不在了，美国女孩子你找不到，找个年轻漂亮的中国女孩，肯定没问题。

一句玩笑话，让黄效愚立刻翻脸，说生气就生气，说不高兴就不高兴，半天不开口。看见他是真生气了，藏丽花有些过意不去，连忙小心翼翼地赔罪，连声说对不起，说你不喜欢这样的玩笑，我下次不说了还不行。黄效愚还是不说话，还在生气。藏丽花便当着我们的面，像哄孩子一样讨饶，说我们黄效愚真生气了，好了好了，不要生气了，是我不好，我不会再说这种话了。黄效愚气鼓鼓地说了一句，你每次都是这样，每次都喜欢乱说。藏丽花还要狡辩，说我乱讲什么了。黄效愚说，你就是乱讲。藏丽花于是神色黯然，说我知道你是在乎我的，我知道你心里真有我这个人，可是人要生病，老天爷不肯照应，这个我又没有办法，我又不想得这个病。朱亮连忙把话题岔开，说我们说点高兴的事，说大家这么聚一聚不容易，说他突然回想起了当年的四川酒家，那次是黄效愚和藏丽花结婚宴，就在大堂的角落里，人不多，朱亮与我就算是男方代表了。

“我记得你当时还写了两个很大的字，是什么字，对，我想起来了，是‘好吃’。”朱亮神采奕奕，看了我一眼，仿佛在问我还能不能记得往事，“在美国的时候，我老是有意无意地想这两个字。美国佬什么都好，就是在吃上面，太差劲，太他妈没文化。”

朱亮说他很想再去四川酒家吃一顿，今天的宴会太高级了，太奢华，他很想重温旧梦，重新体验一下在大堂里用餐的那种感觉。朱亮的话把大家又一次都带回到了当年，我们仿佛又进入了美好的二十世纪八十年代。那年头，口袋里也没什么钱，上馆子太难得了。那年头，我们都还年轻，前途渺茫又前途无限，街上流行穿喇叭裤，耳边响着邓丽君的歌曲。一时间，往事重来，好像就在眼前。藏丽花看着黄效愚，笑着说黄效愚你不会后悔吧，你现在想后悔也来不及了，当年我嫁给你的时候，所有的人都反对，所有的人都不看好我们，都觉得我们年龄差距太大，都觉得我们不般配。在美好的回忆气氛中，藏丽花满脸通红，突然变得很兴奋，说好在你的这两位老同学还不错，肯给我们面子，他们来参加了我们的婚礼，见证了我们这段有点糟糕的婚姻。藏丽花越说越高兴，丝毫也没有注意到黄效愚的脸色凝重。终于，藏丽花在最后又说了一句，说没想到转眼就快三十年，黄效愚他现在想后悔也不行了。

黄效愚板着脸，很生硬地冒出了一句："藏丽花，你听好了，都跟你说过多少次了，我从来没说过后悔娶你！"

藏丽花一怔，调皮地伸伸舌头，说："你说这个干吗？"

黄效愚说："我不想听你这么说。"

藏丽花说："好吧，对不起，不说了，我又说错了。"

黄效愚说："我从来没有后悔过，从来没有！"

说完，黄效愚竟然又像孩子一样地痛哭起来。

藏丽花最后与罗本也闹得有些不愉快，罗本答应尽快为黄效愚印一本高规格的书法集，七拖八拖，都两年多了，迟迟还没有印出来。黄效愚对这事倒不是很在乎，有人喜欢他的字，能够欣赏他，还愿意为他宣传，这就很好了，就可以心满意足。藏丽花担心罗本会将那些字据为己有，出于对罗本的信任，他们并没有留下任何字据。毕竟是多少年探索的积累，是黄效愚书法中的精品，而罗本恰恰又是个很识货的人，知道这些墨迹的真实价值。

我最近一次见到黄效愚是在一周前，有一天他突然打电话给我，说刚跟在美国的朱亮通过电话，拜托他为藏丽花买一种刚研发出来的新药。黄效愚告诉我，藏丽花的病情最近还是加重了，并且已在死亡的边缘走了一遭，不过现在略有些好转，基本上是暂时度过了这次危险期。过去的几个月，他们一直是在医院小心翼翼度过，生活在恐惧之中。这几天藏丽花的精神还不错，很想跟人聊聊天，如果我有时间，可以去医院看看，陪他们说说话。

第二天，我买了些水果和鲜花，去医院探视。在病房门口，黄效愚拦住了我，说鲜花的香味会引起病人过敏，绝对不能拿进去。我有些尴尬，只好将鲜花放在过道上，远远地，半躺在床上的藏丽花看见我了，很高兴地与我打招呼，对我挥了挥手。她剃了一个差不多是男孩子的发型，看上去要年轻许多，我笑着向她走过去，她显然很意外我会去看她。

我安慰她说："你看上去不错，很有精神！"

藏丽花笑了，笑得很灿烂。

黄效愚在一旁跟我解释，说前些日子她很不好，他们的儿子专程从新加坡赶回来，现在情况稳定了，又回新加坡读书去了。藏丽花抱怨说，我说儿子不用回来，要准备毕业论文，他回来有什么用，又帮不上什么忙，是黄效愚非要让他回来。藏丽花的声音很低，完全不像过去那样精气神十足。我知道会有那么一天，藏丽花笑着说，我知道会躲不过，但是这一次好像还不是，我知道这一次

还不是。说了这么几句，非常虚弱的藏丽花已经气喘吁吁，没办法再说下去。黄效愚连忙上前照顾，让她不要多说话，然后又回过身来对我说，因为不停地咳嗽，她嗓子早就哑了，现在也没什么力气交谈，因此我可以随便多说几句，说什么都行，能让藏丽花听见就行。

事实上我在病房里并没有待多少时间，更没有说什么话，她住的是高干病房，条件很好，有空调有电视还有卫生间，不一会，医生前来查房，很不客气地对我说，病人需要休息，最好不要跟病人多说话。此外，外面很不干净，我这样冒冒失失地进来了，非常容易把细菌也带进来。我很快就被赶出了病房，只好在楼道里与黄效愚聊会儿天，有一句无一句地说着，就站在病房门口，这样，藏丽花远远地还能看见我们。

黄效愚很平静地说已很久没有写字，自从迷上了书法，他还不曾有过这么长时间的不碰笔。对于一个天天要写字的人，这真是一种很奇怪的感觉。他说昨天与藏丽花单独相对的时候，自己突然之间想明白了，原来真正不写字，也没有什么大不了，太阳照样会升起，日子照样还可以过。黄效愚觉得遗憾和可惜的，是藏丽花的身体不会再恢复了，如果她的身体能够康复，如果她能重新获得健康，他宁愿焚琴煮鹤，把自己过去写的那些字都烧了，他愿意一辈子都不再去碰毛笔。黄效愚跟我说这些话的时候，显得十分平静，没有丝毫的激动，显然他知道藏丽花正看着我们，他不想刺激她。说到最后，黄效愚苦笑着说，藏丽花要是不在了，他一个人写字还有什么意思呢，他干吗还要写字呢。

也许是藏丽花看着我们的缘故，我的表现也像黄效愚一样平静。我的脸上始终带着微笑，一边听他说话，一边不时地看藏丽花一眼。终于到了告别的时候，我笑着对藏丽花挥挥手，若无其事地捏了捏拳头，仿佛是在鼓励她要挺住，然后在同样带着微笑的黄效愚陪同下，缓缓走向电梯。电梯迟迟不上来，离开了藏丽花的视线，一时间，大家反倒无话可说，都在看门框上方的阿拉伯数字。突然，黄效愚的眼睛红了，他无限感慨，深深地叹了一口气，说他们夫妇本来打算为我联手写一幅字，在过去这很容易，现在看来，曾经非常容易的事，已经永远不可能了。

离开医院的路上，若有所失的我感到很茫然，周围人来人往，车水马龙。说老实话，就是到现在，我仍然不知道他们夫妇的字究竟有多好，可以卖到多少钱一尺。我只知道他们的字已经很值钱，未来还可能会更值钱，有很大的升值空间。艺术说到底，不是用钱来衡量，然而也只有用钱，才能更清晰地说明问题。我非常喜欢他们的生活方式，希望他们白头偕老，天天能够写字，如切如磋如琢如磨。当然，如果他们能联手写一幅字，挂在我的书房，这样也挺好。

2010 年 7 月河西

一号命令

第一章

1969年夏天很热，阳光总是灿烂，眼见到了九月初，天气仍然炎热。无数知了在大合唱，此起彼伏非常嘹亮。大白天气温实在太高，仿佛着火一样，热浪逼人，一阵阵扑面而来，手伸出去，所有物品都是热，家具热，锅碗瓢盆热，放出来的自来水也热。嘈杂的蝉声是提示，意味着不会下雨，意味着持续的大晴天，意味着高温预报。黄昏时分，仍然没一点凉意，燥热的空气凝固了，酷暑蹂躏了一个整天，人们在房间里再也待不住，再也熬不下去，迫不及待都涌到外面去乘凉。大街小巷，先找空地方洒水降温，然后端了各式各样的卧具，长的木椅子，简易的竹床，有人干脆将草席铺地上。天太热，噼里啪啦拍打扇子的声音不绝于耳。天这么热，蚊子在黑暗中乱撞，一点都没见减少。

终于熬到半夜三更，好不容易有一阵凉风，刚有点安静，沉寂下来的知了突然发出一两声惊叫，很像一个人从梦中猛醒，又好像一粒流星从夜幕上滑过，眼前一亮，立刻消失得无影无踪。赵文麟靠躺在一张旧藤椅上，似睡非睡，基本上处于半昏迷状态。整个夏天，酷热难熬的夜晚，他都是这么狼狈度过，半躺半坐，长夜难眠，好像睡着了，又很难真正进入梦乡。夜晚的宁静会被一些声音无缘无故打破，他忽然听见一个人在叽里咕嘟说着什么，忽高忽低，隐隐约约是在吵架。

这是邻居女孩子妞妞发出的呓语，她正在说梦话。妞妞是一个刚发育的初一学生，人看上去还很小，一对乳房却特别大，像充了气一样，又结实又饱满，将胸前的衣服高高顶起。男孩子性格，精力出奇的旺盛，在大白天，她是不折不扣的孩子王，不但同龄女孩子要听她的话，那些调皮捣蛋岁数比她大的男孩，也乐意听从她的调遣。到晚上，睡着了也不安生，会说梦话，而且打很响的呼噜。妞妞的呼噜虽然响，却很匀称，很纯净，那是一个女孩子特有的鼾声，一点都不粗鲁。

赵文麟意识到自己已完全清醒，他意识到这一次醒了，就不会再睡着。时间是下半夜，鼾声四起，周围的人都处于沉睡状态，因为太热，大家光着胳膊，裸着大腿，肆无忌惮地睡在露天。淡淡的月光下，是空地方便睡着人，木床一张接着一张，所谓木床，其实就是将家里的门板拆下，用长凳架起来。往往一家老小紧挨着，都挤在一起睡。夜深人静，正是一天中气温相对最低的时候，整个城市都沉浸在梦乡。妞妞的梦话引发一阵混乱，有人被惊醒了，又翻身继续睡觉。门板咔咔响了一阵，然后又是此起彼伏的鼾声。

每当到了这样的时刻，赵文麟便会一阵阵凄凉。不管是愿意，还是不愿意，他都会不可避免地想起紫曼。三年前，紫曼写下了一份遗书，在门框上挂了一根绳子，毅然决然地离开了人世。时间过了整整三年，对亡妻的思念刻骨铭心，一刻也没有消停。对于赵文麟来说，那是一种锥心之痛，只要是半夜里醒来，他的心就会猛地收紧，就会情不自禁地思念到天明。

天刚蒙蒙亮，妞妞的小闹钟突然响了起来。刺耳的闹铃声穿过晨曦，惊醒了无数人，因此也招惹了一片骂声。这闹钟已连续响过好几天，到时候就会铃声大作，弄得鸡犬不宁，把很多人的美梦吵醒。闹钟声音非常响亮，可是很显然，妞妞还沉浸在黑甜之乡，还准备继续睡下去，她并没被这刺耳的铃声惊醒。结果便是别人很愤怒，大声呵斥，对她嚷嚷，说时间到了，说妞妞你赶快起床，我们都被你给吵醒了。所有这些与妞妞都没什么关系，妞妞继续呼呼大睡，最后还是与她睡在一起的高奶奶将孙女摇醒。

接下来一幕也是赵文麟所熟悉，困意朦胧的妞妞从高奶奶身边坐了起来，揉着眼睛下床，找到了鞋子，然后去招呼睡在周围的其他小伙伴。正是最好睡的时候，妞妞自己打着哈欠，很认真地把那些她要喊的人都一个个摇醒：

“好了，起来起来，起床的时间到了。”

妞妞绝不会放过一个小伙伴，这么早爬起来，是要去学校挖防空洞。1969 年这一年，到处都在挖防空洞，男女老少，只要是能干活的，都可能为防空洞出过力。挖防空洞已经成为一场轰轰烈烈的全民运动，墙壁上写着“深挖洞，广积粮，不称霸”的标语，学校也不放暑假，考虑到白天太热，怕孩子们干活时中暑，校方让学生一大早就去学校。

孩子们草草地收拾一下，胡乱往嘴里塞些东西，便跑过来喊赵文麟。以妞妞为孩子王的这帮小孩，对赵文麟有一个很奇怪的称呼，都管他叫“赵师傅”。孩子们大呼小叫，一口一个赵师傅，这让已快六十岁的他感到别扭。作为一个过来人，作为一名驰骋疆场很多年的职业军人，赵文麟更习惯别人称自己先生，称自己长官，称自己同志，称自己老大爷，甚至不礼貌地叫老头，唯独不喜欢别人叫他师傅。在当时，工人阶级领导一切，工人的地位达到了历史最高点，叫师傅绝对是对一个人的尊称，可是赵文麟一点都不喜欢。他觉得这称呼很有些不伦不类，在新中国成立前，师傅又叫“师父”，不能随便乱叫，必须三叩六拜，黑社会拜码头，或者要求别人传授技艺，才用得到这个称呼。

早在前一天就说好，妞妞要赵文麟去她学校指导已挖得差不多的防空洞。虽然正式升入初中了，因为中学校舍紧张，妞妞这一级的学生还要在原来的小学继续读下去。俗称“戴帽子”，名义上是中学生，却仍然要在原来的小学教室里上课。在孩子们心目中，他们身边所熟悉和能见到的唯一军人，也就是这位赵文麟了，尽管他已被剥夺了领章和帽徽，还能不能算军人都很可疑。天气太热了，赵文麟上身穿着一件白颜色的老头汗衫，唯一能证明军人身份的标志，也就是穿得那条很旧的黄军裤，但是能有这么一点点军人的痕迹，对天真的孩子们来说，已经足够了。

小学不是很远，很快就到达了。赵文麟的三个孩子，曾经在这所学校读过书，如今他们一个个都飞走了，都成了上山下乡的知青，大儿子去了东北，二儿子去了云南，小女儿天天才十五岁，初中刚毕业，去了陕北的延安。看着眼前这些乳臭未干的孩子，赵文麟便不可抑制地想到了天天，自从紫曼离世，他最放不下心的就是

这个小女儿。事实上，天天比妞妞也大不了多少，她根本就还是个孩子，看着两个哥哥走了，她义无反顾地也闹着要到农村去，而且说走就走，跟谁都没商量。

在以妞妞为首的一帮孩子簇拥下，赵文麟走进了小学的大门，进去走了不远，与另外一帮孩子迎面相撞。他们对他的军人身份显然有所怀疑，一个个脸上露出了不太相信的神情：

“老师傅，你真的是一名解放军吗？”

妞妞老气横秋地代赵文麟回答：“当然是，人家当然是解放军。”

“是解放军为什么没有领章帽徽，为什么腰上没有挎着枪呢？”

妞妞很不屑，说：“带枪，你见到的解放军，难道都带枪的？”

妞妞又说：“你以为是在新中国成立前呀？”

孩子们笑了起来，都觉得妞妞讲得有道理。这时候，一位上了些岁数的女老师走过来。赵文麟很大方地伸出手，女老师怔了一下，也伸出了手。尽管自己的三个孩子都曾在这所学校读书，赵文麟并不认识这位老师，可是从她僵硬的神情看，似乎不太友好，显然是知道他的，显然知道一点他的故事。赵文麟向她解释，说孩子们一定要让他过来看看他们挖的防空洞。女老师十分勉强地敷衍着，说这都是些孩子嘛，当然更希望得到一位真正的解放军同志的鼓励。

孩子们围在他们身边，七嘴八舌，一个男孩很当回事地问赵文麟：

“喂，解放军同志，你真和国民党反动派打过仗吗？”

妞妞觉得这样提问很没水平，也很没礼貌，气鼓鼓地说：

“这还用问，人家当然和国民党反动派打过仗。”

孩子们仍然要追问：

“你爬过雪山，走过草地吗？那些武装到牙齿的国民党反动派，他们根本就不是我强大的人民解放军对手，是不是？”

“这个呢，”赵文麟犹豫了一下，先摇了摇头，又点点头，十分肯定地回答，“他们确实不是共产党的对手。”

先前那个被妞妞抢白的男孩又问：

“那你一共打死过多少国民党反动派？”

赵文麟沉思了一会，很抱歉地说：

“我，我没有和国民党反动派打过仗。”

孩子们非常失望，妞妞的眼睛瞪得很大，女老师不知所措。突然之间很安静，赵文麟不知道该说些什么，他知道这时候自己必须赶快说些什么。

赵文麟说：“我打过日本鬼子！”

赵文麟又说：“我还和美帝国主义打过仗！”

孩子们乐了，他们问他究竟是日本鬼子厉害，还是美帝国主义厉害。赵文麟一时不知道该如何回答，不知道怎么样才能让孩子们满意，怎么样才能让孩子们高兴，回答说日本鬼子和美帝国主义都是纸老虎，都不算厉害。孩子们对这个答案非常满意，想起看过的一部电影《上甘岭》，又叽叽喳喳问开了：

“那你一定上过‘上甘岭’了，上甘岭是不是一座很高很高的山？”

赵文麟想了想说：“差不多吧，我去过那地方，我们在那打过仗。”

“你真的打过很多仗？”

“打过很多仗，多得都说不清。”

现在，孩子开始变得非常满意。这年头，只有英雄人物才会让人崇拜，让孩子感到尊敬。他们面前这位看上去并不起眼的老人，曾经身经百战，这个很了不起。

第二章

赵文麟对孩子们挖的防空洞无话可说，发表不了任何意见。这根本就是开玩笑，小孩子玩的一场游戏。防空洞的位置是在学校西北角，有个现成的小山丘，六朝时期的一座古墓遗址，1958 年大炼钢铁，人们在砌土制小高炉的时候，无意中挖到了墓道。当时也没当回事，那年头完全没什么文物概念，完全没想到它是一千多年前的古墓。反正一下子发现了很多修墓道的青砖，正好砌土高炉也用得着，立刻就废物利用。大炼钢铁注定要不了了之，等到文物主管部门闻讯赶来，早破坏得不像样子。总算还找到一块刻有墓志的石头，扔在一旁也没人管，赶紧当宝贝一样地收藏到博物馆。当时还挖到的一些随葬品，各种陶器，陶俑，陶牛车，碎的碎了，能随手拿走的随手拿了，文物部门职责所在，想去追回，也无迹可寻，只好在古墓不远处竖了一块石碑，算是亡羊补牢。

1969 年夏天，准备打仗的风声比任何时间都要紧张。由于全市都在开挖防空洞，小学生自然也不能例外。妞妞所在小学挖的防空洞，一度还被评为先进典型，很多学校前来参观学习。结果整个暑假期间，谁也没有捞到真正的休息，在工宣队师傅的带领下，以高年级学生为主，又一次将已经封闭的墓道打开，将小山丘尽可能地掏空。孩子们的想象力既很丰富，又非常缺乏，因为是和战争联系在一起，结果就只能是非常可笑地模仿电影中的战争片。一开始，大家都想学习《地道战》，这部片子已经看过很多遍，基本上能将台词背下来，但是很快就发现这办法根本行不通，稍微挖深一些，水就哗哗地冒出来，上面的穹顶也随时随地会坍塌。

在赵文麟看来，孩子们挖的这个防空洞更像一只大蜘蛛。有很多条蜘蛛腿，那个有着一千多年历史的六朝古墓，仿佛蜘蛛肥硕的身体，围绕它所挖的一道道延伸出去的壕沟，就像蜘蛛的细腿。这些细腿部分，本来应该像地道战一样，都是在地下进行，应该是隐蔽的通道，可是下面会挖出水来，上面又会不断地坍下，结果就只能挖成了明沟。因此所谓防空洞，大部是露天的，根本就不可能防空，全校那么多人，真正能躲进洞的，连一个班级的人都到不了。

大概是在九点光景，赵文麟回到了家，气温已经让人热得喘不过气来，浑身都湿透了，他脱去上身的老头衫，用毛巾抹汗，然后就赤着膊，到藤椅上去静坐。坐了一会，邻居高奶奶端了一碗绿豆汤过来，说天气太热，吃这玩意正好解暑。赵文麟正好有些饿了，也不客气，拿起来就吃，隐隐地闻着那味，好像已经有些酸了。天气确实太热，食品很容易变质，不过高奶奶既然是好心，他当然应该将它吃了。于是眉头也不皱，狼吞虎咽，几口就将一碗绿豆汤喝了。

高奶奶没话找话，说天气热，再不吃掉，这绿豆汤也要馊了。赵文麟不说话，懒得搭理，天热得让他都不想说什么。高奶奶又问起妞妞学校的防空洞，问挖得好不好。赵文麟摇摇头，苦笑着说，那个也不能叫防空洞，真打起仗来，一点防空作用都起不了。高奶奶听他这么说，便找到了新话题，问他会不会真的打起仗来，真要是打起来，究竟谁会跟我们打，为什么非要打仗，妞妞一会说是要跟苏修打，一会又说是美帝，到底会是谁呢。

赵文麟还是无话可说，只能安慰高奶奶，让她放心，说这仗根本就打不起来，跟谁都不会真的打。打仗的事情很严重，哪能说打就打。高奶奶不相信他的话，说这个还真的不一定，我们居委会都开始全面动员了，让大家赶快疏散，能离开南京的，都离开南京，乡下有亲戚的，最好是去投奔亲戚。你看武学园 14 号的老李，全家都去乡下了，12 号的老王他们厂也已经发出了通知，让家属尽可能地疏散，要防止苏修和美帝的突然袭击，打仗打仗，说不定就真打起来了。这一段日子，到处在备战，整天喊打仗，赵文麟早已麻木，作为一名久经沙场的职业军人，他对战争既害怕，又有些无动于衷。害怕是深知战乱的可怕，一旦开战，地无分南北，人不管老幼，都可能陷入深深的祸害之中。不害怕是他如今已经孤家寡人，紫曼死了，三个孩子各奔东西，死别生离，让他几乎没什么可牵挂的事，打仗就打仗吧，没什么大不了。

高奶奶是当地的居委会主任，小时候出牛痘，脸上留下了很多深暗的疤痕，人们背后都叫她高麻子。“文革”初期，小小的居委会主任也成了走资本主义道路的当权派，她本来就是家庭妇女，干这个主任也没工资，一赌气干脆回家不干了。后来居委会实在找不到愿意管事的人，又把她请了出来。高奶奶本是个热心人，人家不得已请她出山，她骂了几声娘，发了几句牢骚，又重新掌管起了居委会的大事小事。

赵文麟从军校发配回家，名义上是交给居委会管束，因此她作为居委会的领导，作为邻居，还真是要时不时地过问他一下。赵文麟差不多吃了一辈子的食堂，回家以后，自己做饭，生个煤炉都不会，常常吃了上顿没有下顿。高奶奶看不下去，便让他在自己家搭伙，有时候是让他过去吃，有时候是送过来，渐渐地就不拿他当外人。

三年前，紫曼悬梁自尽，在邻里间引起了不小的轰动。那时候，高奶奶正歇在家里，孩子们的尖叫声引得很多人都去围观。一时间非常混乱，竟然没人想到要赶紧将紫曼解下来。赵文麟的两个儿子都不在家，小女儿天天吓糊涂了，跑到隔壁的高奶奶家，哭着喊着快救她妈。高奶奶并没意识到事情的严重性，很不情愿地推托着，说你妈怎么了，我现在已不是居委会主任了，有什么事，你别问我。

天天说："高奶奶，我妈妈上吊了。"

高奶奶听了，立刻冲出去，拨开人群，上前抱住早已僵硬的紫曼，十分愤怒地对围观者说："你们一个个还都是人吗，都别站着了，还不赶快过来帮忙！"

高奶奶不识字，通过别人的描述，她知道紫曼留下了一封遗书，知道在这封遗书上，充满了一个女人对丈夫的怨言。紫曼说赵文麟是一名双手沾满人民鲜血的国民党军官，说此生嫁给他是最大的不幸，她感到非常后悔。对于这样的转述，高奶奶一开始有些想不明白，一个女人竟然会这么恨自己的丈夫。过去她一直觉得赵文麟是名解放军的军官，这个男人并不经常回来住，他总是身穿解放军的军装，而且官好像还不小。一直到后来，赵文麟从军校发配回家，她才终于弄明白，原来这个男人确实是一名国民党军官，只不过后来投降了，又参加了人民解放军。

送赵文麟回来的两名军人没有解释他的身份，他们只是告诉高奶奶，这个人退职在家，以后将由街道和居委会关照，或者换句话说，他以后就归街道管了。高奶奶还是不太明白，不明白居委会应该怎么个管法，两名军人年龄都不大，其中有个胖子不耐烦了，说

你们管不管无所谓，反正这人是交给你们了。

高奶奶说好吧，那就把话说说清楚，这个人他到底是好人，还是坏人。胖军人有些不明白，高奶奶问他是阶级敌人，还是人民群众，胖军人想了想，说当然是人民群众，现在我们只能这么对你说，他已经脱了军装，再也不是现役军人。

高奶奶不放心，又问了一句："就是人民群众？"

两名军人异口同声说："对，就算是普通的人民群众吧。"

既然是普通的人民群众，只是一个老百姓，高奶奶也犯不着再为难赵文麟了。事实上，她很快就开始同情起这个男人，高奶奶注意到这个轻易不肯开口的邻居，总是默默地对着妻子的相片发怔。客厅里悬挂着紫曼的大幅遗像，在她的注视下，他常常一坐就是几个小时。赵文麟的三个子女都已到农村去了，他一个人在家，除了枯坐，伏在案头写字，也没有别的事情可以打发时间。

闲着也是闲着，既然他能写一手很漂亮的毛笔字，高奶奶就让赵文麟抄写布告，用彩色粉笔写黑板报。内容无非是帝国主义亡我之心不死，要认真做好防止敌人突然袭击的准备。赵文麟对高奶奶的要求来之不拒，尽管让他抄写的那些内容似是而非，很不靠谱，对战争的认识肤浅可笑，然而能有些事情做做，就像让孩子们去挖那些无用的防空洞一样，总比无所事事好。

真正让赵文麟感到战争正在迫近，是当年将他送回家的两名军人，又突然出现在他面前。从妞妞学校回来的第三天，他们带着军用文件，带着上级的命令，专程赶过来向赵文麟传达指示。这一次，这两个人是骑着一辆军用三轮摩托来的，他们的摩托穿过曲折小巷，在众人眼光的注视下，一直将摩托开到院子门口，然后跳下车子，径直走了进来，从闻讯出来的高奶奶身边经过，来到赵文麟

身边，很正式地行了一个军礼。突如其来的军礼，让赵文麟感到有些不适应。他出于本能地举起手来还礼，几乎与此同时，又意识到自己其实已经不再是军人了，他已经被脱去军装，成了一名离职在家的老百姓。

多少年以后，人们重新谈论起林副主席的一号命令，各有各的观点，各有各的说法，可是这个命令究竟是怎么回事，它的实质是什么，没有一个人说得清楚。1969 年的某一天，一号命令像一阵飓风一样，突然席卷了中国大地，来得快，去得也快。然而对于赵文麟来说，在 1969 年的某一天，一号命令却表现得非常具体。两名军人中那位胖子缓缓地拿出了文件夹，非常严肃地打开，很郑重地向他宣布了上级的决定。鉴于苏修入侵捷克斯洛伐克的教训，防止敌人可能发动的突然进攻，类似赵文麟这样的退职军人，应该立刻疏散，离开大城市，到偏僻的农村去。

立刻疏散，到偏僻的农村去，这些词汇赵文麟听着并不陌生，这段日子，已经耳熟能详，常常听别人说起，孩子们也在议论，高奶奶也不止一次说起。不过所有这些相关话题，好像与他都没什么直接关系。都是别人在说，都是别人在议论，赵文麟仿佛早已经被人忘记了，他应该何去何从，根本就没有人在乎。现在，突然来了两个军人，来了两名军校的工作人员，很认真地向他宣读了上级的文件，宣读了文件上的命令，宣布了组织上对他做出的决定。一时间，赵文麟心里暖洋洋的，他觉得自己还是一个有单位关心的人，意识到自己还没有被组织完全忘记。

两位年轻军人只是一味地神情严肃，并没有告诉赵文麟他应该到何处去，他们很严肃地宣布了这个决定，要他立刻准备疏散，最好是去人烟稀少的农村。念完了文件，他们看了看四周，已经完成任务，便像来时一样准备匆匆离去，临行前，问赵文麟还有什么要求。赵文麟感到很意外，因为他被搞糊涂了，不清楚自己应该去什么地方，这两个人似乎没有把命令说完，赵文麟并不知道组织上是如何安排自己。他们给他带来了两个月的薪水，意思已经十分明显，就是尽快疏散，最好是到农村去，至于具体去什么地方，怎么去，组织上已经管不了，他可以自行处理，爱上哪上哪，想去什么地方，就去什么地方。

随着震耳欲聋的摩托声远去，赵文麟心头浮起的一点暖洋洋，仿佛乌云背后露出的一缕阳光，短暂地闪亮了一下，又立刻消失了。他刚刚被人想起来，又立刻被人忘记了。赵文麟意识到自己又一次被抛弃，又一次陷于无人过问的境地。

第三章

赵文麟一个人在藤椅上静静地坐了几天，坐在那里发怔。转眼已经过了白露，到傍晚，忽然下起大雨，很大的雨，闷热的天气立刻变得凉爽，甚至有了些寒意。下了大半夜，天快亮时才停下来，雨过天晴，百无聊赖的赵文麟静极思动，突然想到了要出门走走。他打算去见路以和，拜访一下自己的老熟人。路以和是军校的副校长，是赵文麟的领导，与他的私交向来不错。赵文麟突然想到可以去向路以和打听一下消息，听听他的意见。

路上行人很少，大街小巷都显得空荡荡的，挖好的或者挖到了一半的防空洞随处可见。公共汽车站上竟然没有候车的人，赵文麟在站上等了一会，正在怀疑会不会有车的时候，一辆空车呼啸而来，速度很快，远远地奔过来，快到面前才急踩刹车，尖叫的刹车声非常刺耳。车上只有司机和售票员，公交车稍作停顿，车门还没有来得及完全关上，已像一头受惊的野马飞奔而去。由于车子开得飞快，赵文麟不得不抓紧扶手，在摇晃中付钱买车票。年轻的女售票员不经意地问他要去哪，然后撕了一张票，加上找的零钱，塞到赵文麟手上，招呼他赶快坐下。

一路上，女售票员与司机都在大声说话，汽车开得快，噪音也大，他们不得不像吵架一样高声嚷嚷。赵文麟听不明白他们在说什么，女售票员显然正说着一件有趣的事，一边说，一边笑，开车的司机受她影响，把车子开得飞快，仿佛喝醉了酒一样，然后又猛踩刹车靠站。从下一站开始，车上的人渐渐多了起来，再往后，都挤满了，女售票员一个劲地喊大家买票。路以和住得很远，与赵文麟住的地方，基本上是从起点到终点。因为有座位，他显得很有耐心。许久没有出门了，外面的一切都让他感到陌生。当公共汽车空荡荡的时候，赵文麟曾产生了一个错觉，以为这个城市的人，都已经疏散了，完全是大战即将来临的气氛，然而随着人越来越多，战争即将来临的阴影，便仿佛不再存在。就好像大白天不太会有鬼出现一样，人多了不仅热闹，而且还有一种安全感。

没想到赵文麟会去做客，路以和正坐在自家院子的菜地里除草，看见赵文麟，他十分高兴地大声招呼，然后很吃力地从小凳子上站起来。在过去，路以和是一个又瘦又小的男人，现如今，却成了一个十足的矮胖子，肚子相当大，腮帮子上全是肉，说话声音洪亮，中气很足。

“真是稀客了，老赵，怎么会想到来我这里？”

与国民党军人出身的赵文麟差不多，老红军老革命的路以和

也一样靠边站了，虽然没有被脱去军装，没有被抄家，没有被隔离审查，却只能赋闲在家，在自家的菜地里忙活。当然，他享受的很多待遇还没有完全改变，仍然住着为将军修建的独幢小楼，有一个保姆和一个警卫员。一看到赵文麟，他便扯着嗓子喊警卫员小牛杀鸡，又通知保姆小李加菜，然后招呼老伴彭璧，说小彭你给我赶快出来，今天来稀客了，老赵这家伙也不知道是从哪冒出来，今天我要跟他好好地喝两杯。

路以和的妻子彭璧闻声走了出来，这个彭璧跟赵文麟也应该算是熟人，她与他妻子紫曼不仅是中学同学，赵文麟夫妇还是她和路以和的结婚介绍人。紫曼在世时，常常要跟路以和开玩笑，要他感谢她，因为没有她这个媒人，他这位老红军老革命，和彭璧就成不了夫妻。紫曼的性格非常要强，为人不苟言笑，与路以和夫妇在一起，是她难得的有说有笑的时候。

虽然早就知道紫曼自杀了，但是因为一直没有与赵文麟见过面，彭璧见了赵文麟，竟然一时无语，不知道说什么好。赵文麟也有些触动，很显然，当他面对彭璧的时候，他又一次想到了紫曼，想到了做媒时曾经开的那些玩笑。赵文麟不知道自己应该如何回答彭璧的询问，想到她可能会没完没了打听，为紫曼的自杀指责自己，会为老同学流泪，会问起他们的三个孩子，他便有些心烦意乱。所有这些话题，都是赵文麟所不愿意面对的，他现在根本就没有心情来说这些。今天来见路以和的目的非常简单，他就是想问问疏散的事情，想听听路以和的建议。

让赵文麟担心的对话并没有出现，彭璧只是怔了一怔，然后便若无其事地与赵文麟敷衍起来：

“老赵，我跟你说，前几天我们老路还在念叨你，没想到今天

就真的来了，你可真是稀客。”

路以和哈哈大笑，连声说不错不错，前几天，我们还真的说到你了，是很久不见，这老赵也不知道怎么样了。我说老赵，真是有很多日子不见了，你现在到底怎么样了，还行吧，没什么大事吧。赵文麟苦笑笑，叹气说这个年头，还能够凑合和将就，还能够活着没事，就不错了，就算是行了，就还算说得过去。

中饭很丰盛，有很多菜，甚至还拿出了珍藏多年的茅台酒。路以和是湖北人，口味重，他家里的每一道菜都是辣的。受他的影响，不但原本不能吃辣的彭璧也能够吃辣，就连跟他们一起生活的彭璧母亲，也就是路以和的老丈母娘，也开始喜欢上了吃辣。路以和与前妻生的两个孩子都在部队，与彭璧生的三个孩子也在部队，这三个孩子中，其中有一对是双胞胎，这两个孩子参军的时候，年龄还没有到十六岁，他们的姐姐是一家野战医院的护士。与路以和和赵文麟同桌吃饭的四个孩子，一个是彭璧弟弟的儿子，一个是保姆小李的儿子，另外两个是警卫员小牛的女儿，都还在上小学，既然自己的子女都不在身边，路以和便把他们当作了自己的孩子。对于这些孩子，赵文麟根本就弄不清他们谁是谁，除了孩子，还有三个老太太，路以和的母亲和伯母，他的丈母娘，这三位老人也都跟着他们生活，就一张不大的八仙方桌，人多了坐不下，大家轮番上桌，风卷残云，谁也不客气。菜吃完了就又添，再吃完了，再添。

赵文麟与路以和因为要喝酒，始终坐在桌子上，路家热闹的大家庭气氛，让多年来总是处在寂寞中的他越发觉得自己的孤单。席间，彭璧突然提到了赵文麟的三个孩子，听说这三个孩子都已经上山下乡当了知青，路以和有些不乐意，说老赵你真是糊涂，干吗不把孩子往部队里送。赵文麟无言以对，路以和又说，你我当了一辈

子的兵，把孩子送到部队去，这个就是天经地义，上什么山下什么乡，都他妈扯蛋，我跟你说老赵，在哪都不如在部队好。赵文麟仍然是不说话，路以和知道他有难处，拍着胸脯说：

“这事你只要跟我说一声，我打个招呼就行了。”

赵文麟知道路以和不是吹牛，虽然他已经靠边站了，已经没有什么实职，可是部队有部队的规矩，像路以和这样的出身，在军方有很深的人脉关系，他的老部下一个个身处要位，要想往部队里塞几个人轻而易举。酒终于喝得差不多了，菜也所剩无几，桌子上只剩下赵文麟和路以和，赵文麟觉得应该与路以和谈谈疏散这个话题了，这可是他今天来见他的目的，他很想听听路以和的意见。

一听说疏散这两个字，路以和就不太高兴，脸色变得难看，原本酒后发红的面颊，立刻黑了下来。他根本就不相信会打仗。在回答赵文麟的问题前，路以和先发起了牢骚，说自己从来就不害怕打仗，要打就他妈早点开打，别等他老了，走不动路了再打仗。赵文麟苦笑起来，说我们现在难道还不算老吗，我们都这把年纪了。这一次，轮到路以和不吭声了，仿佛泄了气的气球，将脑袋耷拉下来。

路以和在战争年代是一名出色的虎将，在他的戎马生涯中，遭遇的唯一一次重大失利，就是败在赵文麟和李叔明手上。时间是1947年，国共双方的精兵强将在鲁西豫东地区激战，路以和当时是解放军二野刘伯承部的精锐部队，能征善战，赵文麟和李叔明的第四十八旅则属于国民革命军的第五军。第五军是国军的精锐，地道的美式装备，军长邱清泉是黄埔二期生，绰号“邱疯子”，经过八年抗战，第五军兵强马壮，根本不把共军这个对手放在眼里。

路以和被誉为解放军中的常胜将军，在作战方面确实很有一套，一生中打过无数胜仗，偏偏在鲁西南战役中，输给了赵文麟和李叔明。这件事一直让路以和不服气，耿耿于怀。在 1947 年，国军还占着明显的优势，作为蒋之嫡系的第五军，有恃无恐，一路蛮打蛮杀，孤军深入，而赵文麟的四十八旅恰恰就是急先锋。当时因为第五军太能打了，共产党的三野和二野吃了它不少苦头，谁都不愿意直接碰它，通常是遇到了它就让开，避免与它正面接触，第五军因此也变得更加骄横。

轻敌乃兵家大忌，路以和的部队终于与赵文麟他们遭遇了，因为是孤军深入，赵文麟的四十八旅被团团围在一个县城里。共产党的部队最擅长围点打援，因此虽然围住了对手，并不急于进攻。四十八旅也不慌张，静守等候，结果沉不住气的是路以和，他主动请战，要求攻城，并保证能啃下这块硬骨头。多少年以后，路以和与赵文麟成为同一个军校的同事，说起这场战斗，还是想不明白他当年为什么没有能打下来。

路以和在鲁西南战役中遭受了重大挫折，因为久攻不下，形势渐渐对被围的赵文麟有利，路以和拔虎牙不成，反而被突破阻击赶来增援的四十七旅李叔明部在背后猛攻，赵文麟部也趁机反扑，结果路以和前后被夹击，围歼别人的一仗，变成了自己被围，无奈之下只能仓皇突围，损失惨重。这次失利让延安的中央军委十分震动，直接影响到了后来的晋升，1955 年授衔，路以和只是被授予少将，为此他一直不肯原谅李叔明，他的四十七旅从背后扑过来，玩了一个背后袭击的阴招，这一招太损了。

时过境迁，路以和与赵文麟一样，都不愿意回忆二十多年前的旧事。毕竟路以和是最终的胜利者，而赵文麟和李叔明最后也都在战场上起义投诚，成为人民解放军中的一员。鲁西南战役中，路以

和吃了闷亏，可是在第二年的淮海大决战中，赵文麟和李叔明所在的第五军全军覆没，他们追随多年的顶头上司，已升任二兵团司令的邱清泉生命也走到了尽头。关于邱清泉的死，解放军方面说是在逃跑中被击毙，国军方面却说他是自杀，究竟如何，路以和与赵文麟都不清楚。反正是死了，身上中了好几颗子弹，怎么死已经不重要。在淮海战役中，解放军大获全胜，路以和率领他的胜利之师穷追猛打，赵文麟和李叔明的部队被完全歼灭，最后关头，他们不得不换上便衣，买通了当地贩牛的小贩，重金让小贩带路，才从解放军的眼皮底下逃走。

二十多年后，在路以和家，在酒足饭饱的餐桌上，路以和开始与赵文麟讨论，讨论这仗究竟会不会打起来。仗着酒劲，路以和让彭璧将贴在墙上的世界地图揭下来，彭璧不肯答应，他便拍桌子，让警卫员小牛去揭。小牛闻声过来，弄明白他的意思以后，说首长这个可不行，地图是粘在墙上的，一揭下来，还不把地图给弄破了。路以和便继续发飙，说叫你怎么做，就怎么做，怎么那么多废话。

保姆小李过来收拾桌子，刚擦干净，小牛已将揭下来的世界地图送过来，路以和戴上了老花镜，将地图摊在吃饭桌上，又让小牛赶快把放大镜拿过来，然后开始很认真地与赵文麟研究战争形势，分析敌人可能从哪几个方向进攻。很显然，老毛子可以从三个方向，向我们发起攻击，东路，北路，还有西路。从现在掌握的情况来看，似乎东北的局势最紧张，珍宝岛那里摩擦不断，可是一旦真正开打，苏修的军队借道蒙古的可能性便会更大。

“这里离北京更近，换了我，肯定也会把主攻方向安排在这，”路以和指点着地图上的位置，征询赵文麟的意见，“老赵，你说对不对？这一招很毒辣，不是吗？”

赵文麟看了一眼地图，不置可否。

“不光是老毛子的问题，如果这美帝国主义也趁机捣蛋，躲在台湾的老蒋也一起配合进攻，形势就会变得很严重，真的很严重。”

赵文麟觉得自己早已不是军人，这仗应该怎么打，跟他没什么太大关系。现在他最关心的是应该疏散到什么地去，自从参军以后，作为一名职业军人，赵文麟已经习惯于听从别人的安排，上级如何说，他就如何去做。服从命令是军人的天职，此时此刻，他很想听听路以和的意见。虽然他们曾经是战场上的对手，然而更多的时候，路以和是他的领导，是他的顶头上司，是他所在军校的副校长，也是他不多的朋友之一。

路以和继续他的战略分析，也不管赵文麟是不是在听，继续分析下去。他坚信战争真打起来，中国的军队只能往西撤，就跟当年的老蒋一样。他说到这一点，情不自禁地叹了一口气，而且还没忘了调侃赵文麟一句：

“不过这样也好，蒋介石的这套战术，你不是正好熟悉嘛。”

第四章

最后送赵文麟出来的是彭璧，路以和显然有些喝高了，站起来，声音很大，摇摇晃晃地非要送赵文麟。彭璧说我还有些话要跟老赵说，我来送他吧。路以和红着脸，说有什么话，不能当着我的面说。彭璧不理他，他便追着问，喂，你到底要跟他说什么，不许在背后说我的坏话。

彭璧一直将赵文麟送到公共汽车站，她告诉神情沮丧的赵文

麟，根本不要指望老朋友路以和能给他出什么主意。泥菩萨过河自身难保，时局如此，路以和自己都不知道应该疏散到哪里去。与赵文麟一样，事实上，他也已经被组织上遗忘了，眼下根本就没人想到早已靠边站的路以和。前些日子他们夫妇还在一本正经地商量，真要是疏散，路以和准备作为彭璧的家属，跟着她所在军区医院一起转移。彭璧去哪，路以和便跟着去哪，至于与他们一起生活的三位老人，最后应该怎么安排，他们实在想不出任何办法，也许到时候只能狠狠心肠，扔下她们不管了。

彭璧的一番话，让赵文麟感到一些安慰，既然路以和这样的老红军老革命都没人管，已被脱去解放军军装的赵文麟被组织上抛弃，也是理所当然，完全在情理之中。毕竟他是国民党军人出身，有过反共的历史，如今这年头，不说他是潜伏的特务，不追究他是历史反革命，已经算很客气了。再说了，值此乱世孑然一身，他孤零零一个人，仔细想想，反倒比路以和更了无牵挂，更自由。公共汽车迟迟不来，赵文麟让彭璧先回去，可是她执意不肯。她似乎有话要对赵文麟说，却是一直说不出口。终于车子来了，彭璧总算把憋在心里的话最后说了出来，她红着眼睛，怆然地说：

“紫曼其实完全不应该那样，她干吗非要那样呢！”

赵文麟上了汽车，彭璧选择这时候对他说这样的话，当然是有意的，只有这样，他们才可能不继续说这个话题。这是个让人疼心的话题，赵文麟想起刚刚在路以和家，曾看见彭璧对路以和耳语，她一定是在告诫他，不要在赵文麟面前提起紫曼。紫曼自杀前，曾经与彭璧见过一面，她一定跟彭璧说过什么，联想到紫曼留下的遗书，赵文麟相信她一定会在彭璧面前报怨，会留下很多怨言。紫曼是带着对赵文麟的怨恨离去的，坐在公共汽车上，赵文麟突然感到一阵阵心酸，他觉得自己实在太对不起紫曼了。

一路上，赵文麟都在思念紫曼，突如其来的愧疚，让他心如刀绞。这时候，他开始有些后悔，后悔刚刚在路以和家，没有说说紫曼的事情。索性与他们夫妇多说说紫曼。有什么必要不谈紫曼了，自从紫曼自杀以后，除了开始那几天，以后就再也没有人跟他提起。大家都在避免说她，孩子们不提，邻居不提，熟悉的人都不提，就好像没有她这个人一样。赵文麟明白，大家越是不提她，越是在心底里谴责他，显然谁都知道，紫曼是因他赵文麟而死。

公共汽车还是很空，街上仍然没有什么人，一道长长的围墙上，用石灰水写着“深挖洞，广积粮，不称霸”的标语，每一个字都很大。平心而论，大仗来临的感觉并不强烈，好像疏散这样的字眼，只跟一部分特殊的人群才有关系。甚至马路上的大标语，也是两个套路，一路是对外的，要准备打仗，要让胆敢入侵的帝国主义有来无回，另外一路是对内的，要深挖“五一六”，要将文化大革命继续深入到底。

赵文麟提前两站下了车，他突然想到可以顺带去看一下何道州夫妇。何道州是赵文麟的姑夫，虽然住在同一个城市，他与他的来往并不多。何道州居住在一栋很漂亮的房子里，赵文麟出现时，他们夫妇正在讨论如何疏散，跑来开门的阿娟一见赵文麟便大叫：

“唉呀呀，六少爷来了，老先生何太太正没主意呢，六少爷你来得正好，正好帮他们拿个主意。这几天一天到晚乱死了，老先生跟何太太一会一个想法，不知道怎么办才好。”

一时间，赵文麟感觉到了时空的穿越，他早已经不习惯“六少爷”这样的称呼，这个称呼听上去怪怪的。阿娟是何道州家的女

佣，说起她来，真还是很有一段历史，她在何家已服务了三十多年。赵文麟不由地想起三十多年前，南京即将沦陷，也是去何道州家，也是像今天这样敲门，当时只有十六岁的阿娟奔过来开门，闪亮着一双大眼睛，问他日本人会不会打到南京来。赵文麟笑着安慰她，说这样的事不会发生。阿娟便追着问，那为什么我们要去武汉呢，武汉是不是很远很远。

如今的阿娟已是一名中年妇女，她一边送赵文麟进去，一边抓紧时间询问，问他是不是真的会打仗，到底是要跟谁打，我们能不能打赢。赵文麟不知道如何回答才好，便问姑姑和姑父身体怎么样。正说着，已经到客厅，赵文麟的姑姑学苑闻讯过来，大声说文麟你怎么来了，立刻高声招呼何道州，说老头子你赶快过来，文麟来了。

何道州曾经当过副省长，因此在“文革”前，一直享受着副省级待遇。“文革”开始，他退休在家，似乎也没受到什么太多的冲击，只是待遇打了折扣，公家指派的秘书没了，司机也没了，好在保姆还在，熟悉的阿娟还在照顾他们。何道州开门见山，说文麟你觉得我们这个想法好不好，我们打算去潢川二官那里，二官来信，让我们过去。

二官是赵文麟的表弟，何道州夫妇本来有一儿一女，大女儿在十三岁的时候夭折了，只剩下弟弟路清。路清在北京的团中央工作，眼下正在河南的干校劳动。与赵文麟一样，将近八十的何道州夫妇也接到了疏散通知，让他们尽快给自己找个安置的地方。

学苑说：“我们也没什么人可以商量，事到如今，当然是与二官在一起最好。”

何道州说："二官那地方很好，就是交通有些不方便。不过，打起仗来，越是交通不方便的地方，自然是越安全。"

学苑觉得三言两语说不清楚，又去卧房拿了几封儿子的信过来，让赵文麟先看信。赵文麟将信接了过来，他在看信的时候，何道州就在旁边没完没了地嘀咕：

"二官的领导其实非常欢迎我们过去，当然了，那边的条件是艰苦的，大家都住在一个房间里，也没有卫生设备，好像也没有自来水，对了，电灯倒好像有的……"

学苑不耐烦地说："你让文麟先把信看完好不好，二官信上不是说了，电也是刚拉的，老是要停电的。"

"艰苦一点又怎么样，"何道州不乐意自己的话被打断，"不是正好可以改造一下我们的思想吗。"

赵文麟尽量不让他们的话干扰自己阅读，匆匆将那几封信扫了一遍。信的内容显然不像何道州说得那么轻松，路清反复强调自己的担心，担心两位老人禁不起长途颠簸。从南京去河南潢川，光火车要转两次，转长途汽车，路程还得八九个小时才能到达县城，再从县城到干校，又得六个小时。路清的意思，既然疏散一定要离开南京，两位老人又有别的地方可去，当然可以考虑去他那里。事已如此，领导也没有理由反对，可是干校的居住条件确实太糟糕，因此不妨考虑在县城为二老租一个房子，同时将阿娟也带去，这样生活就不成问题了。

赵文麟发表自己的意见："我觉得路清的想法是对的，确实住县城里好一点。"

赵文麟又说："阿娟能跟你们一起去，这很好。"

阿娟的丈夫原来是何道州的司机，是正式职工，何退休在家，

他便回机关开车，眼下又跟着机关一起去了干校。他们的干校离南京不远，就在镇江旁边，阿娟因为要照顾何道州夫妇，已经将自己的两个小孩送到丈夫的苏北老家，交给爷爷奶奶照看。

何道州不无感慨，说："幸好还有一个阿娟照顾我们！"

说起阿娟，何道州夫妇十分感激，患难可以见出真情，值此关键时刻，她能够不离不弃，真的很不容易。她在这个家已服务了三十多年，平时也不是一点矛盾没有，况且是在"文革"之中，雇佣关系往往都会很紧张，主动站出来检举和揭发主人的佣人并不少见。

赵文麟问他们准备什么时候动身，学苑说不清楚，因为上面只是派人来跟他们谈了一次话，只是叫他们做好准备，想好要去哪里，怎么去，什么时候去，还要等进一步的消息。

"反正我们现在怎么都是个负担了，老了，也没人愿意管了，"学苑叹气说，"做梦也不会想到，都七老八十了，又遇到这么一个乱世。"

何道州说："怎么能说是乱世，要打仗，这是好事。我们不怕打仗，不怕打大仗，让帝国主义暴露得更彻底一些，在毛主席的领导下，我们一定会取得最后的胜利，这个是一定的。"

"会不会扔原子弹呢？"

"扔原子弹怕什么，我们也有，要扔大家一起扔，谁怕谁呀！"

学苑嘀咕了一句："这个仗真要是打起来，我们怕是看不到最后的胜利了。"

何道州难掩被冷落的沮丧，没想到自己这样身份的人，最后也会无人过问，但是他不愿流露出自己的失望，故意做出很乐观很豁达的样子。学苑喋喋不休地问赵文麟应该怎么研判形势，这个仗

是不是真的会打起来，南京会不会像抗战初期那样，又一次落入敌手。她满脸困惑十分无奈，弄不明白到底是要和谁打仗。我们的敌人究竟是美帝，还是苏修，会不会真是一场核战争呢，我们反对了那么多年的美帝国主义，为什么更讨厌苏联这个修正主义国家，这些话题她与何道州反复讨论过很多次了，现在只是旧话重提，又一次对侄儿赵文麟说起。

从何道州家出来，反正也就两站路，赵文麟干脆步行回家。他感到了轻松，有一种说不出的欣慰。看来大家的待遇都差不多，无论老红军老革命的路以和，还是一直被尊为著名民主人士的何道州，面对要疏散的一号命令，都如出一辙，都是要让他们准备离开这个城市。好一似飞鸟各投林，怎么离开已经不重要，事到如今大战将临，他们爱去哪就去哪吧。

赵文麟发现还是家里好，在自己的住处，没有那种要打仗的紧张气氛。高奶奶过来问他这一天去哪了，为什么出门也不打一个招呼。高奶奶说什么疏散不疏散的，那都是有地位有身份的人的事，我们老百姓就没这个烦恼。

吃晚饭的时候，高奶奶无意中说起当年的旧事，说想当年日本人要来，这个南京城才真是乱成一片，一天一个样子：

“那时候，老百姓能往哪走，有些身份的人都走了，把我们老百姓都留给了日本人。”

高奶奶似乎觉得这话不太对，不再往下说了。

赵文麟问：“日本人来了，你们怎么办呢？”

“怎么办？还能怎么办？”高奶奶叹着气说，“都去难民区，幸好有一个难民区，我们那时候都躲到那里去了。”

赵文麟没有就这个话题与高奶奶继续下去，作为一名职业军人，作为当年南京保卫战的亲历者，一提起这场让他感到耻辱的战争，他的心就会猛地收紧起来。往事不堪回首，历史不可能重演，与何道州一样，赵文麟坚信一旦战争打起来，中国还会是最后的胜利者。

晚上睡觉时，赵文麟翻来覆去，难以成眠。他想到了路以和与何道州，想到他们虽然没有最后决定去什么地方，可是大致方向却还是有的，路以和可以跟彭璧的军区医院一起转移，何道州可以去河南潢川与儿子在一起。赵文麟仍然不知道自己应该去什么地方，显然，他根本就没地方可去。

赵文麟不由地想起 1937 年，想起了南京城被日军攻陷的那一天。三十年前的一幕幕场景，又出现在他的面前，像噩梦一样挥之不去。经过四个月激战，他所在的教导总队从上海一路退下来，被安排在郊外的廖仲恺墓附近高炮阵地上。日本人的侦察气球肆无忌惮地出现在城市上空，炮声隆隆枪声连绵，虽然遭遇了一次次的失利，虽然和日军实力相差太悬殊，他们的士气却一点也没有减弱。12 月 12 日下午，许多重要关口已经失守，日军开始往城里冲。恰恰就在这节骨眼上，赵文麟指挥的炮兵又打下了一架飞机。当时他的职务已是连长，根据规定，每击落一架敌机，可以领取五百元奖金，于是他兴冲冲跑到指挥部去领奖。

指挥部里早已乱成一团，赵文麟见到了参谋长邱清泉，由于坑道里很热，邱清泉穿着一件酱色毛衣，十分从容地在抽烟。听完汇报，邱清泉笑着表扬了一句，说打得好，这奖金以后再给你们吧，然后便问他有没有接到撤退的命令。

赵文麟很意外，他从来就没想过会撤退，也不知道此刻城里的情况早已是惨不忍睹。很显然，因为混乱，他所在的炮兵阵地并没有接到撤退命令。邱清泉命令他赶快回去召集队伍，进城，到马标集合。

已经到了火烧火燎的时候，邱清泉却没流露出丝毫的慌张，他很冷静地对赵文麟说：

“立刻渡江去浦口，火炮和不能携带的军械，全部毁了，不能留给敌人。”

第五章

女儿天天的突然回家，让赵文麟感到很意外。她是半夜里回来的，嘭嘭嘭，风风火火地打门，进屋后喊了一声爸，二话不说，就要躺下来睡觉。赵文麟想不明白这是怎么回事，天天不耐烦地说：

“爸，你先让我睡一会好不好，人家都几天几夜没睡觉了。”

这一躺下，就是整整一天，到第二天的黄昏时分，天天才伸着懒腰爬起来，连声喊睡得舒服，太舒服了。在她倒头呼呼大睡的时候，赵文麟已经蹑手蹑脚地看了女儿很多次。自从天天下乡插队，这还是她第一次回家，除了来信中的三言两语，他对她目前的情况基本上是一无所知。女儿的突然回来，让赵文麟感到有些不放心，毕竟她是个女孩子，他只怕她在外面受了别人的欺负。

一年不见，女儿显然有了太多变化，变黑了，变高了，好像还变胖了一点。从床上爬起来，天天也不急着洗漱，摸了摸肚子说：

“爸，我饿了，有什么能吃的？”

赵文麟不放心地问：“天天，你还好吧？”

“我，很好呀，”女儿大大咧咧，笑着说，“怎么，我看上去有什么不好吗？”

看着女儿充满阳光的笑容，赵文麟感到一阵欣慰，皱了皱眉头说：“怎么突然回来了，也不先说一声。”

“喂，不欢迎我回来是不是？”

结果晚上赵文麟带着女儿去了四川酒家，要了一份狮子头，一个杂烩汤，一盘宫保鸡丁。天天一边吃，一边大呼过瘾，一个劲地喊好吃，已经多少日子没有这么痛痛快快地吃肉了。赵文麟看女儿吃得这么高兴，说我们明天再来，再吃一次狮子头。记忆中，天天是不太爱吃肉的，现如今对狮子头有这么好的胃口，肯定是在乡下饿狠了。她原来也不怎么吃辣，点宫保鸡丁也是她的主意。看来到农村去插队还真是有好处的，经过一年的锻炼，女儿已经不怎么挑食了。

吃饱喝足，女儿很严肃地对赵文麟说：

“爸，跟你说一个事，已经决定了，我不想再在延安待下去，我要去云南。”

赵文麟不太明白她的话，天天去陕北插队，当时也是她自己拿定主意，根本不跟别人商量。按照赵文麟的想法，他的三个孩子既然都得下乡，当然是最好去同一个地方，像现在这样，一个东北，一个云南，一个陕北，实在是隔得太远。女儿突然打算去云南，赵文麟首先想到的是她要去二哥那里。

女儿说我们已经商量好了，实话告诉你吧，我们是要去缅甸，支援世界革命。

女儿说这番话，显得十分兴奋，眼睛里放着光，老气横秋地说：

“爸，知道不知道缅甸在什么地方？”

女儿天天的决定让赵文麟大吃一惊，原来她要去云南和二哥没有一点关系，他们甚至都没有通过信。她要去云南，只是受了一起插队的同伴影响。当时的缅甸，靠近中国边境那个区域，也就是所谓金三角附近，活跃着各种不同势力的武装力量，有反动的政府军，有山官土司封建奴隶主的世袭领地，有当年被解放军赶到缅甸的国民党残余部队，当然也还有我们所支持的缅共游击队。天天和她的同伴要去云南，就是想从那里跨过国境，进入缅甸境内，参加由中国知青组成的“知青旅”，与缅共游击队共同作战。

一时间，赵文麟无话可说，女儿刚提出来要去云南的时候，他脑海里有个念头一闪而过，这就是既然天天也决定去云南了，他也可以考虑去那里，这样既离开南京完成了疏散任务，又可以跟儿子女儿在一起，真是两全其美的选择。如果有可能的话，就在云南养老也没什么不好。女儿的决定让赵文麟意识到自己的念头很可笑，仿佛一个美丽的肥皂泡，还没有飘到他面前，就已经无情地被戳穿了。

从四川酒家出来，回家的路上，赵文麟如鲠在喉，想对女儿说些什么，又不知道如何开口。天已经完全黑了，街上也没什么人，走到一盏路灯下面，赵文麟回过头来，很无望地看着女儿，迟疑了一会，说去缅甸那个地方可不是一件小事，你千万要想想好，要多想想困难。女儿说，这个有什么可以多想的，

我们年轻人，就是要到革命最需要的地方去，越是艰苦，越应该去，要想到世界上还有三分之二的人在受苦受难。天天满打满算，也就十七岁多一点，一言一行，仍然充满了稚嫩，但是因为有了饱满的革命理想，又让她显得不一般的成熟。

赵文麟忍不住还是说出了自己的担心：

“天天，缅甸那边的环境非常不好，可以说是非常恶劣，你爸爸我去过那个地方，一条小命差一点就丢在那里。”

“爸爸去过那儿，”女儿有些意外，表情很吃惊，“你怎么会跑到那儿去？”

“去那儿打过鬼子，打日本鬼子，我们有好多人都死在那儿。”

女儿还是不明白赵文麟在说什么，她不明白他为什么要跑到缅甸去打日本鬼子。不过她知道父亲曾经是国民党的军人，因此冷笑着说，我知道了，你们是国民党，是反革命，当然打不过日本鬼子，我们不一样，我们代表了正义，我们有毛主席的战略思想，我们一定会取得最后的胜利。

赵文麟又一次无话可说，与女儿继续往前走，一路无语，终于回到家。他觉得自己有许多话可以跟女儿说，他想和女儿说一说当年的中缅印大战，说一说野人山的森林，说一说当年牺牲的五万多远征军将士，可是千头万绪，真不知道从何说起。说了宝贝女儿也不会相信，他根本就不可能说服她，对于年轻的孩子们来说，历史的真相根本就不存在。一想到这个，赵文麟就觉得有些悲凉，觉得自己太不会说话了，没办法把自己肚子里想说的话说出来，在过去的岁月里，无论对妻子紫曼，还是对三个孩子，他都显得毫无权威可言，总是做着无原则的让步。作为一个在枪林弹雨中走出来的幸存者，在家人面前，赵文麟没有一点点军人的强悍。

女儿说：“爸，你是不是很后悔参加了当时的国民党，对了，你们那叫什么的——国军。”

赵文麟说他从来没感到后悔，他说自己问心无愧，才不管它什么共产党和国民党，年轻时的他向来是不问政治，只想着要打小日本。女儿冷笑说，什么呀，你那是上当了，国民党根本就不打日本人，打败日本鬼子的是共产党，蒋介石是从四川峨眉山上跑下来摘桃子。

第二天上午，下起了小雨，天天还没起床，妞妞跑过来把她弄醒了，说天天姐姐都几点了，你还不赶快起床。眼见着就要十月一号了，妞妞所在的学校要参加国庆游行，要组成一个红卫兵方阵，穿黄军装，扛自制的红缨枪。她做到一半，束手无策，便跑来叫天天帮忙：

“天天姐姐，帮我一个忙，帮我做一杆红缨枪吧。”

天天说：“这个容易，已经做成什么样子了，让我看看你是怎么做的。

学校里给每位参加游行的同学发一个木制红缨枪头，剩下的枪身和红缨要同学们自己去弄。枪身好办，找一根差不多的竹竿就行，偏偏这用来装饰的红缨把妞妞给难住了。天天了解了一下情况，笑着说，这个好办，你等等，我等会帮你找。于是她从床上爬起来，刷牙洗脸，然后翻箱倒柜，找到一条她读书时用的红领巾，用剪刀将它剪成一条条的。妞妞在一旁看着，并不是很满意，嘀咕着：

“这个行吗，不行吧。”

天天便说：“为什么不行，为什么？”

妞妞说：“这不好看，不好看。”

天天说：“谁说不好看，谁说的，我就觉得蛮好，你看，这样不是挺好吗？”

妞妞仍然有些不满意，便回过头来，向赵文麟询问：

“赵师傅，你觉得怎么样？”

“你怎么叫我爸‘赵师傅’，他怎么就成了赵师傅了？”天天听了乐了，笑呵呵地说，“喂，赵师傅，你觉得这样怎么样？”

赵文麟当然觉得不怎么样，不过他还是安慰天天，说这样其实也挺好，反正是做做样子，有点红缨做装饰就行了。妞妞嘟着嘴，说我觉得这样不好看。天天不屑地说有什么不好看，就这样挺好，反正是闹着玩的。两个人你一句我一句地争起来，赵文麟让她们别斗嘴了，问她们知道不知道红缨枪上为什么要有红缨。妞妞想了想，说没有红缨不好看。天天懒得回答，赵文麟便又问了一句，非要让她回答。天天说红颜色好，代表了革命，是枪杆子里出政权的意思。赵文麟叹着气，摇了摇头，很认真地解释说：

“其实很简单，在战场上打仗，两军交锋，你把这玩意扎到敌人身上，枪尖上会有血，这血会顺着枪尖淌下来，有了红缨，它就可以把血吸了，不让血顺着枪杆淌下来，滴在手上。红缨是红的，血也是红的，有没有血都一样，这样一来，一个人对血的恐惧就会少了很多。”

天天和妞妞毕竟是女孩子，听了这样的话，顿时有种血淋淋的感觉，脸上表情都有一些诧异和惊恐。妞妞便问天天，如果面前真有敌人，敢不敢用红缨枪去扎他。天天说这都什么年代了，谁还会用这破玩意，现在都用枪，啪的一扣扳机，敌人就完蛋了。

接下来，赵文麟为女儿准备早餐，他已经为她买好了烧饼油条，还有豆浆。天天开始吃早餐，妞妞的眼睛东张西望，不知道干什么好。突然，她的眼睛落在了紫曼的遗像上，她盯着那张照片看了一会，有些不解地问道：

“天天姐姐，‘五一六’到底是怎么回事，什么样的人，才会是

‘五一六’分子？”

“这个说不清楚，反正是阶级敌人吧，”虽然外面整天在喊要深挖“五一六”，天天真弄不清楚是怎么回事，她不得不向父亲赵文麟请教，“爸，到底什么才是‘五一六’呢？”

赵文麟对什么才是“五一六”，也是一无所知，据他了解的一些情况，耳朵边所能听到的讯息，被打成“五一六”的，往往是那些文革初期的造反派。没人能弄明白“五一六”是怎么回事，只知道它是一个反党集团，埋藏得很深，因此成天要喊深挖。

眼见着赵文麟父女都不能回答自己的问题，妞妞很悲伤地叹了一口气。天天说妞妞你这孩子怎么了，好好地叹什么气。

妞妞说 ：“我妈就是‘五一六’，我就是想不明白，她为什么会是，为什么？”

妞妞的母亲曾是南京大学很著名的造反派小头目，她这样的人如果是“五一六”分子，恰好与赵文麟知道的情况差不多，因此也不能算是什么太大意外。“文革”的基本特点，就是斗来斗去没完没了，不同的阶段，会有不同批斗对象，不同的人群遭到批判，会出现不同的敌人，先是批斗走资派，批保皇派，批资产阶级学术权威，批地富反坏右，批五湖四海，批“五一六”，最后还要批林批孔，还要反击右倾翻案风。

妞妞突然凑到天天的耳朵边，很神秘地告诉她 ：

“天天姐姐，我跟你说一件事，你千万别对别人说，千万不要告诉我奶奶，千万别——我妈已经死了，她是自杀，从五楼上跳下来。”

天天吓了一跳，说 ：“真的！”

她说完便后悔了，这种事怎么可能会假。妞妞好像很怕赵文麟

会听到她说的话，又叮嘱天天千万不能说出去，这话她只能告诉她一个人。很显然，所以愿意告诉天天妞妞这事，愿意让她知道自己的秘密，完全是因为天天母亲也是畏罪自杀，她们同病相怜，内心深处有着一样的疼痛。她们的母亲不仅死了，死了还要被别人说，被别人骂死有余辜，说她们是站在人民的对立面上。

妞妞拿着红缨枪走了，要赶去学校参加国庆游行操练。她前脚走，天天便把跳楼的事说了出来，赵文麟听了，也很震惊，这听起来也太惨烈了。虽然是邻居，赵文麟对高奶奶的这个儿媳妇并不熟悉，她并不住在这边，见过几次面，听她在房门口教训妞妞，听她关照女儿要听奶奶的话。

接下来，天天跟赵文麟一起做分析，分析妞妞的奶奶到底知道不知道自己儿媳妇跳楼，看妞妞的神情，高奶奶似乎真是一点都不知道，然而这又怎么可能呢，既然小孩子都知道了，老太太哪能不知道，唯一的解释是都以为对方不知道，这一老一少所以互相隐瞒，就是想推迟些日子，再把这件事情说出来。

女儿去云南前，赵文麟拉着她一起去照相馆拍照。在路上遇到正准备去学校的妞妞，穿着一身自制的黄军装，手上还拎着那杆红缨枪。妞妞问他们要去哪，听说是去照相，便问天天能不能跟着一起去，她反正还有时间。天天看了看赵文麟，父女俩交换了一下眼神，看着她那天真的样子，也不忍心拒绝她。

到了照相馆，妞妞看着他们父女合影，照了一张，赵文麟说妞妞你过来，我们三个一起照一张。妞妞有些犹豫，天天说你快过来呀，我们一起照一个合影。妞妞便将手上的红缨枪靠在墙上，理了理衣服，走了过去，赵文麟让她坐在中间，三个人在摄影师的手势指引下，合拍了一张照片。

拍完照片，赵文麟到柜台去付钱，同时又掏出身上带的旧底片，紫曼年轻时的一张单身照片，他与紫曼的合影，他们全家的合影，一起交给工作人员，请他们加快各印四份。工作人员觉得这太不划算了，说老师傅看来很有钱吗，这么多照片，都加快，要多出来好多钱呢。赵文麟也不多说，让他就这么办。妞妞看了看墙上的挂钟，发现时间差不多了，便告知要去学校。刚离开照相馆，又跑回来，原来她的红缨枪忘记拿了。

照片在第二天就印好了，赵文麟一大早去将照片取回来，先将与妞妞的合影给了高奶奶一张。回到家里，在照片后面题了字，写上时间，分别装在四个信封里，在其中的两个信封上，写了儿子的地址和名字，准备挂号寄出。又在一个信封上，很端正地写上了女儿的名字，然后郑重其事地交给天天。

女儿突然感到气氛有些凝重，说爸你这是怎么回事，好好的，干吗要把这些照片给我们。父亲默默的举动让女儿感到有些不安，天天突然意识到他想和她说些什么，突然意识到他有着很沉重的心思。她是第一次如此清晰地意识到父亲的头发完全花白，赵文麟生于 1911 年，已是五十八岁的人，在天天看来，虽然还没老态龙钟步履蹒跚，可是确实也不小了。她突然觉得孤零零的父亲有些可怜，想起自己和两个哥哥都离开了家，想起了在漫长的日子里，就只有父亲守着母亲的遗像，待在这间又沉闷又古老又阴暗的旧屋子里。

赵文麟叮嘱女儿要保管好她母亲的照片，他说你妈要是还在的话，会很不放心，她会不放心你在外面乱闯。天天笑着说我妈才不会呢，她说爸，我知道不放心的是你，你最疼我了，你心里舍不得我去，又不想说出来。这话说得很到位，说到赵文麟心里去了，他确实放心不下这个宝贝女儿，一想到她执意要去缅甸，心里可以说是百感交集。但是他也找不出阻止女儿的理由，既然就要打仗了，那么在哪里都差不多，战争一旦来临，人就是大风大浪中的一叶浮萍，无论在什么地方都是一样的不安全。他只能想女儿总算是长大了，已能这么懂得自己的心思，真让他感到欣慰。

赵文麟说："我认识你妈的时候，她比你现在也大不了多少。"

天天说："爸，我知道你很喜欢妈妈，我知道你心里一直在想念她——"

赵文麟听了这话，心里无限感慨，再看女儿，发现她的眼圈已经红了。于是把头偏过去，看着墙上紫曼的遗像，半天说不出话来，隔了一会，他有些动情地对女儿说：

"你妈是个很好的人，爸爸配不上她。你知道，她心里其实一直是在埋怨我。"

天天知道赵文麟说这话的意思，妈妈过世的时候，她才十四岁，可是已经明白母亲心中对父亲的怨恨。她不止一次地对孩子抱怨，说你们爸爸害了她，说她这辈子最后悔的一件事，就是嫁给了他。当初有好多好多人追求我，可我真是没眼光，偏偏选了你们爸爸这么一个没用的男人。在孩子们心目中，爸爸对妈妈总是百依百顺，万般呵护，总是让着她顺着她，而妈妈却永远不领情，总是没完没了地责怪，一提起他就充满抱怨。

天天觉得自己应该给父亲几句安慰，说我妈那个人就那样，就是喜欢唠叨，你根本就不要在意。她说妈妈嘴上虽然喜欢埋怨，可是心里还是喜欢爸爸的。赵文麟听了，摇了摇头，说不，说我知道你妈妈心里是怎么想的，是我对不住她，是我害了她。他这么一说，天天倒不知道说什么好了。赵文麟又说，我害了你妈，但是你妈却挽救了我，没有她，我肯定会去台湾，会成为人民的罪人。

第六章

女儿离家的第二天，赵文麟的姑姑学苑打电话过来，告诉他有关部门已专门派人去过何家，宣布了上级领导的重要决定。如何疏散像何道州这样高级别的人士，组织上将做统一安排。学苑说话的口气难免有一点得意，说这样一来，老头子的心情立马愉快多了，抑郁了许多天的坏心情顿时好转，这说明什么呢，说明党和国家还是很在乎他的，不会在关键的时刻丢下他们老两口不管，毕竟何道州对国家是做出过贡献的。

那年头，只有到了何道州这样的级别，家里才够资格装电话，赵文麟要跑到巷口去接传呼电话。有人过来告诉有电话，他一路赶过去，心里便在想究竟会是谁，为什么要打电话过来。借助学苑的声音，赵文麟不难想象何道州会有的得意。他想起那天在何家，何道州夫妇走投无路时的慌张，不得不准备去潢川儿子那里的无奈。学苑说组织上已经放话了，到时候什么都不用准备，带上几件换洗衣服就行了。现在的麻烦，他们老夫妇上面已有安排，原来说好跟他们一起去潢川的保姆阿娟不知道该如何打发，当然不可能带着一起走，看来只好留下她看家。

一直都是学苑在电话里说话，赵文麟也插不上什么嘴。说到最后，学苑问事到如今，他到底有什么样的打算，准备疏散到什么地方去。她说听来人的口气，也就是有关部门派往何家宣布重要决定的人声称，敌人很可能会在近期发动一次闪电战，中国方面必须坚决做好准备，说我们已经严阵以待，不只是要防备他们闪击战，还要做好核战争的准备。考虑到南京是国民党反动派的旧都，是敌人心目中的老巢，有着不同寻常的政治意义，因此一旦开战，很可能就会变成战争目标。学苑说你真的应该赶快离开这个城市，既然已经通知你疏散，你就赶快走吧，我和你姑夫前两天还在说，要是真没有地方去，你可以回白马湖，你干吗不回老家看看呢。这么多年了，老家的房子也不知道怎么样，说不定连房子都已经坍了，都说老房子没人住要坏的，你干吗不回去看看。

学苑电话里的提醒，显然也起了一点作用。事实上，自从有了疏散这件事，他就想到了回白马湖，想到了自己出生的那个地方。赵文麟只是下不了最后的决心，因为这个老家对于他来说，其实是非常陌生，他一生中待过的时间很短很短。

赵文麟又预付了一个月的伙食费，他把钱和大门钥匙一起交给高奶奶，告诉她自己要到外地去一段日子，高奶奶不肯收钱，说你都不在我这搭伙吃饭了，我怎么还能收你的钱呢。赵文麟解释说这是自己的一点心意，就算是拜托她为他看护房子的回报吧。

“房子里也没什么东西，都不值钱，除了紫曼的这张照片，”赵文麟苦笑着，对着照片看，皱起了眉头，“反正也没人会要，本来想把它带走，想想没这个必要，还是挂在那吧，只要这张照片还在，这个家就还在。”

高奶奶听了这话，无语，过了一会，叹气说天天她妈当初真不应该那样，她倒好，一撒手去了，害得活人念念不忘。赵文麟意识到高奶奶这是想到了自己的儿媳妇，也就是妞妞的母亲：

“这年头，死有什么难的，一闭眼就走了，为什么不能替活人多想想呢？”

赵文麟在天黑时出门，他也说不清楚为什么选择了这么一个不尴不尬的时间。总之一句话，他觉得自己应该走了，就毫不犹豫地立刻出发。这时候，他突然感觉到了孤家寡人的好处，赤条条一个人，无牵无挂，想走就走，想去哪就去哪。

到了巷口的公用电话处，赵文麟往路以和家打了个电话，告诉他自己的决定，说他马上就要离开这个城市，打算去什么地方。接电话的是彭璧，她迟疑了一下，问他有没有跟组织上说一声，汇报一下。

赵文麟说，我现在难道说还有什么组织吗。

茫茫夜色中，赵文麟感受到了一种难得的轻松。接下来，一切都很顺利，坐公交车去火车站，买火车票，然后就在空荡荡的大厅里候车。这期间，还到外面的馆子去吃了一大碗面条，因为他突然觉得自己的肚子饿了，突然胃口大开，已经很久没有这样的饥饿感了。

列车要到十二点钟才发车，赵文麟现在有足够的时间回忆过去，他情不自禁地想到了自己在南京火车站的两次情形。一次是1937年，八一三淞沪抗战打响了，他随教导总队出发去上海参战。还有一次是1947年，淮海大战前夕，他回南京探亲，看望新婚不久的妻子紫曼，然后离京赶赴前线。两次记忆都十分清晰，当年的场景仿佛就在眼前，当然这其中很重要的一个原因，可能就是出发前的心情差不多，都是抱着必胜的心情，都觉得即将较量的对手会不堪一击。

先说1937年的那一次，天气很热，乱哄哄的大厅里挤满了人，站台上，大厅外，到处都是军人。由于战事已经在上海打响了，各

式各样的部队都在这集中，然后坐火车往前线开拔。赵文麟所在的教导总队的这个排被派往嘉兴，他们先是在车站外边列队集合，然后排着整齐的队伍，从各种番号的军队旁边经过。仅仅从军容上看，他们就与别人有着太大的不一样，由黄埔学生军组成的教导总队，一直被认为是蒋介石嫡系中的嫡系，清一色的德式装备，军容整洁训练有素。身为排长的赵文麟带着自己的队伍一路走过去，明显可以感觉到别人投过来的赞赏目光。

到了 1947 年的那一次，情况已完全不一样，不同寻常的十年过去了，赵文麟此时已是穿着呢制军服的少将，春风得意，是第五军中的少壮派将领。十年前，他还要亲自去调度室，向调度员咨询，他的那个排被安排在哪一节车皮，他们的辎重什么时候才能到达目的地。现在他可以在贵宾室休息，所有的一切都交给勤务兵去打理。赵文麟记得很清楚，当时他坐的是头等车厢。

列车开出去不到一个小时，便停了下来，由于是在半道上停车，赵文麟知道一定是遇到了什么特殊情况。他毫无困意，车厢里很空，情不自禁地继续回忆过去，用以打发等待的无聊。

赵文麟忘不了当时的场景，多少年来，他始终没有想明白，为什么两次都会是兴冲冲地出征，自以为很快就会凯旋，最后却都以溃败告终，前一次淞沪上海抗战，他们输给了日本人，一路退下来，想守住首都南京也没有能守住，最后半个中国都落到了日本人手里。后一次徐蚌会战，他们惨败于共产党领导的人民解放军，非死即伤，不是战场倒戈，便是被击溃消灭，要不就是跟着老蒋灰溜溜地逃到台湾去。

坐在对面的一个胖老头看上去很面熟，一时间，赵文麟想不起来什么时候见过他。那男人的眼光有些躲闪，好像是不愿意正眼看别人。上车以后，不是低头沉思，便是将一个硕大的脑袋靠在椅背上，闭目养神。他的头发已经掉得差不多了，顶是光的，只剩下花白的两鬓，看上去与赵文麟的年纪差不多，人十分肥壮，是一种虚胖的结实，脸色没有一点红润，有一种很严重的病态苍白。在他身边，一左一右坐着两个年轻人，神情始终严肃，都很瘦，都很有精神。

列车停下来后，两位年轻人中的一位站起来，走到车厢连接处，问列车员这究竟怎么一回事，怎么会在半道上停下来，大约也问不出什么名堂，一脸不耐烦地又走了回来。另一位便大声问怎么了，这一问，露出了很重的山东口音。被问到的这位一口京腔，说你问我，我他妈问谁。

这一停车就是很长时间，车窗外一片漆黑。或许是太无聊，大家都没睡意，赵文麟忍不住问对面的胖老头，他们是什么人，打算去什么地方，胖老头看了赵文麟一眼，把目光移开了，不吭声。坐在他身边的两位眼睛立刻亮了起来，很不友好地看着赵文麟。

那位京腔很傲慢地说："喂，我们去哪儿，跟您有关系吗？"

胖老头脸上露出了一点不易察觉的笑意。

赵文麟说："我随便问问。"

京腔一本正经，说："有什么好问的，不该问的，别乱问。"

山东腔似乎有些过意不去，解释说他们有公务在身，赵文麟作为陌生人，确实不应该胡乱打听。然后他侧过头来，对胖老头呵斥了一声：

"你老实一点，什么话都不许说。"

胖老头微微一笑，看了一眼赵文麟，头重新靠在椅背上，又一

次闭目养神。

赵文麟立刻明白过来，原来这两个人是押送胖老头的，那胖老头会是什么人呢，这个真说不准，也许就是所谓的“五一六”分子。到处都在深挖，到处都在喊深挖已经有了成果，已经取得了伟大的胜利，可是到目前为止，赵文麟还没有见过一个真正的“五一六”。那两个人看上去也不像身着便衣的公安人员，更像某个单位的造反派。赵文麟不由得想起了当年紫曼出事的第二天，她所在的单位派了两个人，到隔离他的军队农场通知此事。负责审查赵文麟的造反派板着脸教训，说你爱人单位来人了，他们要跟你说点事，你必须老老实实，不许乱说乱动。

列车到天快亮还没有开，大家都有些困意，坐对面那位胖老头呼呼大睡，打着十分响的呼噜。他的呼噜不仅声音嘹亮，而且非常不均匀，忽高忽低，忽快忽慢，一路上，突然没声音了，仿佛人要憋过气去，又突然缓缓地长喘气，好像即将咽气的人重新有了生命的迹象。

那位带着京腔的年轻人很愤怒，说你跟死猪似的，吃了就睡，睡了就吃，还要打这惊天地泣鬼神的呼噜，你能不能消停一会，也让我们睡会，合上一会眼睛。那另一位也很困了，不停地打哈欠，说你先到那头去找个空位子睡一会，我们俩换着睡觉，你看那头全是空位。

赵文麟很吃惊自己竟然能够不断地睡着，一次次地，睡了被吵醒，然后又接着睡。长期以来，他一直被失眠所困扰，常常整夜整夜地不睡觉。想不到现在的环境这么恶劣，对面那个胖老头呼噜声如此响亮，他反而会不受任何影响。

天快亮时，赵文麟被一阵奇怪的声音惊醒，他意识到一辆列车正从他们的车窗外驶过，自己车厢里凡是醒着的人，都伏在车窗上往外看。迎面而来了一趟长长的军列，上面放着一辆辆坦克，放着一门门高射炮。晨曦中，这些急驰而过的坦克和大炮，似乎也在暗示一场大战真的即将开始。作为一名职业军人，这样的场景他已经多少年没有见过。

一辆军列过完不久，大约五分钟光景，又一辆军列轰轰烈烈开过来，仍然是坦克和大炮，都裸放在车上，没有任何遮挡，看得清楚真切。然后又是一辆，依旧坦克大炮，加上一些别的军火武器，因为都装在闷罐车里，大家只能瞎猜那里面可能有什么。车厢里议论纷纷，一片惊叹声，列车终于又动了，有人恍然大悟，说：

“真倒霉，原来我们停了这么长时间，就是给这些军车让路呀！”

很快列车过了镇江，过了丹阳，到了奔牛站停下，这一停，又不走了。这一停，竟然是七八个小时不动弹。奔牛站是一个很小的车站，没有任何东西可买，也见不到小商小贩，因为“文革”，根本不允许私人到火车站来做买卖。列车一停就是这么长的时间，乘客们坐不住了，纷纷下车，用茶杯去打水，没有带茶杯的，便排队，对着水龙头喝自来水。好在乘长途车的人都有些准备，都自带了食物，就在站台上闲逛，饿了，就吃自带的食物。

赵文麟坐在车厢里不想动弹，对面的胖老头已被押下车，在站台上放风。奔牛站的站台其实很小，两个年轻人百无聊赖，抱着膀子东张西望，倒是那个胖老头，若无其事地在站台上打起了太极拳。这是一组简化的太极拳，他打得并不好，很多最基本的动作都做得不到位。

突然间，赵文麟想明白自己为什么会觉得眼前的这个胖老头面熟，原来他很像李叔明。胖像，那副慵懒的神态尤其像。李叔明是赵文麟读黄埔时的同学，是患难与共的生死战友。赵文麟所以一时没有能够想起来，是因为李叔明有一头茂密的头发，他的个子更高大，而且要年轻得多。

赵文麟走出车厢，来到了站台上，就在离那个胖老头的不远处站住了。胖老头的一套太极拳已经打完，又开始做他自己发明的某种操，很笨拙的伸手踢腿。赵文麟知道眼前的这个人不可能是李叔明，李叔明早在 1951 年的镇压反革命运动中就被杀了，当时赵文麟还写过材料，也给李叔明所在的县委写信，力证李叔明对新生的人民政府有功，说他即使有错，也罪不当斩。

然而李叔明还是被枪毙了，赵文麟在报纸上看到了他的名字。

第七章

李叔明是赵文麟的黄埔同期同学，在学校期间，他们并不是很熟悉。赵文麟是炮兵科，是入伍生团的学员。李叔明在骑兵科，是入伍生预备班的学员，所谓预备班，就是备取生，入学成绩略差一些，要晚毕业半年。赵文麟他们那一期的同学有九百多人，预备班有六百多人，记得是 1933 年秋季入学，前后读了三年。

赵文麟与李叔明是在南京保卫战失利以后，在逃亡途中认识的。那是在乌衣镇附近的公路上，时间是南京沦陷的第二天，部队已经被完全打散了，他们这些有幸渡过长江逃命的国军士兵，一个个都成了游兵散勇。一时间，小镇上到处都是他们这样的武装流浪者，赵文麟手下还有六七个人，因为有六七个人，别人也不敢怎么欺负他们。

为了继续赶路，赵文麟率领手下向镇上的人家征购干粮，就在这时候，他们遇到了李叔明。当时的李叔明正陷于困境，被三个身份不明的人包围了，那三个人手头已经有了一支步枪，他们围住了李叔明，让他把自己的手枪缴给他们。

李叔明说："日本鬼子都没办法让我缴枪，你们凭什么？"

那三个人仗着人多势众，其中有一位恶声喝道："少废话，缴还是不缴？"

赵文麟看不下去，手一挥，他的手下立刻把那三个人围了起来。这三个人一看势头不对，只好举手投降。面对这样的场景，赵文麟很痛心，说我一看就知道你们也是当兵的，一看你们身上的这身衣服，就知道都是从老百姓身上扒下来的，作为军人，你们这样做丢脸不丢脸，你们是哪支部队的。那三个人不敢吭声，李叔明咬牙切齿，说幸亏遇上你们，要不然我肯定会死在他们手上，这些畜生竟然抢自己人的枪，你知道他们为什么要抢枪，就是为了拿去卖钱。

最后还是将那三个人给放了，当时也没有别的什么办法，不过他们拥有的那支步枪被没收了，因为只要这枪还在，他们就还可能去抢劫，去祸害别人。就这样，赵文麟与李叔明一对话，才发现他们是同期的同学，经历也都差不多，接到撤退命令以后开始突围转移，结果到处都是日本兵，七打八打，自己的队伍完全被冲散了，好不容易过了长江，逃了一条命，然后随着溃散的人群，仓皇北上，不知道下一步该往哪走。过江以后，日本兵的追击威胁暂时没有了，然而没想到游兵散勇的危险，竟然也不相上下。

这以后，李叔明就一直与赵文麟他们在一起，他告诉他们趁乱

抢枪的远不止这三个人，说他今天上午就在路上遇到一个人，那人的枪也被抢了，抢了还不算，那些抢枪的畜生还在他肩膀上打了一枪。后来的岁月里，李叔明又几次提及此事，一方面是感激赵文麟的救命之恩，另一方面，也是感慨人生的风谲云诡。李叔明说即使是重新回到现场，身处相同的困境，即使明知自己可能被打死，他也绝不可能先开枪，因为他下不了这个手，在与凶残的日本鬼子血战了这么多天以后，他没办法对自己人开枪。可是在中国，有时候你不忍心对自己人开枪，就是自杀。

在滁州，在这个离沦陷了的首都南京不算太远的地方，赵文麟看到电线杆上有张布告，通知教导总队的官兵到开封集合。大家很高兴，因为又找到部队了，心里顿时踏实。赵文麟邀请李叔明一起去开封，他既然找不到自己的队伍，那就去教导总队，反正大家都是黄埔的学生，在哪都是抗战，都是打日本鬼子。

赵文麟生于 1911 年 10 月，他出生不久，父亲赵长治便壮烈牺牲。赵长治是留日学生，回国后便当兵，两年后继续服役新军，又干了两年，到 1911 年初，根据规定应该退伍，便到南京老虎桥监狱担任卫士。早在日本读书的时候，他就参加了同盟会，回国后参加新军，目的也是到推翻清政府的时候可以出力。辛亥革命爆发，革命军在武昌起义，得到这个消息的赵先治首先想到的是立刻离开南京，奔赴武昌，但是长江轮船已经断航，他根本就去不了。

武昌没去成，投效革命的决心没有改变，赵长治与驻扎在江东门的新军第九镇取得联系，约好在阴历的九月十八日那天举事，到时候一声炮响，新军从城外向里的进攻，赵长治率领老虎桥监狱的囚犯破狱暴动，里应外合，一举拿下南京。阴历的九月十八日是阳历的十一月，此时离武昌首义已一个月，革命党人频频出击，光复大旗随处飘扬，许多省份已宣告独立，转眼之间，南京周围差不多都成了革命党的天下。远一些的陕西山西云南光复了，近一些的湖南江西安徽光复了，上海光复了，杭州光复了，苏州光复了，沿着沪宁线，无锡常州镇江接二连三光复，连江北的扬州也光复了，唯独南京仍然还掌握在清政府手里。

都以为不费吹灰之力，就可以让充满帝王之气的南京光复。到了约定的那一天，半夜里，赵长治和他的狱警同志，先将预备好的夜饭开出，然后把长枪分了，就等着攻城的炮声。隐约听见低沉的炮声，赵长治他们也顾不上验证了，带着人马便冲了出去。这是一次非常不慎重的暴动，他们冲破了门岗，打死了一两名警卫，然后就四分八散，然后就被更强大的军队死死围住，然后就在小营附近，赵长治为辛亥革命献出了他的生命。

对于赵文麟来说，父亲就是一张不算很清晰的黑白照片，就是一张盖着红色印章的烈士抚恤证明。赵氏本是大户人家，赵文麟的爷爷是当地很有名望的乡绅，他有一个叔叔也留学日本，在日本士官学校读书，同样是革命党人，是有功于辛亥革命的功臣，民国以后很快就脱离军界，进身官场，仕途一路顺风，官做得相当大。

赵文麟是长房长孙，父亲过世，一直由祖父抚养。这个赵老爷子倒也不保守，既教孙子古文，日日督促写大字小字，又没耽误进新式的小学和中学，虽然地处偏僻乡镇。中学毕业后，赵文麟考上了南京的中央大学，成为胡小石先生弟子，研习国文和古文字。

如果沈介眉没有出现，或者说如果沈介眉不来找他写大字标语，赵文麟很可能就走上了另一条路。作为一名在校大学生，作为

胡小石先生的高足弟子，赵文麟能够写一手非常漂亮的魏碑。1931年的九一八事变，几乎所有的学生都上街游行，要求政府出兵抗日，赵文麟也没有置身事外，和同学们一起上街，游行，喊口号。在当时，他的表现不算落伍，当然也不是非常激进。

有一天，突然有两个女生来找赵文麟，其中一个就是沈介眉，她们来到赵文麟所在的宿舍，说都说你赵同学的字写得最好，这一次，一定要帮我们写一幅大一点的，越大越好，越大越醒目，我们要让蒋介石一眼就能看到。

九一八事变后没几天，从剿共前线回来的蒋介石便扬言，三个月内一定要收复东北，如果收复不了失地，他将亲自上前线堵炮眼。学生的抗议一直没断过，一眨眼两个月过去了，出兵完全是个谎言，一点动静都没有，愤怒的学生于是准备发动更大规模的示威活动，一定要逼迫政府出兵。

这是赵文麟第一次见到沈介眉，从第一眼开始，他就再也没有办法忘记。沈介眉中等身材，白白净净，眼睛像清泉一样透彻，好像一下子就能看到别人的心灵深处。赵文麟只觉得她很漂亮，究竟漂亮在什么地方，也说不清楚，反正只是匆匆看了一眼，他就意识到自己已经喜欢上她了。

赵文麟按照她们的要求写大字，那字实在太大，没那么大的笔，他便尝试用布条绑起来写，怎么写都不对，写不出魏碑特有的刚劲。最后他想到了一位前辈的教导，找到了一团乱麻，扎起来，抓在手上，沾上墨，将纸直接平铺在地上，一气呵成，效果出奇的好。沈介眉大为惊叹，连声说好：

“这字越看越好，太耐看了！”

第二天，南京各个大学的学生联合起来，上街游行，两次向正在召开的四中全会请愿。学生们还在公共体育场集合，举行所谓“欢送蒋总司令北上讨日大会”。请愿活动越演越烈，不仅南京如火如荼，上海北京以及各大城市，都发生了大规模的游行。蒋介石终于有些坐不住了，答应到中央大学来跟请愿的同学见面。

见面那天让赵文麟激动万分，不是他见到了蒋总司令，而是自始至终，一直能与沈介眉在一起。他们一起在礼堂外等候蒋介石出来，翘首企盼，当蒋出现在礼堂门口的时候，人群骚动起来。为了不被挤倒，他与沈介眉的手握在了一起，到后来，学生们挤过来挤过去，沈介眉干脆紧紧地抱住他，因为她根本就站立不稳，必须得牢牢地抱住一个人才行。抗议声此起彼伏，大呼小叫，终于，沸腾的喧嚣安静下来，蒋介石要说话了，他一脸痛苦，咳了一下，用非常沉重的声音向大家做出保证：

“三日之内不出兵收复失地，杀我蒋某的头以谢国人！”

话都已经说到这个份上，躁动万分的同学们还是不肯答应，仍然不依不饶，一定要蒋介石当场签字画押。场面顿时有些失控，人潮起伏人声鼎沸，结果这事只能不了了之。一转眼，蒋介石的人影已经不在了，他很快坐进了小车，在警铃中缓缓开出校门。

沈介眉与赵文麟竟然会是同乡，不但同一个省，而且是同一个县。沈介眉就是县城人，父亲开了一家米店，因此她的家乡口音，与赵文麟稍稍有些不同。她是学畜牧的，与赵文麟是同一届，年龄也一样，月份略差几个，沈介眉要大他三个多月。

老先生们对形势很不满意，文学院长汪东是老同盟会员，曾在日本待过，自信很了解日本人，他觉得东北丢了，责任全在张学良身上，那么大的一片领土，哪能说丢就丢。又不赞成学生成天游

行，逼迫领袖，这成何体统。学生嘛，报国的最好方式就是好好读书，而不是成天空喊口号。赵文麟的恩师胡小石也持差不多的意见，他担心的还不只是丢了一个东北，怕这事没完没了，怕民心不可收拾，就像闹义和团一样，最后世界列强趁机瓜分中国。

很快是一二八淞沪抗战，离九一八也就四个月，国人抗日情绪高涨，那些日子，赵文麟与沈介眉根本没有心思再读书，游行申援，为十九路军将士募捐，号召市民抵制日货，要求政府立刻出兵增援上海。为了昭示抗战决心，南京的国民政府在 1 月 30 日发表通告，决定移驻洛阳，除军政部长和外交部长留守南京之外，其他政府要员均乘飞机和火车去洛阳办公。

一时间，抗日成了最大的话题，那段日子，赵文麟所能记住的只有两件事。一是年轻人聚一起，总是在没完没了地探讨怎么做对救国才最有利，激进的人主张去东北，直接参加当地的抗日武装。很多学文科的都表示要转学，改学理科或者工科，因为这个国家仅仅靠之乎者也，肯定是拯救不了的。与赵文麟同班的李义理决定转学物理，另一位张同学决定改学电机，还有人要改学化学。在那一年，转学几乎成为一种风潮，很多同学都以不让转学就干脆退学相威胁。

另一个记忆更加难忘，就是赵文麟与沈介眉的关系急速升温，基本上已确定了恋爱关系。他们属于那种标准的自由恋爱，没有介绍人，没有媒婆，也没有订婚仪式，双方的家长也没有见过面，他们只是半公开，既是又不是，跟别人解释，总是说他们只是一般的朋友关系。

国难当头，没有太多花前月下的散步，更多的是一起去参加集会，看抗日题材的话剧和电影。抗战的形势一天天变得严峻，日本人在不停挑衅，伪满洲国成立了，东北抗日义勇军越来越困难。长城抗战成了报纸上的热点，山海关榆关喜峰口古北口，一个个都成了读者关注的对象，评论总是在夸口说我军重创日军，结果却一直让人非常沮丧。

于是有一天，赵文麟很郑重其事地告诉沈介眉，他准备报考军校。中央大学的这个国文他不准备再读下去，作为有热血的年轻人，他希望自己能够去学军事。中日之战已不可避免，为了迎接这一天的到来，他应该去军校读书。

赵文麟用一种很抒情的语调和沈介眉说：“我爱你，可是我更爱自己的国家，为了国家，为了我的爱人，我知道自己应该怎么做。”

这几乎就是当时爱国电影中的台词，沈介眉很感动，眼泪夺眶而出，一时哽咽，都不知道说什么好。

第八章

赵文麟乘坐的那班列车在奔牛站足足耽误了一天，先是要等什么列车过来，后来又发现车头出了毛病，检修工赶过来维修更换零部件，磨磨蹭蹭到天黑才重新上路。

到上海站，时间已是下半夜，胖老头被两个年轻人押下车，赵文麟看着他闷闷不乐地站起来，往车厢外走，然后又从车窗里看到他的背影。上海站是个大站，站台上的灯光很暗淡，停车的时间很长，等到重新启动的时候，赵文麟发现火车已经掉了个头，正往他背对的方向开去。

火车在上海的郊区运行，赵文麟不知道外面是什么地方，然而

他知道三十二年前，就在外面的原野上，中国军队与日军血战，死伤惨重。作为一名下级小军官，他并不知道具体的伤亡人数，然而他清楚地记得，经此一役，再加上接下来的南京保卫战，他所熟悉的黄埔同学，差不多有一半人死在了战场上。有一位在军政部的黄埔同学告诉他，统计数字表明，淞沪会战期间，国军阵亡的校尉级以上军官近千名，将级以上军官十余名，死亡士兵不计其数。

淞沪抗战中国军队前后调动了有七十多万，加上日军二十多万,一百多万军人就在一个十分狭小的空间搏杀。赵文麟还能清楚地记得当初奔赴战场时的情景，他们是两个散车厢，面积都不大，一个装人员和大炮，另一个装骡马。沿途所经各站，都有慰劳队和欢呼的群众，他们的火车缓缓进站，站台上的人群便高呼口号，高唱抗战歌曲。总会有一些人冲上前来送慰问品，送毛巾，送布鞋，送饼干，送万金油。这样的热情场面直到苏州才没有，因为这里离战场已经很近了。

赵文麟他们在前线待了两个多月，分配的任务是负责右翼军司令部安全。当时的命令，只要敌人不针对司令部轰炸，敌机不降低到一定高度，尽可能不开火，以免暴露司令部的位置。赵文麟的高炮阵地有很好的伪装，敌机根本发现不了，因此，他们虽然就在前线，离敌人已经很近，也打下不止一架飞机，他所率领的这个排几乎没有任何伤亡。

由于赵文麟很好地完成了任务，到上海会战接近尾声，上级部门给了他两个方案，让他进行选择，一是回南京归还建制，重回教导总队，一是跟司令部向大后方转移休整，显然是很看重他，要提拔他。赵文麟想了想，还是决定回南京。

跟他谈话的黄团长语重心长，说接下来会有很多仗要打，日军亡我之心不死，南京也未必能守得住，抗战必定是一场长期而艰巨的战争，赵排长既然决定回去，我们都是革命军人，当然不应该阻拦，只能说一声保重，说一声后会有期。

赵文麟决定回南京，当然是与沈介眉有关。沈介眉此时大学已经毕业，留校当了老师，她一直是赵文麟心里最惦记的人。与不久前出征上海时完全不一样，返回途中的所见所闻，已是惨不忍睹，到处可以见到伤兵，到处都是混乱。

上海已完全落入敌手，回南京归还建制时，教导总队的编制，已由原来的三个步兵团，扩建为三个步兵旅，原来的特务营工兵营炮兵营等，也都扩充为团。赵文麟一归队就是副连长，然后没过几天，又提拔为连长。

如果不是抗战爆发，赵文麟和沈介眉差不多就应该结婚了。在那个年代，他们这岁数的人，早已是男婚女嫁。因为是新女性，沈介眉对迟一些结婚并不在乎，她希望等赵文麟军校毕业再成婚。赵文麟的理想是继续出国学习军事，事实上军校的高材生，有很多都被保送出去深造。沈介眉甚至已经想好了，如果赵文麟去国外，她也可以趁机在国外拿个文凭。

战事把一切都打乱了，回到南京后，原先那个整洁的首都，在敌机狂轰滥炸下已经满目疮痍。一有机会，赵文麟赶紧去找沈介眉，听说中央大学的师生都西迁了，他担心自己已经见不到她。上海沦陷，苏州沦陷，无锡沦陷，南京很快成了危城。赵文麟去看望沈介眉的时候，既希望还能再看她一眼，又觉得她最好已经走了。覆巢之下岂有完卵，危城不可久留，沈介眉一小小的弱女子，当然还是以离开南京为好。

出乎意外的是沈介眉竟然还在南京，她还在中央大学的农学院，还在守着她的研究对象。这时候，绝大多数的人都已经走了，可是她因为放心不下农学院的优质种猪种牛，这些畜生都是学校花大价钱从美国引进的，还在与人商量研究，怎么才能把它们送往内地。

赵文麟责备她，都到了什么时候，你还留在南京。沈介眉笑着说，我一直在等你，现在好了，我终于看到你了。说着，沈介眉的眼睛有些红了，她说人家都想死你了，总算又看到你了，总算让人家没有白想。赵文麟也诉说了自己的思念，说自己的担心。到后来，沈介眉安慰赵文麟，说你不要着急，方案已经做好，明天或者后天，就会赶着这些宝贝上路，我们定制了一些箩筐，把鸡鸭装在笼子里，再放在牛背上，先过江，然后取道安徽，先去河南，能走多远算多远吧。

赵文麟十分震惊，不相信："你们就靠步行？"

沈介眉说："现在车辆这么紧张，当然只能靠步行了。"

作为一名参加南京保卫战的下级军官，赵文麟对上峰的作战意图并不十分了解。当时最朴素的想法，就是人在阵地在，与首都共存亡。他所在的阵地，与教导总队的指挥部相隔不远，而且已做好了充分的准备，囤积的粮食足够维持三个月，他们还养了一头猪。

随着战事越来越激烈，炮火越来越猛，日军开始攻城，一批又一批的伤员从赵文麟的阵地前面经过，很显然，在第一线激战的步兵打得很苦。刚开始，我方的空军还在和敌机拼杀，很快制空权已经完全落入敌手。战斗已到了白热化阶段，赵文麟所在的阵地已经暴露无遗，用来掩饰的草木树枝都已经被烧毁，他们的伤亡人数正在逐渐增加。

如果赵文麟不去指挥部领奖金，结局会怎么样，真说不准。在当时，打下一架敌机并不是什么了不得的事情，那时候敌机已经飞得很低，很肆无忌惮。五百元的奖金也没什么了不起，大战临头，对于一个连队来说，命都难保，五百大洋更算不上什么。然而恰恰是这鬼使神差地去领资金，让赵文麟领到了撤退的命令。

当时的混乱可想而知，很显然，像教导总队这样训练有素的部队，连一级单位都没有接到撤退命令，其他处于交织状态的友军，根本不知道总部已下达了撤退的命令。依照命令，赵文麟立刻赶回去召集部队，将不能带走的大炮炸毁，然后奔赴城内的马标集合。到了马标，天已经完全黑了，火光冲天，见不到一位长官，听到消息是日本人已经进城了。赵文麟他们也不敢耽误，立刻往下关方向去，赶到下关，到处都是失去指挥的军人，想渡江，又没有船。赵文麟与手下商量，觉得在这乱哄哄的人群死等不是个事，还不如沿江往上游走，说不定还能找到一个可以渡江的地方。

那时候的队伍已太难控制，很快，赵文麟再一次清点人数，发现只剩下三十多个人。接下来，前面又传过来坏消息，日军已经封锁去路，沿江而上已不可行。于是唯一可靠的方案就是立刻渡江，天开始蒙蒙亮了，赵文麟突然听到路边有人招呼自己，停下来，原来是认识的一位黄埔同学，受了伤，肚肠都露在了外面，很悲痛地对他说：

“赵同学，你给我来一个痛快吧！”

赵文麟明白他的意思，这是希望战友帮他了断，可是自己怎么能够下得了这个手呢。到处都是伤员，场面惨不忍睹，他只好骗他，说一会就会有担架过来，让他再坚持一会。说完这话，赵文麟领着手下继续赶路，走出去不远，一位手下愤愤不平地埋怨说：

“你为什么这样，赵连长，为什么要把他留给敌人？”

江堤上随处可见想渡江的士兵，没有渡船，大家只能想出各种办法尝试。有一位士兵骑在一头牛上，想骑牛过河，牛一下水，走了没多远，便将那个士兵颠了下来。那士兵显然不会游泳，转眼便被江水吞没。还有几个士兵找到了四只粪桶，翻过来，再在上面架上门板，用绑腿布捆住了当木筏。

这个办法提醒了赵文麟他们，当时也没别的路可走，也去找了两块门，搁在江面上，再将随身的武器绑在门板上，然后泅水过江。此时已是冬天，江水刺骨，刚下水人就冻僵了。好在赵文麟喜欢游泳，夏日里天天要去玄武湖游好几千米，正好这一段江面也不宽，终于让他们挣扎着游到对岸。所谓对岸，也只是江心洲，真正过江，还要渡过一段更宽阔的江面。

不过到了江心洲，形势显然不一样，毕竟已隔着很宽的长江。再清点人数，只剩下六个人，他们湿漉漉地继续找船，终于找到了一条小船，又找到一位会划船的老乡，送他们去长江北岸。到了北岸，赶快生火取暖烘衣服。大约一个小时以后，日本人的军舰出现在江面上，他们只要再晚一会，江面便被封锁住了，他们便在劫难逃。

这以后，便是遇到了李叔明，一起到滁州，又一起去开封。很显然，教导总队已经受到重创，人数大大减员。这以后，赵文麟与李叔明就一直在一起并肩作战，他们一起去了湖南，在那受训，驻防广西全州，激战昆仑关，因为损失惨重，三分之二的人被打光了，不得不又一次回到湖南休整。历经大大小小的战役无数，出生入死，几次负伤，赵文麟身上至今还留着几块没有取出的弹片，李叔明的一条腿也被打瘸了。国军正面战场的重要战役，他们所在的第 200 师几乎全部参与。1942 年，作为远征军的先头部队，进入缅甸，在缅甸境内的同古大战日军。

同古保卫战的激烈，远远超过南京保卫战，然而这一战，赵文麟他们打出了士气。自抗战以来，作为一名军人，赵文麟和他的战友屡战屡败，却越战越勇。第 200 师因为同古战役一战成名，师长戴安澜成为家喻户晓的大英雄。

接下来便是途经野人山回国，历经了千辛万苦，许多生命就留在了茫茫的原始森林里。迷路，饥饿，日军的围追堵截，伤病，赵文麟和李叔明能够幸存下来，可以说就是一个奇迹。他们的队伍一次次被打散，百分之九十的人都患上了痢疾，赵文麟上吐下泻，已经没办法行走。大家都筋疲力尽，在最后关头，他恳求李叔明放弃自己，已经不相信自己还能够活着回到祖国，他不想拖累大家。

“赵兄，不要再胡思乱想了，”李叔明的眼睛红了，安慰他说，“你只要想到这么一条，我们这么好的弟兄，如果是你换作我，如果我像你现在这样，你会怎么样？”

赵文麟泪流满面：“我会放下你不管的。”

李叔明斩钉截铁地说：“不，你不会，我知道你不会。”

第九章

抗战胜利后，像赵文麟和李叔明这样的少壮军官，只要一出现在南京街头，那是绝对的风头十足。他们身着美式军服，顶着抗日英雄的头衔，无论走到哪里，身后都是羡慕的眼光。当然更吃香的

是赵文麟这样未婚的青年军官，前途无量，搁谁眼里都是金龟婿的最好人选。

赵文麟的祖父已经过世，老人家是在重庆做义民的时候走的，他最大的遗憾就是没看到日本人完蛋。赵文麟的叔叔官运亨通，在国民政府很吃得开，还都南京后更加威风。姑夫何道州也是官场得意，作为上层人物，他可以说是几朝元老，既是国民党的中央委员，也是监察委员，头衔之多，军人出身的赵文麟始终没有搞明白过。赵文麟的母亲开始着急儿子的婚事，过去是因为打仗，根本见不到儿子的面，现在抗战结束，儿子也应该娶媳妇了，老太太守了三十多年的寡，苦尽甘来，就想着赶快抱个孙子。

做媒的人都快踏破门槛，这其中，有一个十分着急的媒婆，便是赵文麟先前的恋人沈介眉。八年抗战，说长不长，说短也真不短。这八年里，沈介眉已经结了婚，生了孩子，而且经历了一场很严重的感情纠纷。当初离开南京，她为学校农场的那批动物吃尽苦头，一路颠簸，甚至不止一次地遭遇敌机的轰炸，不止一次碰到土匪的拦截勒索，可是走了整整一年，山路水路交替，花了一年多时间，终于把这批用来教学和实验的珍贵动物送到重庆，不仅完好无损，而且还有所增加，因为在途中，有的又产了小崽子。

沈介眉得到了上上下下的表扬，畜牧系的林教授对她刮目相待，非常看好她。这位林教授是一位混血儿，母亲是中国人，父亲是一位美国的传教士，已有妻儿，他的老丈人也是一位传教士，是德国人。或许是因为工作的关系，因为寂寞，因为妻子不在身边，沈介眉与林教授越走越近，传出了绯闻。然后林教授的妻子听了风声，带着一儿一女从上海赶了过来。故事戛然而止，沈介眉很快与刚考上军令部武官培训班的林坚忍结了婚。

林坚忍毕业于中央航校，当过一段时间的飞行员，报考武官培训班需要外语，沈介眉便当仁不让地成了他的老师。这个培训班大约半年时间，毕业以后，林坚忍便带着新婚的沈介眉去苏联大使馆做空军副武官，很快又改派英国。

他们夫妇去英国前，赵文麟曾与沈介眉在重庆见过一面。当时正是他从缅甸回来不久，被选派到陆军大学深造。沈介眉既然已嫁了人，有些话也就没办法再说，也用不着再说。赵文麟很后悔去陆军大学，本来像他这种出身黄埔的青年军官，没有一张陆大的文凭照样可以吃香喝辣。他去重庆完全是为了能见到沈介眉，现在人家已经有了丈夫，赵文麟的深造便显得多此一举。

那次见面很匆匆，林坚忍回国述职，马上就又要出国。往事如烟，沈介眉有很多话也不便说，只能不痛不痒，有一名没一句地乱说，说到后来，她叹着气，说在这个动乱的年头，你们当兵的人能活下来，真不容易，你千万要保重。

赵文麟苦笑着，说：“介眉，你是不是觉得我已经死了？”

沈介眉的眼圈红了，无颜面对昔日的恋人。赵文麟心如刀割，又仿佛有一万只蚂蚁，在大脑里乱爬。他忍无可忍，说在你心里我早就死了，早就不存在了，不要说你会这么想，其实就是我们自己，也觉得迟早会被飞来的一颗子弹打中，啪的一下，打在脑袋上，什么都完了。

抗战胜利后，沈介眉开始十分热心地为赵文麟做媒，紫曼便是经她介绍认识的。她介绍过好几位女孩子，有护士、小学教师，还有电信局的话务员。她选择的女孩子都与自己有几分相似，相貌上有点像，家境不错，不多不少读过几天书，然而赵文麟却一眼相中

了她原本最不看好的紫曼。

紫曼还是在校的大学生，她这个在校，是汪伪的中央大学，国民政府还都，在重庆的正牌中央大学荣归故里，紫曼这样的大学生便被统统打入另册，改名为临时大学。很快连临时大学也不许叫了，干脆撤销，原来的学生重新甄别，退学的退学，转学的转学，经此一番折腾，紫曼又进了金陵女子大学。

紫曼像一阵风一样，走进了赵文麟的生活。那时候，励志社经常举行舞会，已经回国的林坚忍是那里的常客，沈介眉也把这里当作让赵文麟相亲的地方。紫曼是沈介眉的远亲，她出现在励志社十分偶然，那天是第五军的一位团长订婚，照例是一场不小的舞会，林坚忍当着沈介眉的面，自始至终都在向一位姓伍的小姐大献殷勤，弄得沈介眉很不高兴。赵文麟与紫曼跳了一曲，音乐快结束的时候，他笑着轻声问她：

“紫曼小姐，你喜欢跳舞吗？”

紫曼红着脸说：“赵先生想听真话，还是假话？”

“当然是真话。”

紫曼的回答很干脆，说自己一点都不喜欢跳舞。赵文麟说太好了，他也不喜欢跳舞。于是两个不喜欢跳舞的人，也就懒得再上场，看别人跳了一会，赵文麟提议去到外面透透气。这个紫曼倒也心直口快，就在励志社大厅门口，在那棵巨大的桂花树旁，三言两语，把自己的身份都介绍了。赵文麟也准备介绍自己，紫曼说你就不用介绍了，我已经都知道。

舞会结束，林坚忍热情洋溢地要送大家，当然主要是想送伍小姐。他卖弄自己借来的福特车，说我这可是美国车，多坐几个人，一点问题都没有。没想到除了伍小姐，谁都不肯坐他的车，沈介眉借口有事先走了，赵文麟和紫曼想散散步，结果林坚忍只能带上伍小姐，又顺便捎上了两位想搭车的女士。

赵文麟和紫曼的关系迅速升温，双方大人都十分满意，很快就到了讨论男婚女嫁的地步。那一段时间，正是国民代表大会召开期间，南京花团锦簇，到处流露出节日的气氛。在国民大会堂附近，为了让代表停车，临时开辟了一个超大的停车场，开会时，这里停放几百辆小汽车，因为壮观，竟然成了南京市民的参观景点。那年头，老百姓也没什么可看，都去围观名流们如何从车上下来，如何缓步走向会场。到了晚上，车去场空，只剩下几盏昏黄的路灯，白天的豪华气派已不复存在。但是赵文麟和紫曼却很喜欢这块空地，他们手挽着手，从空地的这一头，走到那一头，走过去，走回来。

沈介眉注定会是赵文麟心头永远的伤痛，紫曼曾经是最好的止痛药，也是最好的忘情水。赵文麟选择与她在一起，显然与希望尽快忘掉沈介眉有关。抗战虽然胜利了，内心的伤痛从来就没有平复过，事实上，早在得知沈介眉与林坚忍已结婚的时候，他就产生了要尽快找一个女孩子的念头。

新婚之夜，紫曼有些孩子气地问起了新郎的恋爱史，问他为什么都三十多岁了，才想到要结婚。赵文麟觉得这个问题很容易回答，作为一名职业军人，在抗战爆发的大背景下，倭寇未灭何以家为，很多人都抱着打完鬼子再结婚的决心，大丈夫马革裹尸还，儿女情长又算得了什么。不过，他很坦然地向紫曼交代，说曾经一度，在昆明附近的马街驻扎时，他就差一点与一个当地的女孩子成亲。

紫曼表示她对这个女孩很有兴趣，希望赵文麟把这个故事继续

说下去。赵文麟说这个故事其实一点都不好玩，它只能说明我们当时心情都很绝望，因为不断地打败仗，大家忽然觉得没什么胜利的希望了。于是就想到了结婚，随便找一个人，娶了，生个儿子，让他继续去打鬼子。赵文麟又举李叔明的例子，说他现在的太太，就是在那时候娶的，你知道那女人已有了一儿一女。

紫曼很吃惊："叔明的太太过去结过婚？"

赵文麟告诉紫曼，李叔明太太的前夫是生病死的。他告诉紫曼，在那些心情十分灰暗的日子里，有人曾为他介绍了一个从未读过书的乡下女孩，黑黑的皮肤，两个眼睛亮亮的，梳两条大辫子，见了生人，总是偷偷抿着嘴笑。紫曼问赵文麟为什么最后没有娶这位姑娘，他笑着说自己想来想去，还是觉得不妥，他说我相信命中还会有一位更好的姑娘，在不久的将来她一定会出现。

赵文麟说："我等呀等呀，结果你就出现在了我的面前。"

这么说，当然是为了哄紫曼开心，事实上，他并没有完全对紫曼说实话，当时没有成婚的真正原因，是部队突然要出发了，时间太紧，婚事根本就来不及操办。刚开始与紫曼在一起，赵文麟时常会想到那位喜欢抿着嘴笑的乡间姑娘，有时候甚至会有所混淆，渐渐地，就明白除了年龄相仿，她们完全是不一样的女孩。很快，所有的心思就都用在了紫曼身上，赵文麟是个非常传统的男人，既然已经娶了她，他就会全心全意地爱她，疼她。

紫曼是个非常有主见的女人，虽然比丈夫足足小了十二岁，可是她根本就不听赵文麟的话，根本就不安心做军官太太，恰恰相反，时不时地在做男人的思想工作。紫曼是名在读的大学生，那时候，大多数学生都是进步的，都有强烈的反政府倾向。她与地下党走得很近，地下党知道了她的身份，先悄悄做她的工作，然后进一步地策反赵文麟。

二十年后，轰轰烈烈的“文革”开始了，学校的造反派让赵文麟老实交代，交代参加国民党和混进共产党的经过。他很认真地写了一份材料，着重说明沈介眉与紫曼在自己人生旅途中所起的作用。强调这两位女性对他所起的正面作用，没有沈介眉，他不会投笔从戎，不会进入军校，也不会成为国民党员，当时是集体入党，他所在班上的同学无一例外。没有紫曼，当年的地下党就没有办法做工作，如果不是受到紫曼的革命思想引导，他也不可能在战场上起义，走到人民一边来。

参加共产党，得到组织上的信任，当然也与他的工作性质有关。作为一名革命军人，作为军事院校的老师，经过领导和同事的考察，他最终能成为一名共产党员，这是很光荣的事。在主观上并没有混进党内的企图，如果大家觉得他根本不够资格，取消他的党员身份，自己也可以欣然接受。

写这份交代材料时，紫曼已经悬梁自尽。赵文麟的心头无限悲凉，只能借助笔墨表达情绪，他夸大了紫曼当时所起到的作用，把自己最后在战场上的倒戈起义，完全归功于她的劝说，故意夸大了地下党的策反工作。事实当然不完全是这样，作为一名黄埔军人，一名国军王牌师的少壮军官，他的所谓起义，与缴械投降并没有太大区别。说白了一句话，他们是被共产党彻底打败了。

二十年前，新婚燕尔的赵文麟春风得意，在战场上叱咤风云，根本没把共产党放在眼里。国共大战开始，赵文麟向紫曼描述前线的战事，说共军太不经打了，说他们破衣烂衫军容不整，脚上是草鞋，打起仗来，常常跟老百姓混淆在一起，真要想打他们都下不了这个手。在最初的较量中，赵文麟与李叔明在邱清泉的指挥下，屡战屡胜，当时在解放军中流传着一句“逢五不战”的口号，意思是说尽量避免与邱清泉的第五军正面作战。

战场上形势很快发生变化，赵文麟以为用不了多久，就可以消灭共军，残酷的事实却是，此消彼长，反倒是共军越来越得势。紫曼一有机会，就在他耳朵边吹风，让他不要为蒋介石卖命，应该站在人民这一边来。赵文麟知道紫曼常常和一些要求进步的同学在一起，他当时也没有想太多，没想到这些人就是地下党。大家在一起说话的时间都很短，无非是反对内战，发发牢骚，批评政府腐败，埋怨经济不景气。

再下来，赵文麟在战场上就忙得脱不开身了，邱清泉升任兵团司令，官越做越大，仗越打越差。攻无不克的第五军在淮海大战中被全歼，赵文麟与李叔明率部突围，队伍被冲散了，最后他们不得不狼狈地换上便衣，在一名向导的带领下，总算捡了一条命。历经辛苦回到南京，没有什么奖赏，首先要追究他们临阵逃脱之罪。

经过甄别，赵文麟与李叔明又被派往前线，戴罪立功。这时候国民党的大势已去，除了打败仗，还是打败仗。他们被安排到河南省主席张轸的麾下，张轸是河南人，读过保定军校，又是日本士官学校毕业，是有名的地方实力派。他对黄埔出身的青年军官始终保持着一份警惕，赵文麟和李叔明上任不久，就发现张轸在偷偷地跟共产党接触。

等到时机成熟，张轸将手下的高级军官召集开会，挑明自己的想法，决定反水，愿意跟他走的欢迎，不愿意的可以选择离开。结果 127 军有一个师跟着张轸起义，另外两个师，在军长赵子立带领下，仓皇逃往四川。赵子立毕业于黄埔六期，赵文麟和李叔明毫不犹豫地选择了跟他走。当时真是兵败如山倒，不断地有国军高级将领倒戈，张轸之后，程潜起义，刘文辉起义，卢汉起义，地方实力派的大佬们纷纷站到了共产党一边，很快，走投无路的赵子立也决定仿效，他所率领的127军本是地方杂牌部队，手下的那些黄埔出身的军官，其实已没办法再控制部队。

1949年12月，127军在四川巴中地区宣布起义，接受解放军的改编，前来接受改编的解放军代表，就是赵文麟和李叔明曾经的老对手路以和。

第十章

1969年的9月底，国庆节前夕，赵文麟回到了他的出生地白马湖。一个风光秀丽的江南小镇，有山有水，十分幽静。赵家是此地首屈一指的大户，又以赵文麟祖父这一支为最显赫。赵老太爷举人出身，民国初年还当过县长，当然名声更大的还是赵文麟的叔叔，早在国民政府成立之前，他就已经是中将了。赵家老宅重修于三十年代初期，那时候，这位叔叔已脱离军界，栖身政坛，官越做越大，钱越赚越多，借为父亲做寿之名，将老宅翻新，面积比原来扩大了一倍都不止。可惜遭遇乱世，老宅常常没人居住，抗战军兴，赵家举家西迁，赵老太爷客死他乡。抗战胜利，国共大战，赵文麟叔叔见势不妙，早在1948年初就带着全家老小移居香港。

赵文麟又一次回到了自己出生的小屋，房间里的布置，与小时候的印象并没有什么太大变化。最显眼的地方，挂着父亲的照片，照片下面是那张盖着红色印章的烈士抚恤证明，因为上面有孙中山先生的亲笔签名，便成了老宅最好的护身符。土改时，赵家老宅统

统充公，唯有这几间老房子留了下来，赵文麟的母亲最后就死在这里。因为土改，因为合作化运动，因为“文革”，此地的民风也不像当年那么淳朴，然而还保持着几分单纯。仍然爱看热闹，一连几天，得空就跑到赵文麟的房门口，探头探脑往里张望。本家的一位堂弟阿六过去与赵文麟见过几次，仗着脸熟，让回乡的堂哥破费请客，说你在外面那么多年，好不容易回来了，与乡邻一起喝点老酒还不应该。赵文麟便问这酒应该怎么喝，阿六说花几块钱买头山羊就行，于是他拿出了十五块钱，买羊，宰羊，烹羊，喊谁过来喝酒，都交给这位阿六安排。

酒足饭饱，阿六红着脸，说还是回到老家最好，什么一号命令二号命令，还有那个什么疏散，乡下人连听都没有听过，说来说去，金窝银窝，还是自己老家的这个狗窝最好。那些乡亲也不白吃，帮他把房子里外收拾了，漏雨的地方修缮一下，毕竟几十年没住人。赵文麟也吃不准自己要住多久，安顿下来后，找到了一个往日的旧镜框，将随身携带的那些照片一张张都放进去，挂在墙上，有了这些照片相伴，顿时有了一种真实的回家感觉。老宅墙上原本有一张他们的全家福，那是母亲带回来的。照片上的天天还只有四岁，乐呵呵地笑着，赵文麟和紫曼的表情很严肃。这张照片是老宅的另一道护身符，他身着解放军军官制服，在乡下人眼里是个了不得的大官。

赵文麟母亲的一生基本都住在老宅里，儿子成人后，她与他在一起的日子很少，抗战胜利后有过一两年，新中国成立以后，又有过两三年。老太太与儿媳紫曼的关系并不算很融洽，在持家和对待孩子的态度上截然不同。老太太不赞成家里用保姆，紫曼却执意要用，这便意味着是要撵她回家。事实上，紫曼作为赵家的长房媳妇只来过老宅一次，那是老太太过世，赵文麟率领全家回来奔丧。时间是1958年，紫曼心情非常不好，一年前的反右运动中，她差一点被打成右派。整整一年，她的情绪低落，动不动就失眠，人还没有到四十岁，鬓角间已开始有了白头发。赵文麟知道紫曼的心情，可是不知道如何才能安慰她。结婚以来，她一直觉得自己思想比赵文麟更进步，一直觉得是她把丈夫带到了革命队伍中来。她相信如果不是她做思想工作，赵文麟便会成为人民的敌人。紫曼是个心高气傲的女人，积极向上，处处要求进步，工作勤恳，却始终得不到应有的提拔。当然，她的脾气也过于倔强，常常会看不惯这个看不惯那个，指责张三批评李四。

在家中的紫曼很任性，赵文麟处处让着她，她因此也有些喜怒无常，常会莫名其妙地发火，尤其会在生理周期时蛮不讲理。抗美援朝期间，赵文麟跟随路以和一起赴朝作战，回国后得到嘉奖，又在路的介绍下，入了党。这些都让紫曼既高兴又不高兴，高兴是丈夫有了进步，不高兴是自己男人革命历史那么短，却还比自己先加入了组织。赵文麟始终觉得紫曼的不得志，与他的国民党军人身份有关，从表面上看，似乎一点关系都没有，他照样可以在军事院校教书，照样穿着解放军的军装，甚至还让他加入共产党，但是总有一些无形的东西，神秘莫测地躲在他的身后。

不仅他是这么想，紫曼也坚定不移地这么认为，认为她这辈子犯的一个最大的错误，就是不应该嫁给赵文麟这样的人。她一直觉得自己是舍身饲虎，挽救了赵文麟，却白白地牺牲了自己。赵文麟越是百依百顺，她越是觉得他在内疚，在忏悔，为此，她宁愿死，也不愿意原谅他。当着孩子的面，紫曼不止一次百般挑剔，横加指责，赵文麟就像面对一个任性的孩子，一定是毫无原则地忍让，任

她说，让她尽情埋怨。无情未必真豪杰，怜子如何不丈夫，一个出生入死的职业军人，一个见过太多死亡的男子汉，和紫曼这样一个只不过是外表强硬，又特别爱较真的弱女子，有什么可以计较呢。

其实与李叔明夫妇相比，赵文麟夫妇要幸运许多。1949 年的 12 月，赵文麟和李叔明一起接受了解放军的改编。很快，李叔明便以腿疾为由，解甲归田，回老家当了农民。这样的选择在当时无可厚非，不料却埋下了日后的杀身之祸。赵文麟是在赴朝作战前的一个月，接到李叔明的求救信。镇压反革命的运动如火如荼地开始了，李叔明预感到形势不妙，在被抓的前一天，托人赶往南京，向赵文麟和路以和紧急求救。路以和不相信他会有事，安慰赵文麟，说这事好办，让他尽管放心，又说我立刻派人过去，共产党说话算话，李叔明是起义人员，对解放大西南是有功的，我路以和敢拍这个胸脯，我们怎么能那样对待他呢。从朝鲜回来，得到的消息却是李叔明早已被枪毙。这事让赵文麟留下了深深的阴影，也让他终身懊悔，对路以和充满怨恨。他觉得路是故意见死不救，因为当年在鲁西南战场上，赵文麟和李叔明曾大败路以和，而路此次正好是公报私仇。赵文麟咬牙切齿，说路以和没想到你会是这样的一个小人。面对这样的指责，路以和一声不吭，赵文麟见他不说话，更坚定了自己的想法，认定他这就是默认，于是流着热泪对天高喊了一声：

“叔明，赵文麟见死不救，枉为一个男人。”

这是他唯一的一次与路以和红脸，赵文麟被自责所纠缠，立刻动身去李叔明老家，慰问他的遗属。李叔明妻子见了他，一个劲流泪，也说不出什么话来。赵文麟百感交集，说我和叔明这一生中要说死，也不知死过多少回，人生反正是一死，躲得了初一这劫，怕是也过不了十五，因此怎么个死法就没什么大不了。叔明当年最担心的是死而无后，现在总算他的儿子还在，还都挺好，你一定要记住把这几个孩子照顾好，不要让叔明死不瞑目。李叔明妻子说起了当时的情形，说持枪的民兵是在夜里将叔明抓走，然后就没了音讯。又说路以和委派的一位参谋确实来过，带着她去找李叔明，与县里的人大拍桌子，说有路以和这样的老红军老革命担保，你们凭什么还不放人。县里就放了狠话，说只要是反革命，谁他妈担保都没用。那位参谋不甘示弱，吵到最后，县里的人似乎松了口，说是会慎重处置，没想到还是说枪毙就枪毙了。

白马湖感觉不到大战即将来临的气氛，有线广播里也在唠叨，也说要提高警惕，要防止帝国主义和社会帝国主义的入侵，也说要深挖“五一六”，可是这些标语口号，也就是一些老生常谈，与乡间的平静生活似乎没有一点关系。回到了白马湖，赵文麟与外部世界的沟通，只能靠有线广播。家家户户都安装了这玩意，人们通过它掌握时间，收听新闻，收听样板戏。回老宅没几天，就有人主动上门来帮赵文麟拉线，把有线广播给接通了，一个方的木盒子，挂在门框的上方，每天到时间就会响，节目都是固定的。

秋天一天天往里走，天气开始越来越凉。很快便是十足的冬天。有一天，阴沉沉的天气，时不时还下点小雪，从县城里来了一个军人，打听赵文麟的住处，找到了他，拿出一份盖红印的介绍信，说明来意。原来赵文麟的学校已将他的关系转到了县人武部，以后每个月，他去那里取工资就行。乡下人照例改不了凑热闹的毛病，只要来了陌生人，都会不由自主地赶过来旁听。一时间，老宅里聚集了很多人，老老少少男男女女。来人大约也很习惯和熟悉这种场面，知道该怎么对付这些人，干咳了一声，很严肃地宣布：

“大家都听好了，老赵同志是位久经考验的革命军人，是一位

对革命有过贡献的老同志，级别比县革命委员会主任都大，你们要好好地对待他，要照顾好他。”

赵文麟后来才弄明白，县人武部负责人是路以和的老部下，在部队系统这可不是一般关系。路以和给老部下写了一封信，让他关照赵文麟，同时学校也办好了退职手续，从此赵文麟不再算是现役军人，工资关系转到县人武部，原有待遇不变，继续享受公费医疗。这以后，每个月有一天，赵文麟都坐船去取一次工资。在乡下人看来，他的薪水就是天文数目，因此每次回去，总会带两条香烟犒劳大家。县城离老家不远也不近，坐船差不多要两小时，加上在县城里办点事，来回就得一整天。

县人武部对面就是沈介眉家当年的米店，现如今早已全无踪影，赵文麟每次经过，都忍不住要多看几眼。隔壁就是一家新华书店，书店旁边是一爿小饭店，人武部的同志中午都在这里搭伙。转眼间已是初夏，有一天从书店出来，赵文麟径直走进沈家的故居。当年的老宅已成为大杂院，七零八落地住了好多户人家。他东张西望，向一位坐在门前的老太太打听，知道不知道沈介眉的下落。

老太太一无所知，不料有一位热心的中年男人走过来，瞪着眼睛问他找什么人。赵文麟把说过的话再问一遍，特别强调沈介眉是这里原来的主人。中年男人笑了，说你干吗要找这个女人，难道你认识她。赵文麟便拆开了一包香烟，从中取出一支递给他，中年男人发现赵文麟自己不抽烟，却老老实实地递烟给他，觉得很有面子，接过香烟，点上火，慢条斯理地说：

“你问的这个人，我倒是知道的。”

中年男人告诉赵文麟一大堆有用的信息，告诉他沈介眉原来在农技站上班，就是他的同事，又说她男人原来是县中学的门卫，她家就住在城东门街上那排矮房子里。赵文麟听了不免激动，掏出笔来，详细记下了门牌和地址。中年人看着他记录，十分不屑地摇了摇头。

赵文麟按照地址找到了沈介眉家，他们夫妇都不在，只有一个十六岁的男孩坐在门口，很认真地听有线广播。广播里正一遍遍反复播报毛主席他老人家刚发布的五二零声明，赵文麟上前打听沈介眉的情况，男孩盯着他，上上下下打量，问找他妈有什么事。赵文麟心里咯噔一下，知道自己已经找到沈介眉，顿时五味俱全，酸甜苦辣咸的滋味都有了。

他喃喃地问了一句："沈介眉真在这住？"

男孩白了他一眼，不愿意再理睬。赵文麟知道自己说的是废话，男孩已明白无误地告诉，沈介眉就住在这，他已经告诉他，沈介眉就是他妈。一时间，赵文麟非常激动，踏破铁鞋无觅处，得来全不费工夫，没想到这么轻松地就找到了多年不见的沈介眉，等候了大约一个小时，眼见着要开船了，赵文麟不得不先行一步，他告诉那男孩，自己叫赵文麟，是他母亲的老熟人，今天的时间已经来不及，他要先走了，以后有机会再来看他母亲。赵文麟没有注意到男孩眼里的神情，根本没注意到男孩听说了他的名字之后的激动。他沉浸在往事的回忆中，甚至没注意到男孩正悄悄地跟在后面，一直将自己送到轮船码头，看着他所坐的小火轮鸣笛离岸。

接下来的日子，赵文麟一直在心里盘算，下一次去县城应该怎么样。或许第一件事是应该先去见沈介眉，这样一来，时间就充裕得多。他可以考虑，请他们全家到馆子里去吃一顿，沈介眉家的经济状况一看便知道很不好，一看便知道缺吃少穿，房子又破又小，房间里没有一件像样的家具。很显然，现如今的沈介眉非常不得

志，赵文麟明白，在今天这样的现实世界里，沈介眉这样的家庭出身和身世，肯定会很狼狈。

一连几天，赵文麟都在琢磨，琢磨如何与沈介眉见面，如何跟她诉说自己这些年的遭遇，如何跟她谈紫曼。随着领薪水的日子越来越近，他也就越来越惦记这事。有一天，赵文麟正在窗前写毛笔字，沈介眉忽然推门进来了。

第十一章

由于来得太突然，赵文麟不敢相信自己的眼睛。一时间，有些云里雾里，他木木地举着手中的毛笔，根本就想不起眼前这个女人是谁。岁月完全改变了沈介眉的面貌，她的青春，她的容颜，她那无限的风采，曾经让赵文麟魂牵梦绕的一切种种，都仿佛不复存在。站在赵文麟面前的完全是一个全然陌生的女人，或许只是出于本能，出于心灵上的感应，赵文麟才意识到了她有可能是谁。沈介眉感叹他果然已认不出她是谁了，十分感伤地说：

“我是沈介眉！”

只要这一介绍，过去的一切就都恢复。只要听到沈介眉这三个字，时光立刻倒流，岁月就会重现。接下来，他们有一句无一句，说了半天，乱糟糟的也没个头绪。赵文麟的手上还抓着那支毛笔，沈介眉有些看不下去，让他把毛笔放好。也许天热的缘故，当然也因为走了太多的路，沈介眉大汗淋漓，身上的衣服完全湿透了。这让她感到很尴尬，也让赵文麟不知所措。沈介眉现在所能做的，就是不断拉扯胸前，不让衣服紧贴在身上。

时间一晃，过去了三十多年。三十多年前，他们的恋爱关系刚确定下来，一起回来过寒假，沈介眉去他家待过几个小时。赵文麟领着她到处看，看新落成的花园，等跟在后面看热闹的人渐渐散去，他将她带到自家老宅，看看四下没人，便提出要吻她。沈介眉没有拒绝，那是一种绝对的古典式的亲吻，沈介眉闭上了眼睛，昂着脖子，一动不动，赵文麟吻了她的额头，吻她的鼻子，吻她的耳朵根，忽然有人要来了，两人连忙分开。这是他们最暧昧也是唯一的一次亲密接触，再后来就是和紫曼结婚，刚从朝鲜战场回来，调入军事院校，提拔他当教研室副主任，沈介眉来南京办事，借宿在他们家。记得是夏天，早已与林坚忍离婚的沈介眉，刚跟一位大她十多岁的林业局干部分手。赵文麟始终没搞明白这桩婚事为什么没成，只记得那天她大动干戈，赵文麟夫妇在生活上很马虎，家中一切都交给保姆打理，沈介眉反客为主，指挥保姆大扫除。白天赵文麟夫妇都要上班，偏偏那天中午，他回去取材料，匆匆推门进屋，沈介眉赤条条正站在浴盆里洗澡。两人很尴尬地相对，一时间都吓了一大跳，赵文麟连忙退出去，然而就算是慌乱中一瞥，该看见的能看见的也就都看见了。那是桩让人很难为情的事，沈介眉应该怪自己为什么不把门销上，而赵文麟也太莽撞了一些。

结果大家都不好意思说什么，紫曼那一阵特别忙，工作压力很大，几乎天天晚上加班，对夫妻生活没一点激情，常会找这样那样的借口加以拒绝。就是在那天晚上，赵文麟不允许紫曼再有任何的借口。或许怕动静太大，怕睡隔壁的沈介眉和保姆听见，紫曼自始至终都捂着他的嘴，不想到最后，还不到最后，发出沉重喘息声的反倒是紫曼。那段忙乱的日子里，就只有这么一次鱼水之欢，因为那一夜，他们有了女儿天天。

这次见面十分匆忙，三言两语，不可能把过去说清楚。然而

只要三言两语，原本不是很清楚的许多事，立刻就清楚了。一番短暂的交谈，无数谜团已初步解开。赵文麟知道沈介眉很不得意，现在的丈夫是抗美援朝时的战俘，一条腿已经没了，本来还有一份看大门的工作，前两年搞运动，追究他在战场上的表现，认定他是临阵投降，将公职也给开除了。沈介眉自己一直没有正式工作，在农技站干过几年，又四处打杂，脏活苦活什么都干，勉为其难过着日子。反正一句话，这些年来过得非常不容易，说到最后，沈介眉谈起此行目的，说她儿子说他还会再来，他们就等，左等不来，右等不来，她就想，还是来看他一趟吧。

“我担心你都已经回南京了。”

沈介眉大约待了一个多小时，在他那里胡乱吃了些东西便告辞。赵文麟依依不舍，沈介眉也依依不舍，说没想到我们还能见上一面，这真的太好了，我以为这辈子再也不会见面。赵文麟打算送她去轮船码头，沈介眉坚持要步行回去。这让人感到很意外，因为路途遥远，没有五六个小时不可能走到县城。沈介眉执意要这么做，而且只让他送出去一小段路。赵文麟放心不下，看着她的身影渐渐消失，怅然若失。沈介眉匆匆来去，身上的汗刚消停，衣服还没有来得及焐干。

沈介眉前脚走，阿六夫妇便上门打探，问刚来的那个女人是谁，怎么看上去有些面熟。赵文麟不想搭理他们，说告诉你们也不会知道，就不要乱打听了。阿六看着赵文麟，小眼睛溜溜地转。赵文麟心想，阿六不可能知道沈介眉是谁，抗战前，沈介眉来过赵家，那时候他们还都是中央大学的大学生，那时候阿六也不过七八岁，不可能还记得她，然而阿六接下来所说的话，吓了赵文麟一大跳：

“这女人不会是县城沈家米店的大小姐吧？”

赵文麟非常震惊，想不明白阿六怎么会知道她，怎么会认识沈介眉。阿六笑了，说大姆妈当年常常说起这位沈小姐。大姆妈就是赵文麟母亲，老人家独居乡间，不止一次跟人说起儿子差点娶了沈家小姐。赵文麟一默认，阿六来了劲，说别人的事阿六不知道，关于这个沈家大小姐，还真知道不少，她可不是什么好东西。赵文麟不想听阿六在背后说沈介眉的坏话，但是他喋喋不休滔滔不绝，赵文麟不想听，便说给与他一起来的老婆听。原来他二哥的小女儿是县中造反组织的小头目，她所在学校的门房是个坏分子，不仅在朝鲜战场上无耻地做了叛徒，回国后还不老实，偷偷地散布美国军医如何人道。愤怒的红卫兵小将大打出手，差一点把他那条好腿给打瘸了。大打出手的另一个原因，他有个很坏的老婆，也就是沈介眉，一名埋藏很深的国民党女特务。这是个不折不扣的狐狸精，她的第一任丈夫跑台湾去了，她后来成为县中学看门人的老婆，又玩弄美人计，与学校的教导主任发生不正当的男女关系。总之一句话，她非常不正派，据说还有个儿子，也不知道是跟谁生的。

终于到了又一次取工资的日子，赵文麟没有先去看望沈介眉，而是先去了人武部领取薪水，然后直奔沈家。沈介眉似乎也知道他会去，家里稍稍收拾了一番，一直在等候他的到来。儿子沈雷上学去了，丈夫林大宝坐在那搓棉条，这是在为纺纱做准备，他们夫妇新接了一个活儿。看得出来，沈介眉家生活很清苦，中午唯一的荤菜是盘炒螺蛳，在江南水乡，这是道很便宜的菜肴。不过赵文麟依然吃得很香，林大宝的神情一直不太友好，可以说是有些敌意，赵文麟注意到他的左腿被截肢了，行走离不开拐杖。沈介眉的宝贝儿子沈雷有些异乎寻常的热情，一个劲地向赵文麟打探，问有没有什

么办法，把他送到部队去当兵。

沈介眉叹气说 :“我们家雷雷，一门心思就是想当兵，想当个解放军。”

赵文麟笑了，说能当兵当然是件好事，不过首先还是要好好地读书学习，有了好的文化知识，再去当兵也不晚。沈介眉趁机开导沈雷，说听见没有，当兵也要学习文化的。林大宝在旁边冷言冷语地来了一句，说人家解放军才不要你这样的呢。一句话说得沈雷不高兴，脸一挂，碗一推，不想吃了。沈介眉赶紧哄，说别听你爹瞎说，乖儿子，再吃一点，你正长身体呢，饭要吃饱，要多吃一些。沈介眉夫妇非常宠儿子，因为太娇惯，这个儿子根本不把父母放在眼里。赵文麟发现，与他们夫妇打交道，最容易让他们开心的就是讨好这个宝贝儿子。也许人生太不得意，沈氏夫妇总是千方百计哄儿子高兴，儿子成了他们最大的安慰。

这以后，赵文麟每次去县城拿薪水，必定去沈介眉家坐坐，知道她家经济情况不好，顺便买点荤腥，剁个一两斤肉，买上几条鱼，让沈介眉加工，然后吃饭聊天，到开船时间差不多了，便起身告辞。为了不让她感觉到别人是在接济，赵文麟去商店买了几斤毛线，请沈介眉帮他织毛衣毛裤，织手套和袜子，再以付工钱的方式给她钱。沈介眉有些过意不去，觉得不该收他的钱，最后还是收了，很显然，他们太需要这份收入，这比靠纺纱来钱容易得多。

一来二去，沈介眉的儿子雷雷与赵文麟越来越亲近，他是一个非常孤僻的孩子，平时总是闷闷不乐，只要赵文麟去了，就变得有说有笑。看到儿子这样，沈介眉很开心，林大宝向来不苟言笑，看到儿子与赵文麟动不动就哈哈大笑，似乎也开心不起来。那年头的中学生流行穿蓝白相间的海魂衫，也就是海军水兵穿的汗衫，再配上一双白球鞋，是最酷的装扮。有一天，雷雷趁父母不注意，悄悄地问赵文麟，能不能为他买一件海魂衫。

赵文麟觉得这个很容易办到，他故意提前告辞，然后由雷雷陪着一起去百货商店，帮雷雷买了一件海魂衫。雷雷心满意足，他又看到了白球鞋，没好意思再开口，只是带着赵文麟一起看看价钱。赵文麟看出他是真心喜欢，说你只要答应好好读书，赵伯伯就帮你把这双球鞋买下来。结果喜出望外，雷雷不仅有了海魂衫，又有了白球鞋。

开船时间快要到了，心满意足的雷雷送赵文麟去码头。到码头上，还有点时间，雷雷红着脸，看着赵文麟，欲言又止，最后还是吞吞吐吐说了出来，他说赵伯伯，我知道你为什么对我好，因为你是我的亲爹，我知道。

赵文麟大吃一惊，连连摇手，说：

“这个不能乱说——”

雷雷十分肯定，斩钉截铁地说：

“我没乱说，这是我妈告诉我的。”

直到林彪事件发生，林副主席摔死在温都尔汗，赵文麟都没有再去沈介眉家。雷雷的这番话让他很震惊，让他明白为什么林大宝总会表现出敌意，为什么雷雷一看到他就会那么开心。世上没有无缘无故的爱和恨，赵文麟感到了一种枉担了虚名的尴尬和不安。如果这话真是沈介眉所说，无论什么借口，不管任何理由，这么说都是过分的。1971 年的“九一三事件”，注定要让赵文麟的生活，又一次发生重大改变。就在林彪倒台的那个月，人武部负责人很高兴地告诉赵文麟，远在南京的路以和已经恢复工作，重掌军校的领导大权。前几天他还打电话过来，关心赵文麟的近况，说正在考虑要把赵再调回去。

赵文麟听了，无动于衷，说人都到了这把年纪，回去还能干什么，又说就这么在乡间小镇生活挺好，他已经完全习惯了。

过了没多久，人武部正式通知，有关赵文麟的调令已到了，让他立刻回南京报到，所有的一切重新恢复，包括军职和党的组织关系，军校已经为他新分配了房子。人武部的负责人表示了歉意，连称呼都立刻改了，说过去没能照顾好首长，关心不够，请他多多包涵，又问首长回南京前，还有什么吩咐，有什么要求，尽管提出来，只要能解决，一定解决。赵文麟有些意外，想自己哪会有什么事呢，想了想，突然想到了沈雷，于是趁机提出来，说你既然问起，我倒确实还有个事，有个熟人的孩子非常想当兵，你们能不能帮上忙。对方一听笑了，说别的买卖真难讲，这事恰巧撞枪口上了，这一阵我们忙的就是征兵，这个我敢打个保票，肯定给你搞定。

军校专门派了一辆吉普车来接赵文麟，跟匆匆回白马湖一样，离开也是匆匆。时间变得很紧张，说走就要走。临行前，赵文麟让接他的吉普车停在人武部等候，然后直接去沈家告别，只字不提沈雷的参军事宜，只告诉他们要走了，说自己已经恢复了军职党籍。沈介眉夫妇一人一台纺车正在忙着纺纱，沈介眉为他感到高兴，要歇下来做饭，赵文麟说不用忙了，今天他请他们全家上馆子，到外面去吃。

沈雷高高兴兴放学回来，十分激动地告诉沈介眉，说今天招兵的人去过他们学校，点着名要找他，课也不上了，就去县医院体检，然后就说要收他当兵。沈介眉夫妇不相信，不相信怎么突然会有这样的好事。林大宝说就你这个熊样，哪一点像当兵的，解放军又没瞎了眼，怎么会要你这样的人。一番话，说得兴高采烈的沈雷挂下脸来，沈介眉连忙哄儿子，说别听你爸胡说，我们家沈雷怎么啦，为什么人家解放军就不能要他。沈雷不想再搭理林大宝，他看了一眼赵文麟，激动地说：

“赵伯伯，我没瞎说，招兵的人真找过我。”

赵文麟笑了，他差一点就要说出实情，说出自己如何与人武部的人打过招呼，转念一想，不说也罢，他根本不需要这一家人为这事感激自己。大家一起出去吃饭，县城很小，就那么一两家小馆子。他们来到人武部对面的小饭店，要了几样菜，又要了几碗米酒。正好人武部的同志和那位来接他的司机也在这里吃饭，看到赵文麟，十分恭敬地过来跟他打招呼。

上馆子对于沈介眉一家来说非常难得，沈雷难得有一顿好吃的，狼吞虎咽，也顾不上说话了。沈介眉有些不好意思，一个劲地说菜点多了，吃不了要浪费的。林大宝不说话，开始还有些矜持，闷闷不乐地喝酒，一碗米酒下肚，再喝了一碗，又喝一碗。三碗酒下肚，抹抹嘴，叹了一口气，冷笑着让赵文麟猜谜，问他知道不知道林大宝这辈子最看不上什么人。赵文麟不知道他葫芦里卖什么药，等待下文。林大宝一脸不屑，带有几分鄙视，眼珠子瞪着别处，说不瞒你说，我最看不上的，其实就是你老赵这样的人。

赵文麟没想到他会这样说，没想到他会这样看待自己。在林大宝心目中，国民党军队出身的赵文麟永远是自己的手下败将，自己即使被打入到社会最低层，成为最弱势群体，仍然在心理上保持着优势，仍然看不起赵文麟。林大宝早在抗战期间就加入了共产党的游击队，抗战胜利，跟随新四军北撤，成为华东野战军中的一员，在与国军的较量中，他是最终的胜利者。接下来去朝鲜，成者王败者寇，成为志愿军战俘是林大宝一生中的痛，林大宝文化程度本来就不高，这以后，连级干部的军职没了，党籍没了，回乡又干不了

农活，七转八折，好不容易成了县中学的门房。再以后，连门房的职位也保不住。

林大宝很傲慢，居高临下，说你想想老赵，共产党怎么对你，你他妈看看我们怎么对待俘虏，想当年我在战俘营，你们的特务也骗我们去台湾，说去了怎么优待，你想，我们会上你们的当吗，我们才不会呢。赵文麟不吭声，林大宝却越说越来劲，这是赵文麟印象中他第一次说这么多话。沈介眉听不下去，说别以为自己喝了点酒，就可以胡说八道，你有什么好得意的，有什么资格说人家老赵，吃了上顿没下顿，什么本事也没有，活得都没个人样，连自己的儿子也不愿意认你，到处跟别人说你都不是他亲爹，你还有脸说这说那。林大宝仗着酒劲愤而反驳，说我就说了，又怎么样。我还要说一句，姓赵的，你我根本不是一路人：

“今天把话撂这了，大路朝天各走一边，你老赵爱上哪上哪，我只希望以后再也别见到你。”

最后的告别很出人意外，有些尴尬，也有些伤感，林大宝继续黑着脸，沈介眉过意不去，一时间无话可说，不得不找话题，打岔说林大宝喝醉了，犯不着跟这样的畜牲计较。又说紫曼要是还活着就好了，她要是能在南京等着赵文麟该多好。赵文麟的脸上十分平静，然而此时此刻，一提到紫曼，仿佛小刀子扎在心口上。好在该结束的都结束了，很快，过了没多久，吉普车已奔驰在宁杭国道上。路上非常空．车速非常快，来接他的干事和司机都不喜欢说话，一个闷头开车，一个呼呼大睡。这条国道他很熟悉．当年读大学，赵文麟常搭叔叔的小汽车回老家，1937 年淞沪抗战，坐火车赴上海参战，也是沿着它败退至南京。

现在，赵文麟一个人独自坐在后排，郁郁寡欢闷闷不乐。他胡思乱想着，仿佛行进在时间的隧道里，思想的野马正在黑暗中狂奔。一会想到紫曼，一会想到沈介眉，一会又回到了抗战期间，驻扎在云南昆明的马街，差一点要娶那位黑眼睛姑娘。人生往往太多的差一点，失之毫厘谬以千里，沈介眉的让他神魂颠倒，黑眼睛姑娘的萍水相逢，命中注定的紫曼更有缘分。突然之间，因为思念亡妻，赵文麟感到了一阵阵孤独。或许要重回南京的缘故，或许是他的军籍和组织关系重新恢复，妻离子散的感觉从未像现在这么强烈。巨大的悲伤像浓雾一般弥散，丧妻的痛楚很折磨人，赵文麟开始无限地怀念过去，怀念紫曼，怀念那个曾经充满温馨的家，怀念一天天在长大的三个孩子。如果紫曼还活着，如果她没自尽，如果她的离去只是一次暂时的告别，如果时间能够倒转。

忽然间思绪万千，忽然间柔情似水，赵文麟甚至又想到那次意外，想到那天推门进屋，想到沈介眉正赤条条站在浴盆里。那真是桩太让人难为情的事，她为什么不把门销上呢，而他当时也太莽撞了。记得那个夏天紫曼特别忙，她的工作压力很大，几乎天天晚上都要加班，对夫妻之间的事没一点激情。那天晚上．赵文麟不允许再有任何借口，不接受任何理由，或许怕动静太大，怕惊动睡在隔壁的沈介眉和保姆，紫曼半准半就，自始到终捂住他的嘴。紫曼使劲捂着他的嘴，害得他都透不过气来。那一夜足够疯狂，那一夜惊心动魄，那一夜如鱼之乐水，那一夜的结果，便是有了可爱的女儿天天。到最后，到了最后，他们不可抑制，都爆发了，一阵阵沉重的喘息叹气，终于肆无忌惮，终于不约而同地发出声来。

2012年4月　河西